# 한국 민속극의 실천

# 한국 민속극의 실천

박진태

도서출판 역락

# ◈ 머 리 말

온 세상 사람들이 21세기가 되면 새로운 밀레니엄이 시작된다고 흥분하고 있다. 시간의 단위가 어느새 세기를 넘어서서 밀레니엄이 된 것이다. 아직도 해가 바뀌면 '묵은해'를 보내고 '새해'를 맞이하기 위해 여러 가지 의례적인 행위가 이어지고 있다. 지역에 따라서는 마을공동체에서 3년, 5년, 7년, 10년을 주기로 별신굿을 하여 정화와 재생을 도모하기도 한다. 그러한 시간단위가 바야흐로 세기를 거쳐 밀레니엄으로 확대된 것이다.

1900년에 서거한 독일의 실존주의 철학자 니체가 기독교적 "신은 죽었다."라고 외쳤었는데, 이제 100년이 지난 2000년에 우리는 "인간은 죽었다."라는 절규를 하게 되었다. 복제인간과 사이버인간과 로버트인간의 시대가 도래하고 있음을 예감하기 때문이다.

인류의 역사에서 컴퓨터의 발명이 불의 사용법을 발견한 구석기시대와 맞먹는 의식의 내변화를 일으키고 있다는 말에 따르면, 지금이 인류사적 대선환기임은 분명한 사실이다. 그리하여 신식기시대에 농경생활을 시작한 이래 생성되어 전승되며 변모되어 온 전통문화·민속문화의 운명을 예측하기 어렵게 되었다. 민속극도 예외가 아니겠기에 민속극연구자로서 의구심을 떨칠 수가 없다.

"달아 높이 돋아서 어기야 멀리 비춰소서."라고 기원하던 백제여인처럼 인간의 얼굴을 한, 인간의 피가 흐르는 새 천년이 백마

I

타고 오는 초인처럼 나타나길 갈망하면서 가난한 노래의 씨를 뿌리는 심정으로 이 책을 엮어낸다.

요컨대 이 책에 실린 글들은 민속극의 이론적 성과보다는 실천적 작업으로서의 의의를 지닌다. 이를테면, 일반인들이 민속촌 하회마을에 가서 서낭당과 탈놀이와 같은 민중문화를 간과한 채 옛 기와집과 유성룡의 기념관인 영모각과 같은 양반문화 중심으로 반쪽관광을 하는 관행을 바로잡고 싶었다. 그리고 중등교사들이 고등학교 교과서에 수록된 〈봉산탈춤〉의 대사를 교육하는 데 도움을 주려 했으며, 대학과 대학원에서 민속극 강좌를 독립적으로 운영할 수 있도록 설계도를 작성해 보았다. 또한 1970년대에 학생극을 지도하면서 개발했던 희곡작품들을 소개하기로 결심하였다.

이런 까닭에 이 책은 전공자만이 아니라 비전공자도 독자가 될 수 있으며, 대학만이 아니라 중등교육의 현장에서도 활용할 수 있는 내용과 체제로 되어 있다. 그리하여 글의 종류도 학술논문만이 아니라 에세이형식의 글과 함께 희곡작품까지도 수록되는 특이함을 지니게 되었다. 기왕의 학술서적의 고정관념을 깨는 새로운 시도가 아닐 수 없다. 그럼에도 불구하고, 출판의 기회를 베풀어 준 역락(亦樂)에 깊은 사의를 표한다.

1999년 8월 15일
박 진 태

<h1 style="text-align: center;">◇ 차 례 ◇</h1>

# 제1부 민속극에 대한 시각의 정립

## 1. 간추린 무교의 역사

"역사의 종말", "문명의 충돌", "제3의 물결", "제3의 길"이니 하는 말들이 급류를 이루면서 우리로 하여금 20세기의 마지막 협곡을 지나 21세기의 바다로 들어가게 내모는 지금, 무교(또는 무속)의 역사를 말하는 것은 무슨 의미가 있을까? 그렇지만 현재는 과거의 산물이고, 미래는 현재에 의해 결정된다는 역사의식을 가진다면, 우리 문화의 원형이요, 종교사의 시원이요, 고대사의 첫 장을 장식한 무교에 대해 관심을 아니 가질 수 없다. 서구인들도 합리주의에 기초한 과학기술과 잃어버린 낙원을 찾으려는 기독교가 필경 자연 생태계를 파괴하여 인간의 생존 자체를 위협하게 된 사실을 깨닫고, 동양문화 내지는 인류의 문화사와 정신사의 근원인 샤머니즘과 같은 원시신앙에 관심을 기울이게 되었던 것이다.

과거의 역사를 보는 데는 두 가지 입장이 있다. 하나는 현재의 눈으로 과거를 보는 것이고, 다른 하나는 과거의 눈으로 과거를 보는 것이다. 우리가 선입관이나 편견 없이 무교의 역사를 이해하기 위해선 전자보다는 후자를 택해 우리 역사와 문화의 근원으로 되돌아가 무속이 걸어온 길을 재조명할 필요가 있다.

무교란 흔히 '무당과 관련된 종교현상'이라고 정의할 수 있는데, 무당이란 누구인가? 일반적으로 무교의 원류는 시베리아 샤머니즘으로 보고, 퉁구스말 '샤먼'을 '엑스터시(ecstasy)의 기술을 터득한 주술종교가'로 정의하지만, 무당의 종류에는 탈령무(脫靈巫), 내림무, 학습무 세 가지가 있다. 탈령무는 시베리아 샤먼처럼 엑스터시의 경지에 들어가 샤먼의 몸에서 영혼이 빠져나가 천상계에 올라가 선신에게 인간의 소원을 전하고, 지하계에 내려가선 악마와 싸워 물리치는 무당이고, 내림무(강신무)는 동남아시아나 아프리카의 무당처럼 몸에 신이 지피는(憑依,spirit-possession) 무당이고, 학습무는 의식을 행하는 방법을 학습해서 무당의 신분을 세습시키기 때문에 세습무라고도 부른다. 우리나라는 남한강을 경계선으로 해서 이북은 강신무가, 이남은 학습무가 분포되어 있다. 강신무는 신이 들린 상태에서 영통력을 과시하기 위해 소나 돼지를 도살하는 타살굿을 하고, 예리한 작두 위에 맨발로 올라가서 공수를 내리거나, 작두그네를 뛰기도 한다. 그러나 학습무는 주로 노래와 춤에 의존해서 굿의 영험성보다는 오락성에 치중하여 예술성이 풍부하다.

중국의 '무(巫)'라는 글자는 하늘과 땅의 연결을 상징하는 '工'의 양편에 여자가 소매를 드리우고 춤추어 신을 내리게 하는 형상을 본뜬 '人'이 있는데, 원(原)퉁구스족이 기원전 3000년 경에 거주했던 황하강 유역이 바로 중국의 역사에서 무속문화를 꽃피운 은문화(殷文化)가 발생한 지역이므로 중국의 무교와 시베리아 샤머니즘의 친연성을 찾을 수 있다. 그런가 하면, 북부여에서 주몽이 갈라져 고구려를 세우고, 고구려에서 다시 온조와 비류가 남하하여 백제를 세웠으며, 박혁거세나 김수로가 북방의 기마민족인 사실로 미루어 보건데, 이동생활을 주로 하는 수렵유목문화에서 정착생활을 위주로 하는 농경문화로 전환됨에 따라 탈령무에서 강신무를 거쳐 학습무로 변천한 것 같다.

우리나라 무교의 기본적인 틀이 형성된 시기는 청동기를 사용하며 부여나 고조선같은 성읍국가(城邑國家)를 탄생시킨 기원전

황해도 제석굿을 하는 만신 김금화. 대표적인 내림무이다.

중국 귀주성 사남나당희(思南儺堂戲)의 무당 유승양. 대표적인 세습무이다.

4세기 경으로 중국 은나라의 청동기 유물이 무교적인 제사에서 사용되었듯이 우리나라 청동방울이나 청동거울도 오늘날 무당굿에서 사용되는 방울과 명두〔明圖〕같은 무구(巫具)로 볼 수 있다. 단군신화는 고조선의 건국신화이지만, 무당시조에 관한 신화로도 볼 수 있다. 단군왕검(壇君王儉)은 단군과 왕검의 합성어로 '단군'은 퉁구스말로 '하늘' 또는 '하늘에 제사를 지내는 사람'이라는 "tengri"에 어원을 두고서 '당골'(무당) '단골'(고정된 거래인)이란 말로 지금도 쓰인다. '왕검'은 임금의 본디말인 '닛금'(계승자)의 이두식 표기이므로 단군왕검은 종교적인 제사장이 정치적인 지배자를 겸했던 제정일치 시대의 군장이었는데, 후대에 와서 제정이 분리되었다.

신라의 경우 2대 임금인 남해차차웅의 '차차웅(次次雄)', 곧 '자충(慈充)'은 존장의 칭호이면서 무당의 뜻도 지닌 사실로 보아 제정일치의 전통이 신라 초기까지 이어졌었는데, 남해임금이 즉위 3년에 시조임금인 혁거세묘(赫居世廟)를 짓고, 누이동생 아로로 하여금 1년에 4차례 제사를 지내게 하여, 제정을 분리시켰다. 마한에선 국읍에는 천신에게 제사지내는 천군(天君)이 한 사람 있었고, 소도라는 별읍에는 북과 방울이 메달린 큰 나무기둥을 세우고 귀신을 섬겼다고 하는데, 군장인 장수(將帥)가 따로 있었던 것으로 보아, 마한에선 이미 제정이 분리되어 천군은 단군왕검과는 달리 종교적 기능만 맡았던 것 같다.

그런데 고대의 제천의식에서 한결같이 음주가무(飮酒歌舞)했다고 하듯이 엑스타시에 들어가는 방법은 음주와 가무 두 종류가 있는데, 5월에는 씨뿌리고서 풍요 다산을 빌기 위해, 10월에는 농사를 마치고 감사하는 뜻으로 수십 명이 어울려 춤을 춘 것은 오늘날 농악굿의 원류에 해당하는 농경의례였다. 그런가 하면 김해의 구지봉에서 김수로를 맞이할 때 아홉 족장과 2~3백 명의 가락인들이 흙을 파서 제단을 만들고 구지가를 부르고 춤을 추며 기뻐 날뛰었다고 한다. 이처럼 신들림, 신지핌, 신명풀이에는 무당이 혼자서 하는 경우와 집단적으로 연출하는 형태가 있는데, 오늘날 동해안 별신굿에서의 놀음굿이나 농악 및 탈놀이에서 놀이꾼과 구경꾼이 한데 어울려 벌이는 집단적인 춤판은 집단적인 신명풀이의 잔영이다.

이처럼 고대사회의 무당은 주로 제천의식을 주재하다가 뒤에는 하늘에서 내려온 남신과 지상의 여자 사이에서 태어난 시조신에게 제사를 지냈는데, 천신은 나무나 수직으로 세운 나무기둥을 타고 하강하니, 하늘과 땅, 신과 인간, 남자와 여자, 양과 음의 융합과 조화가 엑스타시이다. 그리고  엑스타시를 노래와 춤에 의해 실천하는 것이 무당이므로, 무당은 신과 인간의 중재자로서 신인합일(神人合一)에 의해 신과 인간을 화해시키는 것이다.

고구려 유리왕이 천신에게 제사지낼 돼지를 손상시킨 탁지와 사비를 죽이고, 그로 인해 병이 들었을 때 무당이 해원굿을 하여 고쳤고, 차대왕이 사냥할 때 나타난 여우를 보고 천신이 여우로 변하여 왕으로 하여금 두려움을 느끼고 덕을 닦도록 하기 위함이라고 무당이 풀이하였으며, 보장왕 때 당나라 이세적이 요동성을 공격했을 적에는 무당이 여자를 미녀로 꾸며 주몽의 사당에 배알하게 하라고 시켰다. 또 백제에선 온조왕 때 왕궁의 우물물이 넘치고, 머리 하나에 몸이 둘인 송아지가 태어난 것에 대해 일관(日官) —무당의 일종— 이 해석하길 대왕이 발흥하고, 이웃나라를 하나로 합칠 징조라고 말했다.

이처럼 무당은 가무 이외에도 신내림, 악귀물림, 초혼, 해몽, 예언, 관상, 점복(占卜), 치료 등을 하는데, 이러한 무당의 역할도 불교가 전래됨에 따라 전환기를 맞이했다. 무당이 하던 역할을 승려가 하게 되고, 무당이 섬기던 신들이 조복(調伏)당하여 부처를 정점으로 하는 불교신의 체계에 호법신의 자격으로 편입되든가 악마로 간주되어 퇴치의 대상이 되었다. 인도에서 브라만교의 사천왕이나 팔부신중(八部神衆)이 그러했듯이 불교의 발생과 전파 과정에서 일어나는 토착신과 불교신의 관계에 다름 아니다.

경덕왕 때(760년) 해가 두 개가 나타났을 때 일관의 말에 따라 국선의 무리에 속하는 월명사를 데려다 꽃을 주술매체로 하여 미륵좌주를 모셔오라고 향가를 불렀다. 무당의 일종인 일관이 하늘의 재앙을 없애지 못하고, 승려인 월명사가 불교신의 힘으로 해결했다. 물론 월명사는 정통 승려가 아니고 무교와 호국사상이 습합된 화랑도이면서 피리를 불어 달의 운행을 멈추게 할 수 있는 주술사적인 승려였기 때문에 그 같은 일이 가능했음은 두말할 나위가 없다.

처용설화도 보면, 일관의 말에 따라 헌강왕이 망해사를 지어 동해용왕을 호법신으로 조복시켰고, 용왕의 아들 처용이 서라벌로 와서 가무로써 역신(疫神)을 물리쳤는데, 처용은 동해용자를 몸주로 한 국무(國巫)였다. 그러나 신라사람들이 처용의 얼굴을 그려 문에 붙여 역신을 막았다고 하는 것으로 보아 나라굿인 처용굿에서 개인적인 안전과 행복을 비는 집굿이 분화된 현상을 엿볼 수 있다. 그러나 죽어서 동해용이 된 문무왕을 위해서 신문왕이 거행한 나라굿은 처용굿보다 신성하고 엄숙하게 묘사되어 전한다. 해관(海官)이 동해에 산이 하나 떠서 감은사를 향해 온다고 알리니까 일관이 점을 쳐서 용이 된 문무왕과 천신이 된 김유신이 보물을 주기 위한 것이라고 말했다. 문무왕이 오늘날의 대왕암에서 대나무를 얻어 만든 것이 만파식적(萬波息笛)으로 그 피리를 불면 적병이 물러가고, 병이 낫고, 가뭄에는 비가 오고, 장마엔 날이 개고, 바람이 멎고, 물결이 가라앉았다고 하니, 처용은 노래와 춤으로 질병만 고쳤는데, 만파식적의 기능은 훨씬 다양하고, 신통력은 막강했다.

한편 살생하지 말 것, 음주하지 말 것 등과 같은 팔계(八戒)를 엄수하는 불교의식인 팔관회가 신라 진흥왕 때 전사자들을 위로

하는 위령제로 거행되었는데, 이처럼 영토확장과 중앙권력을 강화시킬 목적으로 팔관회를 무속과 결합시켰다. 그후 팔관회는 제천의식이나 용신굿, 산신굿 등을 흡수하여 국중행사로 발전하여, 고려 태조 때는 천신과 오악, 명산대천과 용신에게 제사지내기 위해 채붕을 두 개 설치하고, 그 앞에서 가무백희(歌舞百戱)를 연출했다.

불교와 습합되지 않은 고려시대의 무교는 13세기 경 이규보가 이웃의 늙은 무녀가 추방당하는 것을 보고 지은 장시에 나타난다. 여자는 '무(巫)'이고, 남자는 '격(覡)'이라 하여 여자무당과 남자무당을 구분했고, 자신의 몸에 신이 내렸다고 한 것으로 보아 강신무의 존재를 확인할 수 있다. 그리고 무녀가 술을 마시고 껑충껑충 뛰어 머리가 대들보에 닿을 정도로 춤을 추었다고 한 것은 도무(跳舞)에 의해 신을 내리는 장면을 묘사한 것이다. 또 방의 벽에는 단청을 칠한 신상(神像)이 가득하고, 칠성과 구요성신(九曜星神)을 그려 액자에 붙였다는 말은 무신도가 걸려있는 무당의 신당(神堂)을 묘사한 것이다. 이 시에서 묘사되는 굿은 작은 신당에서 행해진 것이므로 소규모의 개인굿임이 분명하다.

조선의 건국은 무교의 역사에서 또하나의 전환기를 의미한다. 왜냐하면 조선의 건국이념은 성리학이고, 성리학을 숭상한 유학자들은 무교에 대해 비판적이었기 때문이다. 그러나 병을 고치거나 기우제를 지내거나, 원혼을 달래는 실용적인 필요성 때문에 무교는 유학자들의 배척과 탄압에도 불구하고, 성행할 수밖에 없었다. 그리하여 도성에서 무당을 쫓아내면서도 동서활인서에 소속시켜 의원과 함께 의료활동을 하게 했고, 세원(稅源)으로 활용했다.

연산군은 사랑하던 기생 월매가 죽자 무당을 불러 후원에서 해원굿을 했는데, 월매의 넋이 무당의 몸에 실려 말하는 것을 듣고 비통해 했고, 스스로도 무당이 되어 춤을 추고 노래를 불렀으며, 어머니인 폐비 윤씨가 지핀 시늉도 했다고 한다. 그런가 하면 무당을 혐오하던 사람이 남원부사로 부임하여 무당의 진위를 가릴 때, 무당이 부사의 옷을 입고, 술과 안주를 차려놓고, 방울을 울리며 신을 청하니, 부사의 친구가 무당의 몸에 내려 "내가 왔다. 내가 왔다."고 한 뒤 유명을 달리하는 결별의 슬픔을 말하고, 생전에 함께 했던 체험담을 늘어놓았다고 하여, 오늘날의 지노귀굿 그대로이다. 그러나 조선시대의 무당굿에 대한 구체적인 절차와 내용은 1800년대에 제작된 것으로 보이는 <무당내력>과 <무당성주기도도(巫堂城主祈禱圖)>를 통해 알 수 있다.

조선시대가 비록 유교적 통치질서를 강요하던 체제라 하더라도 19세기 말까지도 궁중에서 무당굿을 거행했으며, 안동의 하회 마을에선 10년마다 하던 별신굿에서 각성받이들이 서낭신을 내린 서낭대를 앞세우고 풍산 류씨 집에 가서 탈놀이를 했고, 무당들은 마루에서 성주굿을, 부엌에서 조왕굿을 하여 지신밟기를 했다. 이처럼 유교문화와 무교문화도 대립 갈등만 일으킨 것이 아니라 상호공존 · 상호보완의 관계를 이루기도 했는데, 그것은 이원론적 세계관에 의해 사농공상의 신분제 사회를 유지하려던 유교문화에 의해서가 아니라, 신인합일의 원리에 의해 신과 인간, 하늘과 땅, 남자와 여자, 신성과 세속, 양반과 상천민을 분화되기 이전으로 융합하여, 혼돈 곧 태극의 세계로 환원시키는 무교문화에 의해 가능했던 것이다.

마지막으로 불교문화, 유교문화, 기독교문화, 마르크시즘으로부터 시련을 겪은 무교문화의 미래를 전망하면, 어느 민속학자의 말대로 "지성과 감성이, 삶과 죽음이 재통합된 문화, 자유와 환희가 억압 없이 역사를 창조하는 문화, 이것이 무교문화의 전망이다."

## 2. 전승의 굿과 기록의 굿

마을 공동체가 풍요롭고 무사 태평하길 비는 굿은 연희 집단의 성격에 따라 세 가지 형태로 구분할 수 있다. 곧 전문적이고 직업적인 사제(司祭)인 무당이 주재하는 굿, 비전문적이고 비직업적인 마을사람들이 농악대를 편성하여 하는 굿, 비전문적이고 비직업적인 마을사람들이 광대(廣大)가 되어 탈을 쓰고 하는 굿 등이다.

농악대굿은 경북 영양군 주곡동의 서낭굿을 보면, 섣달 그믐날 서낭대를 조립하여 당나무[堂樹]에 기대어 세우고 농악대가 풍물을 치고 춤을 추며 당나무를 돌아 서낭신을 서낭대에 강신(降神)시키는 것으로 시작된다. 그리고 정월 3일에서 5일 사이에 농악대가 서낭대를 앞세우고 지신(地神)밟기를 하는데, 지신밟기는 마당에서 풍물을 치며 한바탕 논 다음 마루의 성주상 앞에서 성주풀이를 하고, 부엌에 들어가 조왕풀이를 하고, 이어서 장독풀이, 마굿간풀이, 고방풀이, 샘풀이, 변소풀이 등을 하고서 마지막으로 다시 마당돌이(마당밟이)를 한다.

그러니까 지신밟기란 근본적으로 서낭신이 집집마다 돌면서 액운과 악귀를 내쫓고 명복(命福)을 주는 이른바 축귀 초복(逐鬼招福) 또는 벽사 진경(辟邪進慶)을 행하고, 인간으로부터 돈과 곡식을 받고 음식과 술을 대접받는 의식인데, 이때 농악대가 성주신, 조왕신 같은 가신을 위한 굿을 하는 것으로 이해할 수 있다.

그리고 무당들이 주재하는 동해안 어촌의 별신굿에선 신당(神堂)에서 골매기서낭신을 맞이하여 마을로 들어와 지신밟기를 한 뒤 굿당에 와서 제석굿, 군웅굿, 천왕굿, 용왕굿, 손님굿 등등의 굿거리를 하는 바, 이와 같이 집에선 서낭신을 맞이해 모셔놓은 가운데 가신을 위한 굿을 하고, 굿당에선 서낭신을 맞이해 모셔놓은 가운데 무신(巫神)을 위한 굿을 하는 것은, 서낭신이 전지

경북 영양군 일월면 주곡동의 월록서당. 시인 조지훈이 한학을 배운 곳이며, 여성들이 화전놀이를 하는 장소로 활용되기도 했다.

월록서당의 뒷처마 밑에 서낭대가 걸려 있다. 유교의 교육기관이 무교적인 서낭굿의 신대 보관장소로도 활용된 것이다.

황해도 일월맞이굿의 일월대. 단군신화의 신단수(神壇樹)에까지 그 연원을 소급할
수 있다.

전능한 신이 아니기 때문에 집의 각 구역을 차지한 가신들을 위한 굿을 해야 하고, 수명장수의 관장(제석신), 풍우(風雨)의 조절(용왕신), 질병의 치료와 예방(손님신) 등등으로 직능을 분담한 무신들도 함께 청하여 위로해주어야 하는 다신교적(多神敎的) 발상에 기인한다.

한편 주곡동의 서낭굿은 주곡동의 여서낭신이 정월 10일 경에 가곡동의 남서낭신을 맞이하여 싸움굿과 화해굿을 하는 점이 특이한데, 싸움굿은 농악대가 남녀서낭신의 싸움을 대신해서 벌이는 농악 경연이고, 화해굿은 당나무에 나란히 세운 두 서낭대의 치마, 다시 말해서 주곡동 여서낭의 붉은 치마와 가곡동 남서낭의 검정 치마가 바람에 펄럭이어 휘감김으로써 이루어지는 부부신의 결합이다. 그리고 싸움굿에 의해선 이긴 마을에만 풍년이 오지만, 화해굿은 두 마을에 모두 풍년을 가져오는 점에서 싸움굿은 마을 단위에서 내부적으로 통합시키고, 화해굿은 마을 단위를 넘어서서 지역적인 유대를 강화시키는 구실을 한다.

주곡동의 서낭굿은 보름날 밤에 제관의 집에 모여 농악대는 풍물을 지고, 탈을 쓴 사람들은 달춤을 추고 탈놀이를 하며 놀다가, 자정이 되면 마을사람들은 귀가하고, 제관들만 남아 당나무에 유교식 서낭제를 지내고 서낭대는 해체하여 다시 보관하는 것으로 끝맺었다.

이와 같이 주곡동의 서낭굿은 맞이굿[降神儀式], 지신밟기[神遊儀式], 싸움굿, 화해굿[神聖結婚], 전송굿의 순서로 진행되는데, 안동시 하회마을의 별신굿에서는 마을의 종신제 제주(祭主)인 산주(山主)가 섣달 그믐날 광대패를 데리고 서낭당에 올라가 서낭신을 서낭대에 강신시켜 도령당, 삼신당을 들르고, 산주와 광대패의 합숙소이면서 동시에 서낭신이 머물면서 마을을 다스리는 임시 신당인 동사(洞舍)에 내려와 서낭신을 좌정시킨 뒤, 서낭대를 앞세우고 지신밟기를 하는데, 이때는 무당들이 주도권을 행사하여 성주굿, 조왕굿을 했다. 그리고 서낭대는 보름날 서낭당에서 산주가 유교식 당제(堂祭)를 지낸 뒤 서낭당 뒷처마에 보관함으로써 서낭신을 송신시켰다.

요컨대 서낭신이 서낭당에 하강하여 하회마을로 오는 도중에 (맞이굿) 도령당의 도령신과 삼신당의 시어머니를 방문하고(화해굿), 동사에 머물면서 집집마다 가서 악귀와 액운을 내쫓고 명복을 준 다음(신유 의식) 다시 서낭당에서 신의 세계로 승천하는데 (환우굿), 또 한편으론 무동을 탄 각시광대의 몸에 서낭신이 내리면(맞이굿), 신들린 상태에서 각시광대가 각시탈을 쓰고서 광대패의 농악 장단에 맞추어 무동춤을 추고, 마을사람들로부터 걸립(乞粒)을 한 다음(신유 의식), 선비탈을 쓴 청광대와 혼례식을 치루는(화해굿) 탈놀이굿을 연행했다. 이와 같이 하회마을에서는 〈서낭대-산주-무당패〉가 한 동아리가 되어 진행시키는 서낭굿에 병행해서 〈각시탈-각시광대-광대패〉가 한 동아리가 되어 진행시키는 서낭각시탈놀이를 성립시킨 것이다.

그러나 10년마다 주기적으로 거행하던 하회별신굿은 1928년을 마지막으로 중단되고, 현재는 탈놀이만 복원되어 서낭굿의 문맥을 떠나 연희됨으로써 서낭각시신(전설에 의하면 15세 과부나 17세 처녀의 원혼)이나 도령신(전설에 의하면 하회탈을 만들다가 죽은 허도령이나 안도령의 원혼)을 위로하고, 풍요와 다산을 비는 종교성과 주술성은 사라지고, 오락적인 전통 민속극으로서 명맥을 유지하고 있다.

농악의 경우에는 동제(洞祭)와 결부된 축원농악, 농경 생활과 직결된 두레농악, 걸립과 군악(軍樂)의 기능을 지닌 농악은 농촌사회에서 소멸 단계에 이르고, 오락적인 예능농악만이 사물놀이로 재구성되어, 서서 동참하는 마당놀이에서 앉아서 감상하는 실내음악으로서 민속음악의 창조적 계승이라는 차원에서 새로운 가능성을 보여주었다.

경북 도산면 퇴계 종택의 앞에 있는 서낭당. (당나무와 당집)

전북 임실군 필봉마을의 농악대가 지신밟기를 할 때 장독풀이를 하고 있다.

강원도 주문진의 성황사에서 별신굿을 할 때 성황신을 강신시킨 뒤 무녀가 신대를
놀리고 있다.

그리고 무당굿도 어촌에서 풍어제(豊漁祭) 또는 전통 무형 문화재란 이름을 내걸고 무속 특유의 끈질긴 생명력을 과시하고 있다. 농업, 어업을 주산업으로 하는 전통 사회에서 공업, 상업을 주산업으로 하는 현대 산업 사회로의 이행, 과학적이고 합리적인 사고의 보편화, 일제의 민족 문화 말살 정책과 근대화 과정에서의 문화 정책의 시행착오 등등의 여러 요인에 의해 민간신앙의 사회적, 문화적, 정신적 기반이 피폐해지고 붕괴되는 오늘이지만, 우리 민족의 종교적 심성(心性)의 고향으로서, 예술 산출력의 원천으로서 민간신앙은 여전히 우리네 삶의 현장에서 살아서 숨쉬고 있음을 알아야겠다.

그런데 이러한 굿을 하는 풍속은 고대사회부터 있었으니, 《삼국유사》에 의하면 금관가야를 건국하고 김해 김씨의 시조가 된 김수로왕이 삼월 삼짇날 김해의 구지봉 꼭대기에 알의 모습으로 하강할 때 아홉 추장과 가락국 사람들이 "거북아! 거북아! 머리를 내어라. 아니 내면은 구워 먹겠다."라는 노래를 부르며 춤을 추었다고 하는데, 이것은 하느님의 명령을 받아 나라를 새롭게 하기 위해 내려오는 하느님의 아들인 김수로를 맞이하는 굿을 거행한 사실을 가리킨다.

일본의 《서기》에도 이와 비슷한 이야기가 기록되어 있다. 해의 신인 천조대신(天照大神)이 동굴에 숨어버리므로 나무를 뿌리째 뽑아다 세우고 윗가지엔 거울을 걸고, 가운데 가지엔 옥을 걸고, 밑가지엔 푸른 베와 흰 베를 걸고서 일제히 기도를 올렸다. 또 창을 들고서 우스갯짓을 하고, 또 나무로 만든 가발을 쓰고 덩굴로 만든 띠를 두른 채 불을 피워놓고, 엎어 놓은 술통 위에 올라가 발로 밟아 장단을 맞추면서 춤추고 노래를 불렀다. 천조대신이 "내가 석굴에 들어와 있으므로 긴긴 밤이 계속될텐데, 어찌하여 저다지도 기뻐하고 즐거워하며 웃고 있을까?"하고 의아해서 혼잣말을 하며 문을 열고 바깥을 살피므로, 그 순간을 틈타

힘센 남신이 천조대신의 손을 잡고서 끌어냈다고 한다. 그런데 오늘날의 황해도 무당굿을 보면, 해가 뜨는 시각에 맞추어 산꼭대기에 올라가 무녀가 일월대를 세워 놓고 일월맞이굿을 하는데, 일월대는 막대기 끝에 푸른 소나무 가지를 묶고, 무명베를 감고, 청실 홍실을 걸치고, 뒷면에 해와 달과 북두칠성이 조각된 놋쇠거울 - 명두라고 부른다 -을 매달아 만들어 일본 《서기》의 기록과 여러 면에서 흡사하다.

이러한 현상은 하늘의 신, 해의 신을 맞이하던 굿이 동북아시아 샤머니즘 문화권에서 공통적으로 전승되는 사실을 가리키는데, 《삼국유사》엔 용신굿에 관한 기록도 함께 들어있다.

신라 제 30대 문무왕이 왜병을 진압하기 위해 죽어서 동해의 용신이 되고자 했기 때문에 문무왕의 뼈를 대왕암에 수장했는데, 신문왕이 즉위한 이듬해 5월에 산세가 거북이 머리를 닮은 대왕암 위에 대나무 한 그루가 있어 낮에는 두 쪽이 되었다가 밤에는 하나로 합해지므로 신문왕이 배를 타고 대왕암으로 건너가서 검은 옥대를 바치는 용에게 그 이유를 물은 즉, 한 손으로는 소리를 낼 수 없고, 두 손으로 손뼉을 쳐야 소리가 나듯이 문무왕은 용신이 되고 김유신은 천신이 되어 두 성인이 한 마음이 되어서 대나무를 보냈으니, 대나무로 피리를 만들어 천하를 다스리면 화평해질 것이라고 대답했다. 그리하여 그 대나무로 만파식적을 만들어 불었더니, 적병은 물러나고, 질병은 치유되고, 가뭄엔 비가 오고, 장마엔 쾌청해지고, 태풍은 잠잠해지고, 파도는 가라앉더라는 것이다.

그런데, 이러한 이야기는 제 29대 무열왕(김춘추)과 김유신 두 사람이 힘을 합쳤기에 삼국을 통일할 수 있었듯이 김춘추의 자손과 김유신의 자손이 분열되지 말고 단합해야 신라가 태평해질 수 있다는 생각에서 용신이 된 문무왕과 천신이 된 김유신을 화해 동참시키는 굿을 대왕암에서 거행한 사실을 뜻한다.

경북 경주군 양북면 감포해수욕장에서 바라본 대왕암.

대왕암의 안쪽. 십사수로(十字水路)의 한 가운데에 덮개돌이 있다 이 덮개돌 밑에 문무왕의 유골이 안장된 것으로 본다.

울산시 황성동 세죽마을에서 본 처용섬.

오방처용무.

이와 같이 고대 국가나 삼국 시대엔 굿이 국가적인 종교 의식, 다시 말해서 국중 행사(國中行事) 내지 나라굿으로 거행되었으며, 왕이 무당왕(shaman-king)으로 직접 굿을 하거나 적어도 제주가 되었었다.

그러나 고려·조선시대를 거치면서 무속 문화가 불교 문화, 유교 문화에 밀리고, 무당의 사회적 지위도 격하되어 급기야는 천민으로 탄압받기에 이르렀으며, 굿도 마을굿이나 집굿으로 규모가 작아졌다.

그리고 굿의 대상이 되는 신도 건국 시조나 문무왕, 김유신처럼 살아서 위대한 공적을 세운 인물을 신격화시킨 경우보다는 최영, 단종, 금성대군, 사도세자, 남이 장군처럼 비극적인 죽음을 한 원혼 계통이 많이 나타났는데, 역사적 실존 인물이 아닌 전설적인 인물의 원혼인 경우도 허다하다.

원혼이란 원한을 품고 죽은 귀신으로서 전통적인 원혼 관념에 의하면 제명대로 살지 못한 사람, 다시 말해서 전쟁, 질병, 교통 사고, 자살, 타살, 익사, 객사 등등 비명횡사한 사람의 혼령은 전부 원혼이 된다. 원혼은 부정한 귀신, 잡스런 귀신으로 본처의 원혼이 후처에게 붙는 식으로 〈탈〉을 내며, 교통 사고로 죽은 원혼은 사고 지점에 집착하여 또 다른 사고를 불러 일으켜 〈사고 많이 나는 장소〉를 만드는 식으로 공간에 대해 집착한다. 또한 꿈에 나타나서 자신의 원한을 강력하게 설명하거나, 유령의 모습으로 나타나기도 하고, 뱀이나 다른 동물의 모습으로 나타나는 등 신령스런 속성을 지닌다.

그러나 이런 원혼도 산 사람이 위령제를 지내주거나 부락신으로 승격시키고 제사를 지내면 산 사람을 이롭게 한다. 강원도 삼척의 해랑당에는 처녀의 원혼이 동해 바다의 신으로 모셔져 있는데, 마을 처녀가 바다에서 김을 채취하다가 익사한 이후로 흉어가 심하고 어선이 뒤집혀 익사자가 속출하던 차, 노인의 꿈에 처녀의 원혼이 나타나 자기를 신으로 모시고 남근을 바치라고 현몽하므로 그대로 했더니, 고기가 많이 잡히고 해상 사고도 안 일어났다고 한다. 판소리 춘향가의 경우엔 남원에 춘향이란 얼굴이 추한 기생이 이도령을 위해 수절하다 원사한 이후로 가뭄이 들고 흉년이 계속되므로, 양진사가 춘향가를 지어 광대로 하여금 광한루에서 부르게 하여 기우제를 지냈더니, 광한루 대들보 위에서 웃음소리가 나고 비가 왔다는 것이다.

이러한 원혼 설화는 원혼이 생기면 재난이 생기므로 원혼의 원한을 풀어주어 재난을 없앤다는 논리를 갖춘 짜임새인데, 탈놀이의 발생도 원혼 관념으로 설명하려는 설화가 있다. 예천의 청단놀음을 보면, 어떤 노인이 바람기 때문에 집을 나간 첩을 예천에서 찾았으나 되돌아가길 거절하므로 죽여서 암매장한 이후로 원인 모를 화재가 빈번하게 발생했는데, 원님의 꿈에 망령이 나타나서 제사를 지내고 청단놀음을 해달라고 했다. 그래서 당집을 짓고 당제를 지내고 탈놀음을 했더니, 화재가 다시는 일어나지 않았다는 것이다.

또 예천에서 지리적으로 가까운 안동의 하회마을에서 놀던 탈놀이를 보면, 같은 유형의 설화를 더불고 있다. 허도령이란 인물이 신의 계시를 받고서 목욕재계하고 금줄을 치고서 탈을 만드는데, 허도령을 평소에 사모하던 처녀가 그리운 정을 참지 못하고 몰래 들여다보았기 때문에 허도령이 신으로부터 벌을 받아 피를 토하고 죽고, 처녀도 그 후에 죽었다. 그래서 허도령의 원혼은 도령당에, 처녀의 원혼은 서낭당에 모시고 제사를 지냈고, 10년마다 탈놀이를 했다는 것이다.

그러나 《삼국유사》를 보면, 헌강왕이 경주 남산의 포석정에 갔을 때 남산의 신이 나타나 춤을 추는 모습이 다른 사람들의 눈에는 보이지 않고 헌강왕의 눈에만 보인 까닭에 헌강왕이 신의 얼굴을 조각한 탈을 쓰고, 신의 춤을 모방하여 산신춤을 추었

다고 한다. 그런가 하면 《동국세시기》에 의하면, 강원도 고성에
선 비단으로 신의 탈을 만들어 당집에 모셔 놓았다가 신이 내린
사람이 그 탈을 쓰고서 집집마다 돌면서 춤을 추고 인간들로부
터 섬김을 받았다고 한다.

이렇듯이 굿에서 신이 들린 사람, 또는 신을 보는 영통력을 지
닌 사람이 신의 탈을 쓰고서 춤을 추고 노래를 부른 데에서 탈
굿이 성립되었는데, 그것이 신을 즐겁게 해주기 위한 원래의 구
실이 퇴색하고, 인간이 즐기기 위한, 또는 인간을 즐겁게 해주는
탈춤 내지 탈놀이로 바뀌면서 재담이 풍부해지고 연극적인 내용
이 복잡해진 것이 오늘날의 민속 가면극인 것이다.

따라서 굿은 춤과 노래와 음악과 연극이 혼합되어 있어 그 자
체로서도 무속문화의 꽃이라 할 수 있지만, 특히 탈놀이와 판소
리 같은 우수한 전통 예술을 낳은 모태가 된 사실은 농악굿(풍물
굿)이 사물놀이로 변형되어 세계음악으로 도약한 사실과 함께 굿
이 문화적 제국주의에 맞설 수 있는 민족문학, 민족예술의 창조
를 위해 필요한 상상력의 원천이라 말할 수 있는 것이다. 뿐만
아니라 인간과 사물, 인산과 인간의 관계가 단절되고 소외 현상
이 가속화되어 분열과 갈등이 날로 디해 기는 현대 산업 사회에
서, 남한과 북한이 이념적 대결을 없애고 통일을 바라보는 오늘
날에 신과 인간이 하나됨을 체험하게 해주고, 나아가선 인간과
인간을 화해시켜 공동체 의식을 강화시키는 굿이 새삼스럽게 관
심의 대상으로 떠오르고 있는 것이다.

## 3. 탈의 고향 하회마을의 답사방법

안동에서 예천 방향으로 16km를 달리다가 풍산읍을 통과한 즉시 다리를 건너지 않고 지보와 구담 방향으로 좌회전해서 왼쪽으로 제법 넓은 들판을 바라보면서 4.7 km쯤 가다보면 하회마을을 갈 사람은 좌회전하라는 표지판이 기다리고 있다. 여기서부터 하회까진 3.2km의 거리인데, 오른쪽에서 탕건바위가 지키고 금줄이 머리 위를 가로지르고 있는 서낭당 고개를 넘기 바로 직전에 왼쪽으로 서애 유성룡을 기리는 병산서원으로 가는 갈림길이 있다. 하회를 드나드는 유일한 육로인 고갯길을 넘으면 백사장이 유난히 넓은 낙동강이 먼저 눈에 선뜻 들어온다. 강물이 감돌아 흐른다 해서 물도리동, 곧 하회(河回)라 했다.

강원도 황지에서 비롯되는 물줄기가 안동의 남강을 합수시켜 흐르다가, 일월산의 한 자락이 뻗어내려 병산, 주병, 부용대를 만드는 산줄기를 왼쪽에 끼고 태극형으로 용트림하는 지점에 위치하여 산태극(山太極), 수태극(水太極)의 지형으로 이름난 곳이다. 그런가 하면 마을의 남북의 축이 동서의 축보다 짧은 타원형이어서 물에 뜬 연꽃이나 다리미, 또는 진흙 밭에 빠진 거북이로 비유되기도 하는데, 서남북은 낙동강의 상류인 화천이고, 동쪽은 태백산의 한 가닥인 해발 217m의 화산이 가로막고 있어 천연의 요새요, 살기 좋은 명당자리로 일컬어진다. 이처럼 외부와 고립된 지리적 조건은 오히려 별신굿탈놀이 같은 전통문화를 고스란히 보존할 수 있었던 조건이 되었다.

하회마을은 동과 서로 가로지르는 길에 의해 남쪽의 아랫마을과 북쪽의 윗마을로 나뉘는데, 북촌에선 양진당(유운룡)과 북촌댁이, 남촌에선 충효당(유성룡)과 남촌댁이 사대부층의 대표적인 저택들로서 대체로 행랑채, 사랑채, 안채, 사당으로 구성된다. 행랑채엔 솟을대문과 마굿간이 딸려 문지기나 마부 같은 하인들이

거처하고, 사랑채에선 바깥주인이 손님을 맞이하고, 안채에선 안주인이 자녀와 기거하고, 사당엔 조상의 위패를 모시고 제사지냄으로써 주택의 공간을 신분과 성별과 나이에 따라 분할시켰다.

마을 전체로 보면, 마을 중심부를 풍산 류씨의 기와집이 차지하고, 그 외곽지대를 신분이 낮은 각성받이들의 초가집이 둘러싸고 있듯이 신분의 높낮이에 따라 거주지가 구분되었다.

그러나 풍산 류씨가 하회마을의 지배세력으로 군림하여 동족마을을 이룩한 것은 조선시대에 들어와서이고, 그 이전엔 풍산의 상리에 살았다. '허씨 터전에, 안씨 문전에, 류씨 배판에'란 말이 전하는 걸로 보아 풍산 류씨 이전에 허씨, 안씨가 살았던 것 같다. 강 건너에 허정승의 묘가 있고, 하회탈을 허도령이나 안도령이 만들었다는 전설이 있으며, 안씨가 몰락하고 류씨가 득세하게 된 이유를 대려는 설화도 있기 때문이다.

안씨의 어른이 죽어 묘자리를 보는데, 풍수장이가 '삼대 정승이 나게 해 줄까? 당대 천 석이 나게 해줄까 했을 때 부자가 되면 정승 하나라도 살 수 있지 않겠나 싶어 당대 천 석을 원했다. 그래서 강물이 옥연정 쪽으로 돌고 묘 앞에 큰 들이 생겨 천 석을 서둘 수 있었다.

그러나 발복은 그걸로 끝나고 정승은 나오지 않았다. 만일 그때 삼대 정승이 나오게 묘를 썼으면 류씨들은 하회에 들어가지 못했을 것이다. 풍산 류씨는 정승 한 명(유성룡)으로도 권세를 누리는데, 안씨가 복이 없어 그랬다.

벼슬을 해야만 가세를 떨칠 수 있었던 봉건적 관료사회에서 안씨가 관직보다 재물에 욕심을 부렸기 때문에 류씨와의 경쟁에서 패배했다는 주장이다. 그런가 하면 풍산 류씨가 온갖 공덕을 쌓은 다음에 하회에 터를 잡았기 때문에 번창할 수 있었다고 내세우는 이야기도 있다.

풍산 류씨의 조상이 하회에 터를 닦고자 했을 때 여러 가지 불길한 일이 꼬리를 물고 일어났다. 집을 짓고자 기둥을 세우면 주춧돌이 무너지고, 우물을 파면 불순물이 섞여 나왔다. 그래서 고심참담하고 있었는데, 꿈속에 스님이 나타나 이처럼 좋은 땅의 임자가 되기 위해선 그만한 공덕을 닦아야 한다고 일러주었다. 그래서 마을의 개척자들은 일단 고개 너머로 후퇴하여 짚신을 삼아서 사람들에게 나누어주는 식으로 적선을 하며 공덕을 닦았다. 그런 다음에 하회에 다시 들어가 터전을 닦았다.

이런 이야기는 류씨가 하회에 들어왔을 때 하회의 토착세력인 안씨의 저항을 받았지만, 안씨가 류씨의 외손이란 말이 암시하듯이 인척관계를 맺어 우호관계를 유지하며 힘을 키우다가 마침내 안씨를 누르고, 또는 안씨가 쇠미해진 틈을 타서 하회의 지배세력으로 성장한 사실을 뜻하지 않을까?

류씨가 하회에 들어왔을 당시 마을엔 사찰밖에 없었다는 전설이 있으며, 예전의 동사무소가 절터이고, 옆에 있는 삼신당(느티나무 고목)앞에 제단처럼 놓여 있는 것이 탑개이며, 조선 선조때 만들어진 안동 읍지《영가지》에 장흥사 터가 있었다는 기록이 있을 뿐만 아니라 지금도 탑개를 아무렇게나 쌓아 만든 탑이 쇠퇴해진 불교문화의 초상화처럼 쓸쓸히 서 있는 탑골이 있다. 따라서 풍남 초등학교 자리를 비롯해 여기저기 널려 있는 탑개, 석등, 연화문 대석 따위를 포함한 이 모든 것이 풍산 류씨와 함게 들어온 유교문화에 의해 거세되고 파괴된 불교문화의 잔영이요, 파편인 것이다. 고려를 멸망시키고 조선을 건국한 양반이 불교를 배척하고 유교를 숭상했는데, 왕조의 교체에 따라 종교가 바뀌고 문화가 달라진 사실이 하회의 부락사를 통해서도 확인되는 것이다.

하회마을의 유교문화를 나타내는 건축물로 주택 같은 생활공

겸암댁의 사랑채.

서애댁의 소슬대문 안쪽으로 사랑채가 보인다.

화산 중턱의 서낭당 내부.

국시당. 일설에는 도령당이라 하여, 하회탈의 제작자인 허도령이나 안도령의 원령
을 마을수호신으로 모신 듯하다.

간과 구별되는 문화공간으로서 서원, 정자, 누각들이 있다. 먼저 서원을 보면, 병산서원을 서애 유성룡(1542-1607)의 위패를 모시고 제사지내기 위해 서애가 별세한 지 8년만인 1610년에 풍산 류씨의 교육기관이던 풍악서당을 기초로 하여 건립했다. 이처럼 병산서원은 선현을 숭모하여 제사지내고 후진을 가르쳐 인재를 양성한다는 취지에서 건립되었는데, 시대의 흐름에 따라 교육기관으로서의 구실은 병산중학교에 넘겨주고, 지금은 제사의 기능만 남아 있다. 그러나 겸암 유운룡(1539-1601)을 받들기 위해 건립된 화천서원은 대원군이 집권하고 서원을 혁파할 때 화천서당으로 축소되어 가까스로 명맥만 지키고 있어 대조적이다. 개혁과 근대화의 물결에 밀려 제사의 기능을 먼저 잃고, 지금은 교육기관으로서도 빈 껍데기만 남은 셈이다.

다음으로 정자를 보면, 겸암정은 하회의 북쪽으로 화천 건너편 부용대의 오른쪽 절벽 위에 세워져 있는데, 겸암이 26세에 건립하여 도학의 연구와 제자의 양성에 힘썼던 곳이다. 겸암정은 바깥채와 안채로 구분되는데, 바깥채에 퇴계 이황이 글씨를 쓴 '겸암정'이란 판액이 걸려 있어 겸암이 퇴계의 문하생임을 자랑한다.

이 겸암정에서 부용대의 절벽 아래로 난 지름길을 따라 강물에 마음을 씌우고 내려가면, 히회에서 나룻배를 타고 화천을 건너 옥연정으로 가는 길과 만나고, 그 길은 다시 화천서원으로 이어진다. 옥연정은 원지정사가 마을의 여염집과 너무 가까워 번거롭기 때문에 이를 피하여 서애가 45세 때 탄홍이란 승려의 시주를 받아 10년 뒤에 완성시킨 정자인데, 원지정사는 연좌루와 함께 있어 정자와 누각이 쌍을 이룬 누정문화의 전형을 보여준다. 정자는 단층으로 안정감이 있고, 온돌방과 대청으로 구성되어 겨울엔 방을, 여름엔 대청을 주고 이용할 수 있도록 설계되어 있다. 그러나 누각은 높은 돌기둥이 대청마루를 떠받치고 있는 중층 건물이어서 전망을 멀리 내다보고 즐길 수 있는 공간이다.

생활공간인 양진당과 충효당이 마을의 동서를 관통하는 길을 사이에 두고 대칭을 이루듯이 문화공간의 경우에도 병산서원과 화천서원, 풍악서당과 화천서당은 화천을 사이에 두고, 겸암정과 옥연정은 부용대를 사이에 두고 대칭을 이루고 있는 사실은 풍산 류씨가 겸암파와 서애파로 나뉘어 경쟁을 벌여온 사실과 관계가 있는 것으로 보인다.

다시 말해서 유교문화를 숭상했던 조선시대 사대부가 높은 벼슬을 하고 문벌을 과시하는 양반과, 벼슬을 멀리하고 지조를 지키며 인격을 닦고 제자를 양성하는 선비로 분화되었는데, 하회에선 겸암과 서애가 제각기 선비와 양반의 길을 나누어 갔고, 이와 같은 대립성을 저택과 정자, 서원의 위치와 설계를 통하여 표현했던 것이다.

하회에서는 유교문화 이전에 불교문화가 지배했는데, 불교문화가 들어오기 전엔 어떤 문화가 있었을까? 바로 무교문화일텐데, 그 증거물로 서낭당, 국시당의 당집과 서낭각시탈을 비롯한 11개의 탈이 있다. 서낭당은 주차장 위쪽 화산의 중턱에 있어 마을과 화천과 부용대가 한눈아래 내려다 보이는데, 서낭신은 전설에 의하면 열 다섯 살 과부나 열 일곱 살 처녀가 죽어서 된 각시신이다. 과부든 처녀든 젊은 여자의 원혼을 그대로 두면 해코지를 하겠기에 마을의 신으로 모시고 제사를 지내며, 10년마다 무당을 부르고 탈을 쓰고서 별신굿을 했다.

서낭당에서 당골이라 부르는 골짜기로 내려오면 산기슭에 국시당이라는 또하나의 당집이 있는데, 이것을 도령당이라고 말하는 사람이 있는 걸로 봐서 탈을 만들다가 죽었다는 허도령이나 안도령의 원혼을 모신 당으로 보기도 한다. 별신굿을 할 땐 섣달 그믐날 산주가 광대들을 거느리고 서낭당에 올라가 서낭신을 당방울과 서낭대에 강신시켜 국시당을 거쳐 마을로 돌아와 삼신당을 들른 다음, 지금은 불타고 없어진 동사에 좌정시켰다. 한편 17

암수 주지가 싸우는 뒤편으로 초랭이가 보인다.

할미가 베틀가를 부르며 베를 짜기 위해 엉덩이춤을 추며 들어온다.

부네가 소변을 보는 광경을 중이 쳐다보고 욕정을 느낀다.

초랭이(왼쪽)와 이매(오른쪽).
초랭이는 입비뚤이이고, 이매는 무턱이에 절름발이로 모두 어릿광대이다.

세 소년이 각시광대가 되어 무동춤을 추며 서낭당에 올라갔다가
내려와선, 각시탈을 쓰고서 마당을 돌며 다시 무동춤을 추고서
구경꾼들로부터 걸립을 했는데, 이때 돈을 바치면 복을 받는다고
믿었다. 그리고 서낭대를 앞세우고 양진당, 충효당, 북촌댁, 남촌
댁 같은 양반의 집에 가서 무당은 마루에서 성주굿을, 부엌에서
조왕굿을 하는 식으로 지신밟기를 하고, 광대들은 마당에서 탈놀
이를 했다.

그러다가 보름날이 되면 산주가 서낭당, 국시당, 삼신당에서 당
제를 지내고, 광대들은 서낭당 앞에서 하루 종일 탈놀이를 했다.
그러다가 해질 무렵에 서낭대를 서낭당의 처마에 걸쳐놓고 내려
와 마을 어귀의 진밭에서 모닥불을 피우고, 비밀의식으로 서낭각
시의 혼례식을 올렸다. 그리고 마지막으로 무당이 헛천거리굿을
하여 별신굿 동안 마을에 묻어 들어온 잡귀잡신을 풀어먹여 보
냈다.

이와 같이 하회마을에는 무속문화의 뿌리가 깊으며, 무속문화
와 불교문화와 유교문화가 서로 부딪히고, 갈등을 일으키기도 하
지만, 탑골의 장흥사와 당골의 국시당이 인접해 있다든가, 서애
유성룡이 국시당에 기원문을 바쳤다든가, 별신굿 할 때 무당이
양반의 집에 들어가 지신밟기를 하고, 양반들이 탈놀이를 초청하
여 구경했으며, 승려 탄홍이 시주하여 서애의 옥연정을 건립하는
등 무속문화와 불교문화와 유교문화가 융합하고, 조화를 이루고,
공존하는 모습도 보였음을 주목해야 한다.

따라서 하회마을을 찾을 때, 겸암이 조성했다는 송림이나, 건너
편의 부용대, 나룻배가 손님을 기다리는 백사장과, 빈연이나 옥연
같은 깊은 소(沼)를 만들며 도도하게 휘돌아 흐르는 화천 같은
자연 경관에 매료되고, 충효당, 병산서원, 서애의 유품이 전시된
영모각 같은 유교문화에만 관심을 가지기보다, 탑골의 탑이나 삼
신당의 제단으로 둔갑한 탑개같은 불교문화의 부스러기에서 잃

어버린 고려시대의 하회마을을 상상해 보아야 할 것이다.

　또한 서낭당에 올라가 서낭신의 눈으로 마을을 굽어보고, 하회별신굿 탈놀이의 전수회관에 들어가 탈춤의 공연도 구경하고, 탈방에 들러 비록 모조품이지만 광대뼈가 넓은 각시, 요염한 부네, 합죽한 입을 크게 벌리고 숨을 헐떡이는 할미를 비롯해서 험상궂고 심술사나운 백정, 능청스럽고 음흉한 중, 성난 선비, 허세를 부리며 파안대소하는 양반 등의 탈을 통해서 잃어버린 우리 조상의 얼굴을 만나보는 것도 뜻있는 일이 아닐 수 없다.

　자연관광과 문화관광, 역사관광과 민속관광을 겸하여 하회마을을 구경하기 위해선 먼저 전수회관 뒤편의 화산 중턱 송림이 우거진 서낭당에 올라갔다가 내려와 국사당을 들른 다음 마을 입구의 갈림길에서 왼쪽길로 접어들어 삼신당의 느티나무를 찾는다. 그런 다음 북촌댁, 남촌댁, 겸암정, 충효당의 순서로 구경하고, 강뚝길을 걸어 강물이 흐르는 방향으로 내려오면, 마을의 북쪽을 막아주는 우실의 성격을 띤 송림이 우거진 백사장에는 나룻배 한 척이 기다리고 있다. 배를 타고 건너 부용대에 올랐다가 반대편으로 내려가면, 마을쪽에선 숲에 가려 지붕만 조금 보이는 겸암정이 있다. 거기서 절벽 밑으로 난 벼랑길을 따라 내려와 옥연정을 구경하고, 화천서당까지 갔다오면 더욱 좋다.

　다시 강을 건너서 서낭당고개로 빠져 병산서원에 들렀다가 나오면, 하회마을 관광은 모두 끝마치는 셈인데, 자연과 인공을 조화시킨 조상들의 멋과 슬기를 배우는 보람을 크게 느낄　것이다.

## 4. 봉산탈춤의 제의성과 연극성

### 1) 유래와 특징

봉산탈춤은 지금은 우리의 전통극을 대표할 정도로 유명해졌지만, 예전에는 봉산의 아전(衙前)들이 놀던 향토오락이었다. 봉산의 단오날 세시 풍속으로 낮에 씨름과 그네뛰기의 경연을 벌이고, 밤에 탈춤을 추었다고 하는데, 탈춤은 봉산의 앞산 아래 강변에 있는 석벽 밑에 무릎 높이의 돌축대를 쌓아만든 경수대(競秀臺)에서 놀았고, 씨름과 그네뛰기는 그 앞의 평평한 터에서 벌였다.

그러나 1915년 무렵 경의선 철도가 개통되고 군청 같은 행정기관이 사리원으로 옮겨지자 봉산탈춤도 봉산의 경수대에서 사리원의 경암산 아래 경암루(景巖樓) 앞으로 옮겨 씨름과 그네뛰기의 예선, 본선, 시상식을 치루는 동안 4~5일 동안 계속 놀았다고 한다. 놀이판도 봉산에서는 경수대라는 축대 위에서 연희되고 구경꾼은 그 아래 평지에 앉거나 서서 본 것과 다르게 사리원에서는 경암루라는 누각의 앞마당에 탈판을 만들고 그 둘레에 서까래로 뼈대를 만든 다락 위에 수숫대엮음, 볏짚, 화문석 등을 차례로 포개어 깔아 유료석으로 만들었다. 이처럼 시대의 변화에 따라 공연 장소가 바뀌고, 놀이의 규모가 커지고, 관람석에도 차등이 생겼다.

게다가 이동벽이라는 사리원 기생조합장이 모가비(놀이패의 우두머리) 노릇을 했던 1936년 8월 31일의 백중절 공연 때에는 기생들이 상좌, 사당, 소무, 원숭이의 역에 대거 출연했는데, 특히 사당춤을 출 때는 기생의 인기와 놀이의 흥행을 노리고 탈을 쓰지 않은 채 얼굴을 자랑했다. 이렇듯이 남자만이 독점하던 탈춤의 배역을 여자도 맡게 됨에 따라 여자의 역할을 여자가 한다는 의식의 변화는 물론이고, 춤사위가 부드러워지고, 여성 구경꾼이 증가하고, 여성의 사회적 지위가 향상되는 등의 변화가 함께 일어났다.

그뿐만 아니라 공연 날짜도 음력 7월 보름의 백중날로 바뀌었는데, 음력 5월 5일 단오절에 놀던 것도 조선 말기부터이고, 그 이전에는 사월 초파일에 놀았다고 하여, 봉산탈춤이 불교와 긴밀한 관계가 있었음을 시사한다. 아닌게 아니라 상좌, 팔목중, 노장스님, 사자 등이 등장하는 봉산탈춤의 유래에 얽힌 이야기도 다분히 불교적 색채를 띤다.

고려 말엽에 어느 절 ─만복사(萬福寺)라고도 한다 ─에 살던 만석(萬石, 萬碩, 萬釋)이라는 늙은 도승이 세상사람들로부터 산부처 [生佛] 라 칭송되고, 존경을 받았는데, 그의 친구 중에 취발이라는 방탕한 처사(處士) 한 사람이 있어 여러 가지 술책으로 그를 타락시키려 했다. 그러나 그의 마음이 좀처럼 흔들리지 않으므로, 최후의 계책으로 요사스런 미녀를 시켜 그의 마음을 움직여보기로 하였던 바, 생불이라던 도승도 미녀의 마수에 걸려 마침내 파계하게 되었다. 그후 승려에 대한 세인의 증오와 반감이 몹시 격화된 까닭에 어느 뜻있는 선비가 불교의 앞날을 염려한 나머지 승려의 파계와 민풍의 퇴폐를 예방하려고 봉산탈춤을 만들어 놀게 하였다는 것이다. 만석은 고려 말엽의 신돈이라고도 하고, 또는 조선 중엽의 개성 명기 황진이가 파계시킨 지족선사(知足禪師)라고도 하나, 만석은 파계승의 대명사와도 같은 존재라 할 수 있다.

봉산탈춤의 중흥자는 18세기 중엽의 안초목(安初目)이라고 일러온다. 안초목은 봉산의 아전으로서 전라남도 어느 섬으로 유배되었다가 돌아온 후 나무탈을 종이탈로 바꾸는 등 이 놀이를 개혁하여 아전들의 연회로 만들었다고 한다. 이같은 이야기를 통해 봉산탈춤이 전승되어 내려오면서 겪었을 변화에 대해 몇 가지

사실을 알아낼 수 있다.

첫째로 18세기 중엽은 판소리의 대표작인 <춘향가>가 유진한에 의해 최초로 한문으로 기록된 시기(1754년)이고, 중인 출신의 가객 김천택, 김수장이 양반시조와 평민시조, 평시조와 사설시조를 함께 실어 『청구영언』(1728년), 『해동가요』(1763년)를 편찬한 시기이며, 화원(畵員) 출신인 김홍도, 신윤복이 밭 가는 광경, 대장간의 풍경, 씨름하는 장면, 그네 뛰는 아낙네, 술 파는 여자, 희롱하는 난봉장이 등을 그린 해학적이고 사실적인 풍속화를 남긴 시기이다. 이와 같이 18세기 중엽은 서민문학, 광대예술, 중인문화가 일종의 문예부흥 시대를 이루었는데, 이러한 시기를 배경으로 해서 봉산탈춤도 아전(향리)의 연극으로 발전했다.

둘째로 안초목이 유배 생활을 마치고 돌아와서 봉산탈춤을 개혁했다는 사실은 안초목이 양반사회에 정치적으로 맞서기보다는 문화예술운동을 통해 대응하는 길을 택한 것을 의미한다.

셋째로 나무탈을 종이탈로 바꾸었다고 하는데, 서울대학교 박물관에 소장되어 있는 산대놀이의 탈이 나무탈인 점으로 미루어 보건내, 무겁고 제삭이 힘는 나부탈보다 가볍고 제작이 쉬운 종이탈로 바꿈에 따라 춤사위가 더욱 활달해질 수 있었다.

그러나 탈의 부정을 막거나, 풍년과 무사태평을 빌기 위해 제물을 바치는 뜻에서 탈놀이를 마친 뒤 탈을 불살랐기 때문에 나무탈을 종이탈로 바꾼 것이 비용의 절감을 가져왔는지는 의문스럽다. 왜냐하면 궁중에서는 종이탈을 태우는 것이 낭비라 하여 다시 나무탈로 만들어 보관했다가 해마다 채색을 고쳐 쓰도록 했기 때문이다.

넷째로 안초목의 '초목'은 팔목중 가운데의 '첫 목중〔初目僧〕'을 가리키는 것으로 본다면, 안초목이란 인물은 첫 목중춤의 명수였기 때문에 그같은 이름이 붙여졌을 것이나. 19세기 중엽 봉산의 관아에서 집사(執事)를 지낸 이성구(李聖九)가 첫목중춤의 명수였으며, 모갑이(놀이패의 우두머리) 노릇을 했다는 사실을 보더라도 첫목중춤이 팔목중춤만이 아니라 봉산탈춤 전체 속에서 차지하는 비중이 크고, 상당한 기량을 요하는 춤이라는 사실을 알 수 있다. 기실 첫목중춤은 나머지 목중춤하고는 춤사위가 현저하게 다르고 어렵다. 다른 목중들은 모두 서서 춤추지만, 첫목은 탈판에 달음질로 등장하여 쓰러져서 좌우로 엎어졌다 뒤집어졌다 하다가 춤추는 것이다.

그리고 안초목의 이름을 통해 팔목중춤마당이 18세기 중엽에 성립되었고, 팔목중춤을 비롯해 봉산탈춤 전반에 걸쳐 중인문화가 수용되고, 중인의식이 투영되었을 것이란 추측이 어렵지 않다. 이를테면 팔목중마당에서 한문 어구가 많이 들어있는 가사나 잡가의 노랫말이 재담으로 차용되고, 한시 구절이 인용된 점이 그렇다. 그러나 후대로 내려오면서 무당이나 농민도 놀이꾼으로 참여하게 되고, 상인이 후원자 노릇을 하였기 때문에 오늘날의 봉산탈춤에는 민중의식, 상인의식, 무속신앙 등이 복잡 미묘하게 혼합되어 있다.

봉산탈춤은 악사들을 선두로 하여 탈을 쓴 사자, 말뚝이, 취발이, 포도부장, 소무, 양반, 영감, 상좌, 노장, 그리고 남강노인의 순서로 행렬을 이루고서 읍내를 한 바퀴 도는 길놀이로 비롯되는데, 이때 원숭이는 앞뒤로 뛰어다니며 장난을 쳤다. 도중에 광장에 이르면 행렬자들은 모두 어울려서 한바탕 춤을 추고, 다시 행렬을 지어 놀이터로 가서 본격적인 탈춤을 시작했다. 그러나 이같은 길놀이 대신 나무판에 광고문을 적어 사방에 붙이기도 했다고 하니, 길놀이에는 탈을 쓰고 돌아다니면서 악귀를 내쫓는 본래의 구실 이외에도 탈춤의 공연을 알리어 구경꾼을 끌어 모으는 광고 효과도 있었던 것이다.

사자와 원숭이는 놀이판의 관객을 정리하기도 했고, 봉산탈춤의 중흥자인 안초목의 영혼을 위로하는 고사를 지내기도 했는데,

보통은 장작불을 피운 놀이판에서 농악식 장단에 맞추어 집단적인 신명풀이로 무등춤(화랑이춤)을 추고, 구경꾼이 많이 모이면, 사상좌춤을 비롯해서 팔목중춤, 법고놀이, 사당춤, 노장춤놀이, 신장수춤놀이, 취발이춤놀이, 사자춤놀이, 양반춤놀이, 미얄춤놀이의 순서로 연희하고, 마지막으로 술상을 차려놓고 놀이패 일동이 탈을 불사르며 재배했다.

이처럼 봉산탈춤은 길놀이, 집단무용, 고사, 10마당〔科場〕의 탈춤놀이, 소제(燒祭)의 순서로 진행되었는 바, 길놀이는 신맞이 행렬의 잔영이고, 집단무용은 집단적인 신명풀이이고, 고사는 영신제에 해당하고, 10개의 탈춤놀이마당은 개인적인 신명풀이이며, 소제는 송신의례의 구실을 한다. 따라서 봉산탈춤도 '청신→오신→송신' 또는 '강신→신유(神遊)→회궁(回宮)'의 절차로 진행되는 탈놀음굿의 기본 골격을 유지했으나, 지금은 서울놀이마당에서처럼 놀이패가 마당을 한 바퀴 돌고 탈춤놀이만 하는 식으로 변하였다.

## 2) 중마당군(群)

### (1) 첫째 마당 : 사상좌(四上佐)춤

흰 장삼을 입고, 붉은 가사를 메고, 흰 고깔을 쓴 상좌 넷이 등장하는데, 먼저 목중 하나가 상좌를 업고 달음질로 등장하여 악사한테 장단을 청하는 불림을 하고, 타령곡에 맞추어 마당을 한 바퀴 돈 다음 악사가 앉아 있는 새면 앞에 상좌를 내려놓고 퇴장한다.

이런 식으로 둘째, 셋째, 넷째 상좌가 등장하여 일렬로 서서 악사들이 연주하는 느린 영산회상곡에 맞추어 춤추다가 장단이 도도리곡으로 바뀌면 두 사람씩 동서로 살리서서 맞춤(對舞)을 춘다. 다시 타령곡으로 바뀌면 첫째 목중이 등장하여 땅바닥에 쓰러진다. 상좌는 타령곡으로 계속 춤추면서 연풍대로 퇴장한다.

상좌가 거룩하고 고귀한 존재인 양 목중한테 업히어 등장하고, 동서남북의 신을 향해 배례하며, 장삼을 뿌리고 감고 풀면서 일자진(一字陣), 원진(圓陣)으로 대형을 바꾸며 춤을 추다가, 이윽고 허리를 앞으로 엎치고 뒤로 재치며 빙빙 돌아가는 이른바 연풍대로 탈판을 돌아 퇴장하는 걸로 보아, 사상좌춤은 탈춤의 첫머리에서 탈판의 악귀를 내쫓고, 탈춤의 공간을 정화시키는 벽사의식무(辟邪儀式舞)가 분명하다.

장단도 느리고 답답한 영산회상곡으로 시작되어 도도리곡을 거쳐 빠르고 힘찬 타령곡으로 바뀜에 따라 엄숙하고 긴장된 제의적인 분위기가 단계적으로 흥겹고 신명나는 축제적인 분위기로 변하는 것이니, 한삼을 감았다 푸는 춤사위나, 느리게 시작해서 빨라지는 장단이 모두 하나같이 신과 인간 사이의 맺힌 갈등을 풀어내는 굿의 원리에 기초한다.

그러나 일제 강점기에 흥행을 위해서 남자 대신 기생들이 동원되고, 심지어 얼굴을 자랑하기 위해 탈마저 쓰지 않았을 때에는 사상좌춤은 종교적인 의미와 주술적 기능이 퇴색하고, 단순히 탈놀이의 시작을 알리거나, 구경꾼의 관심과 흥미를 돋구면서 노장의 등장을 예고하는 서막으로 변이를 일으킨 것이다.

(2) 둘째 마당 : 팔목중춤

붉은 색깔의 울퉁불퉁한 탈을 쓰고 방울을 무릎에 달고 싱싱한 버드나무가지를 허리 뒤쪽에 꽂은 첫째목중이 달음질하여 등장하다가 땅바닥에 쓰러진다. 얼굴을 하얀 한삼이 달린 두 소매로 가리고 누운 채 타령곡에 맞추어 발끝부터 움직이는 동작을 한다. 가까스로 온몸이 움직이면 세 번 엎어졌다 세 번 뒤집어졌다 하고서 네 번만에 간신히 일어나서는 두 팔로 얼굴을 가린 채로 오른편을 살피고 왼편을 살핀다. 턱 앞에 모은 양 소매를

머리 위에서 휘저으면서 온몸을 격렬하게 부르르 떤다. 그리고 비로소 얼굴을 가린 소매를 떼고 기괴한 탈을 구경꾼에게 처음 내보인다.

첫째목중이 땅바닥에 넘어졌다 일어서는 춤사위에 대해서는 예전에 어떤 놀이꾼이 달음질하여 등장하다가 실수로 그만 넘어졌을 때 임기응변으로 꿈틀거리다 일어났는데, 그것이 그럴 듯하여 그 이후로 오늘날과 같은 춤사위로 굳어졌다는 말이 있다.

그러나 노장춤마당에서 노장이 땅바닥에 엎드렸다 서서히 일어서거나 오늘날의 한국 무용이든 서양 무용이든 마루바닥에 엎드린 상태에서 시작하는 경우가 있듯이 춤꾼의 몸을 수평의 상태에서 수직의 상태로 일으켜 세우는 동시에 부동(不動)과 정지의 상태에서 운동과 이동의 상태로 변환시켜 죽음과 삶, 땅과 하늘, 어둠과 빛, 긴장과 이완, 수축과 팽창의 대비를 통해 어두운 땅에서 태어났으나 땅으로부터 해방되어 밝은 빛의 하늘로 솟으려는 인간의 초월의지를 나타내는 것이라는 풀이가 가능하다.

그리고 악사의 타령곡이 한층 더 빨라지면, 양팔을 휘저으며 한쪽 다리를 쳐들다가 소매를 외사위로 휘저으면서 매우 쾌활한 깨끼춤을 추며 탈판을 휘도는데, 이것은 두말 할 나위 없이 탈판의 악귀를 내쫓고 놀이의 공간을 정화시키는 벽사의 춤인 것이다.

다음으로 둘째목중이 달음질을 하여 등장하여 첫목의 얼굴을 한삼 자락으로 탁 치면 첫목은 아무 말 없이 힐끗 뒤돌아보고 퇴장하는데, 이같은 등퇴장법도 둘째목중이 첫째목중을 놀이판의 악귀로 간주하고 내쫓는 데 연유한다.

둘째목중은 달음질하여 장내를 한 바퀴 돌고 탈판 가운데 서서 좌우를 돌아보고, "쉬이이! 아앗쉬! 아앗쉬!"하고 외치는데, 이것은 장단을 멈추게 하는 신호가 된다.

산중에 무력일(無曆日)하여 철 가는 줄을 몰랐더니, 꽃 피어 춘절이요, 잎 돋아 하절이라. 오동낙엽 추절이요, 저 건너 창송녹죽에 백설이 펄펄 휘날리니 이 아니 동절이냐. 나도 본시 강산 오입쟁이로 산간에 묻혔더니, 풍류소리에 한 번 놀고 가려던 ……

　목중은 속세를 떠나 산 속에 은둔하여 자연에 묻혀 살던 터이나, 풍류소리를 듣고선 예전 오입장이의 기질이 되살아나 한바탕 신명풀이를 하기 위해 탈판에 뛰어든 것이다. 금욕적인 생활을 거부하고 일시나마 쾌락을 추구하는 것이다. 그리하여 "백수한산(白首寒山)에 심불로(心不老)……"하고 불림을 하여 장단을 청하고, 타령곡에 맞추어 춤을 춘다. 신명의 춤이요, 해방의 춤인 것이다. 한참 추다가 다시 "쉬이이!"하고서 장단을 중단시킨 다음, "수인사(修人事) 연후에 대천명(待天命)이요, 봉제사(奉祭祀) 연후에 접빈객(接賓客)이라 하였으니, 수인사 들어가오." 하고서, 다시 "낙양동천 이화정(梨花亭)……"하고 불림을 하고서 타령곡에 맞추어 한바탕 춤출 때, 셋째목중이 등장하여 얼굴을 탁 치면 놀라서 퇴장한다.

　이를 간추리면 먼저 등장한 목중을 내쫓고 춤을 추다가 장단을 중단시키고, 탈판에 등장한 동기를 밝히는 재담에 이어 불림으로 장단을 청하고 다시 춤을 춘다. 그리고선 다시 장단을 중단시키고 인사치레의 중요성을 내세우는 재담을 한 뒤 불림으로 장단을 청하여 춤을 추다가 다음 차례의 목중한테 쫓겨 퇴장하는 것이다.

　이런 방식, 곧 <등장-춤-재담-불림-춤-재담-불림-춤-퇴장>의 순서로 진행되는 등퇴장법에 의해 둘째목중에서 여덟째목중까지 탈춤놀이를 하고서 마지막에는 여덟 목중들이 일제히 등장하여 뭇동춤을 추면서 놀이판을 한 바퀴 돌아 퇴장한다.

　이와같이 팔목춤은 원래는 탈판에 등장하여 악귀를 내쫓는 벽사의 춤을 추던 존재였는데, 경치 좋고, 풍악이 울리고, 한량들이 모여 노는 풍류정(風流亭)을 만나면 춤을 추고 싶은 충동을 억누르지 못하고 뛰어드는가 하면, 한술 더 떠서 구경꾼 앞에서 자신의 춤솜씨를 과시하는 것이 자신을 소개하고 구경꾼을 제대로 대접하는 행위라고 내세우는 인물로 변하여, 봉산탈춤의 놀이꾼들이 탈춤을 주술적이고 신앙적인 굿으로서보다는 오락적이고 세속적인 춤놀이로 간주하게 된 의식의 변화를 알 수 있게 해준다. 요컨대 개인적으로 악귀를 내쫓다가 집단적으로 악귀를 내쫓는 팔목중춤을 개인적인 신명풀이에 이어 집단적인 신명풀이를 하는 탈춤놀이로 변모시킨 것이다.

(3) 셋째 마당 : 사당춤
홀애비거사가 화려하게 치장한 사당의 옷도 만져보고, 얼굴도 만져보고, 갖은 짓을 다하다가 다른 거사들한테 쫓겨나는 식으로 연극적인 갈등관계를 보이다가 사당과 거사 패거리가 한데 어울려 놀량가, 앞산타령, 뒷산타령, 경발림같은 노래를 합창하고, 북·장고 등의 악기를 울리고, 난무를 벌이며 진탕하게 논다.

(4) 넷째마당 : 법고놀이
목중 두 명이 법고를 가지고 장난을 한다. 곧 하나는 법고를 치려하고, 다른 하나는 훼방을 놓는다.

(5) 다섯째 마당 : 노장춤
노장춤마당은 팔목중이 노장을 놀이판 가운데로 인도하는 장면과 노장이 소무를 유혹하여 어울려 춤추는 장면으로 나누어진다.
목중들이 노장의 육환장을 어깨에 메고 노장을 끌고서 개복청(改服廳)으로부터 타령곡에 맞추어 탈판으로 들어오는데, 송낙을 쓰고 회색 상삼에 낡은 가시를 메고 백발염주를 목에 선 노상이 부채로 얼굴을 가리고서 어느정도 끌려 오다가 지팡이를 슬며시

놓고 멈추어서면, 목중들은 그런 사실을 모른 채 그대로 지팡이
를 메고 간다. 그러다가 첫째목중이 노장이 없어진 줄 알고 행진
을 정지시키고서 노장을 찾자고 제안한다.

둘째목중: 그러면 노장님 간 곳을 찾아봐야 안 되겠느냐? 내가 찾
　　　　아보고 오려든……<흑운이 만천천불견……> (타령곡으
　　　　로 추면서 노장이 있는 데까지 가까이 갔다가 돌아온다.
　　　　다른 목중들은 제자리에서 같이 춤춘다. 다른 목중들
　　　　도 이와같이 되풀이하여 노장 있는 곳에 다녀온다.)
둘째목중: 쉬이, 아나야아.
목 중 들: 그래애이.
둘째목중: 노장님을 찾으랴고 동편을 갔더니 비가 오실려는지 날이
　　　　흐렸더라.
셋째목중: 아나야아.
목 중 들: 그래애이.
셋째목중: 내가 가서 자세히 보고 오마.<옥동도화 만수춘……>
　　　　(노장 있는 곳에 춤추면서 갔다가 온다.)
셋째목중: 쉬이. (장단과 춤 멎는다.) 아나야.
목 중 들: 그래애이.
셋째목중: 내가 이제 가 보니 날이 흐린 것이 아니라 옹기장사가
　　　　옹기짐을 벗어 놓았더라.


　둘째목중이 노장을 찾으러 갔다와서는 '동편하늘이 비가 오려
는지 날이 흐렸다'고 말하자, 셋째목중은 자기가 자세히 보고 오
겠다고 하고서 날이 흐린 것이 아니라 옹기장사가 벗어놓은 옹
기짐이 있더라고 말한다. 이런 식으로 넷째목중은 '숯장사가 숯짐
을 벗어놓았더라'라고, 다섯째목중과 여섯째목중은 이구동성으로
'날이 흐려서 대망이가 나왔더라'고 말하지만, 일곱째목중은 모두
틀리고 '노장이 분명하다'고 말한다. 비가 오려면 비구름으로 하

늘이 캄캄해지고, 큰비가 내릴 징조로 구렁이가 나타나기도 한다. 그런가 하면 봉산시장엔 숯장수의 숯짐, 옹기장수의 옹기짐이 있기 마련이다. 봉산탈춤의 구경꾼 중엔 농민도 있고 상인도 있었을 것이기 때문에 농사짓는 데 필요한 비나 비가 올 징조인 구렁이 얘기를 꺼내 농민의 관심을 끌고, 숯짐이나 옹기짐 얘기를 꺼내 다른 구경꾼들한테 숯장수나 옹기장수의 물건을 많이 사주라고 암시를 줄 양으로 노장의 정체를 파악하는 과정에서 의도적으로 얘기를 빙빙 돌렸다고 볼 수도 있다. 그러나 흐린 날씨이건 대망이건 옹기짐이건 숯짐이건 한결같은 공통점이 있으니, 그것은 바로 색깔이 검다는 사실이다. 이것은 노장이 검은 탈을 쓰고, 먹장삼을 입고 있는 데 기인하는 비유적 표현이라 볼 수도 있다. 그러나 검은색은 노장의 겉모습만의 색깔은 아니다. 노장의 속마음도 시커먼 사실도 아울러 나타내는 것이다. 다시 말해서 노장은 겉만이 아니라 속도 시커먼 사람, 곧 도덕적으로는 음흉한 이중인격자이며, 정서적으로 심리적으로는 불안정한 상태에 처해 있는 사람인 것이다. 그뿐만 아니라 구렁이로 상징되는 성욕의 화신인 것이다. 이처럼 노장의 겉모습만 보면 송낙을 쓰고, 장삼을 입고, 가사를 걸치고, 백팔염주를 목에 건 승려이지만, 송낙이 원래 여승의 모자라는 사실을 인지하면, 노장의 이중성을 간파할 수 있다. 이처럼 노장의 속마음을 들여다보면, 음흉하고, 불안하고, 색욕으로 가득차 있는 것이다. 따라서 목중들은 구경꾼으로 하여금 노장은 의당히 불도가 높아 거룩하고 숭고한 존재이므로 존경해야 마땅하다는 기왕의 생각이 틀렸음을 깨닫게 만든다.

요컨대 노장과 팔목중이 등장하는 장면을 통해 노장을 놀이판으로 끌어내는 팔목중과 놀이문화를 부정하는 노장 사이의 갈등을 드러내면서 팔목중이 노장의 이면에 숨겨진 비속하고 음흉한 세계를 폭로하는 것이다.

그런데 팔목중이 노장의 육환장을 메고 인도하다가 노장을 잃고서 실종된 노장을 찾아다니는 것과 달리 팔목중이 젊고 예쁜 소무(2명)를 남여에 태우고 등장하여 어울려 춤판을 벌이다가 한 쪽 구석에 입장해 있는 노장을 발견하고 놀이판 가운데로 끌고 들어오는 등장법의 경우에도 팔목중이 노장의 정체를 파악하는 과정에서 비유적이고 상징적인 수법을 동일하게 사용한다.

그리고선 먼저 노장에게 백구타령과 오독독이타령을 바치고, 그에 이어서 "나무대성 인로왕보살(南無大聖引路王菩薩)"이라고 인도소리를 하면서 노장을 놀이판의 중앙에 인도한다. 그러나 노장이 중도에서 넘어지고, 팔목중만 계속 길을 가다가 노장이 실종된 사실을 뒤늦게 알아채고 다시 노장을 찾아 법석을 피우다가 길바닥에 거꾸러져 있는 노장을 발견하고 "유류정정화화(柳柳井井花花)", 곧 "버들버들 우물우물 꼿꼿이" 죽어 "육칠월 개 썩는 냄새"가 난다고 호들갑을 떤다. 그런 다음 엎어져 있는 노장의 주위를 돌면서 염불을 하고, 염불곡으로 악기를 울리고 춤을 추다가 일제히 퇴장한다. 그러면 노장이 차츰차츰 일어나 소무를 유혹하는 장면을 연출하게 되는 것이다.

이렇듯이 팔목중은 노장을 위하여 민요도 부르고, 염불도 한다. 염불을 하는 것은 승려의 본분에 걸맞는 행위이지만, 민요나 잡가를 부르는 것은 승려의 신분에 어긋난다. 요컨대 팔목중은 승려이면서 승려가 아닌 이율배반적 존재인 것이다. 그리고 이러한 이중성 내지 양면성은 오히려 노장한테서 심각하게 드러난다.

팔목중은 노장의 제자들이다. 노장은 생불(生佛)이라고 칭송되는 존재로 연령으로 보나 불도의 경지로 보나 출가한 지 오래된 노승이고 세인으로부터 추앙받는 고승이다. 그러나 젊은 팔목중은 불문에 들어간 지도 얼마 안 되며, 아직은 미숙한 단계의 수도승이다. 따라서 팔목중이 노장을 세속적인 놀이판으로 끌어들일 때 노장이 세속적인 욕망을 억제하고 중도에 발걸음을 멈춘다든가, 또는 절에서 팔목중을 찾아 내려왔다가 소무와 어울려 노는 것을 보고 노여워하는 건 당연하다. 그리고 그러한 노장한 테서 팔목중이 외경심을 느끼는 것도 당연하다.

그러나 '흐린 날씨', '숯짐', '옹기짐', '구렁이'로 상징되는 노장은 두렵고, 불안한 감정을 일으키는 외경스런 존재나, 명경지수같은 청정한 마음을 지닌 숭고한 존재만은 아니고, 이미 육환장으로 상징되는 정신적 지주를 잃고 지극히 불안정한 상태에 빠진 존재임이 팔목중한테 간파되어 기왕의 종교적 권위를 온전히 인정받지 못하고 놀림감이 되는 것이다. 그리하여 노장의 불심은 서서히 무너져 급기야 '버들버들 우물우물 꼿꼿이' 죽어 '육칠월에 개썩는 냄새'를 피우는 지경에 이르는 것이다.

그러나 이러한 해석은 어디까지나 불교적 입장에서만 타당성을 띠고 세속인의 입장에서 보면, 노장이 인간의 본성을 억압하는 불교를 버리고 감정을 자유로이 표현하고, 육체적인 쾌락을 즐길 수 있는 인간으로 거듭나는 것이다. 탈판에서의 노장의 죽음과 재생은 바로 이같은 의미를 지니는 것이다.

한편 팔목중의 양면성은 그들이 승려이면서 동시에 어릿광대의 노릇을 하기 때문에 생긴다. 팔목중은 팔목중춤놀이 마당에서도 악귀를 내쫓는 벽사의식무를 추지만, 아울러 경치가 좋고, 친구가 있고, 풍악이 있는 곳이면 풍류를 즐기는 한량의 기질을 발휘하여 양면성을 드러냈는데, 노장춤놀이 마당에서도 노장을 수행하며 정중히 시중을 들어야 하는 낮은 신분의 승려임에도 불구하고, 노장을 흥과 신명의 놀이공간인 탈판으로 인도하면서 구경꾼도 즐겁게 해주어야 하는 역할까지 맡게 됨으로써 양면성을 띠게 되는 것이다.

노장이 소무를 유혹하는 장면은 재담은 한 마디도 없이 오로지 몸짓과 춤으로만 연출되는 무언무용극이다. 팔목중이 소무를 남여에 태워 탈판 가운데에 내려놓고 나가면 소무는 도도리곡에 맞추어 춤을 춘다. 이때 죽은 듯이 엎드려 있던 노장은 팔목중의 염불이 효험이 있어 부채를 흔들며 소생하여 도도리곡에 맞추어 일어나려고 애를 쓰다가 겨우 일어난다. 육환장을 짚고 슬며시 일어나서 부채로 얼굴을 가리고 허리는 구부린 채 사람이 있나 없나 한쪽에서부터 서서히 몸을 돌리며 주위를 살핀다. 뜻밖에도 화려하고 아름답게 치장을 한 소무가 나와 춤을 추는 것을 보고 깜짝 놀라며 부채로 얼굴을 가리고 부채를 부르르 떨며 땅에 엎드린다. 다시 일어나 부채살 너머로 소무를 한참 물끄러미 바라보고 아름다움에 감탄하여 선녀인가 의심한다. 그러나 이윽고 속인인 것을 알고서 데리고 일생을 보내기로 결심하고 고개를 끄덕끄덕한다. 그러나 소무는 아무 뜻이 없다는 듯이 여전히 춤을 계속한다. 노장은 비장한 결심을 하고 소무 곁으로 오려고 육환장을 땅에서 떼려하나 떨어지지 않는다. 육환장을 잡고 부채로 얼굴을 가리면서 도도리곡에 맞추어 한 바퀴 돈다. 그래도 떨어지지 않으니, 부채를 접고 손춤을 추면서 육환장을 부채로 탁 쳐서 마침내 땅에서 뗀다. 육환장을 두 손에 들고 손춤을 추면서 어깨에 가로 멘다. 그리고 뒤로 돌아서서 뒷걸음으로 소무 곁으로 접근한다. 그렇지만 소무는 여전히 무관심하다는 듯이 춤을 계속한다.

노장이 뒷걸음치다가 소무의 등과 마주치면, 노장은 깜짝 놀라서 다시 제자리로 뛰어서 간다. 돌아서서 부채를 펴들고 소무를 본다. 고개를 끄덕끄덕한다. 굿거리곡이 시작되면, 부채를 접고 손춤을 시작한다. 부채를 어깨에 메고 소무에게 접근한다. 소무의 등뒤로 와서 부채로 자기 얼굴을 가리고 소무의 얼굴을 보려고 얼굴을 좌우로 가져간다. 그러나 소무는 그때마다 반대쪽으로 피한다. 이렇게 몇 번이고 반복한다. 노장은 이번에는 소무의 앞으로 와서 같은 행동을 반복하지만, 소무는 살짝 돌아서버린다. 그러면 노장은 감정을 억제하지 못하는 듯이 소무를 중심으로 이리 돌고 저리 돌면서 소무의 얼굴을 보려고 무척 애를 쓴다.

　장단이 굿거리곡으로 바뀐다. 노장이 다시 한 번 위와 같은 행동을 하면 소무는 여전히 살짝 맵시 있게 돌아선다. 노장은 어쩔 줄을 모르고 마음이 달아오른 듯 한편 구석으로 뛰어간다. 부채를 펴들고 멀리서 소무를 바라본다. 어떤 결심을 한 듯이 고개를 끄덕끄덕한다. 그리고는 육환장을 집어던지고 소무 곁으로 해서 반대쪽으로 가서 다시 소무를 바라본다. 이와 같은 행동을 두어 번 반복한다. 소무는 노장이 행동하는 데 따라서 역시 살짝 돌아선다.

　장단이 타령곡으로 바뀐다. 노장은 손춤을 추면서 염주를 벗어 든다. 염주를 들고 소무 뒤로 와서 부채로 얼굴을 가리고 사방을 돌아본다. 아무도 없음을 확인하고 부채를 얼굴에서 떼어 접어들고 두 손으로 염주를 받쳐들고 손춤을 추면서 소무의 목에 걸어주고는 소무의 주위를 한바퀴 춤추며 돈다. 그러나 소무는 염주를 벗어 매정하게 던져버린다.

　노장은 염주가 던져진 것을 보고 깜짝 놀라며 몹시 낙담하는 듯 염주 있는 데로 가서 염주를 주워들고 코에 가져다 덴다. 냄새를 맡고 고개를 끄덕끄덕한다. 자기 얼굴이 못나서 그러나 싶어서 다시 거울을 꺼내어 얼굴을 본다. 얼굴과 송낙을 단정히 만진다. 다시 거울을 보고나서 고개를 끄덕끄덕한다. 다시 일어나 소무 주위를 돌면서 어르며 소무 뒤에서 염주를 걸어준다. 이번에는 염주를 벗어 던지지 않고 그대로 춤을 계속한다.

　노장은 소무의 주위를 돌고 물러나서 부채를 펴들고 소무를 바라본다. 염주가 걸려 있나 확인하는 것이다. 염주가 걸려 있는 것을 보고 대단히 만족한 듯이 두어 번 펄쩍 뛴다. 소무 앞으로 와서 소무를 어른다. 한참 대무하여 춤춘다. 소무 또한 애교 있게 대무하여 준다. 그리하여 노장과 소무가 어깨를 겨누고 이리저리 한참동안 흥겹게 춤을 계속 춘다. 그런데 이때 노장이 소무의 목에 염주를 걸어준 다음 그 염주의 한쪽 끝은 자기 목에 걸고 춤을 추기도 하고, 소무가 2명일 때에는 또다른 소무도 동일한 방식으로 희롱한다.

이상과 같이 노장이 욕망과 집착을 번뇌의 근원으로 보는 불교적 존재를 벗어나 인간의 본성을 해방시키고, 마침내는 신성한 세계를 대변하는 노장과 세속적인 세계를 대변하는 소무가 성적으로 결합하여 성과 속의 대립을 해소시키고 화합을 이루게 되는데, 그러한 과정에서 일어나는 노장의 심리적인 변화가 춤과 장단의 조화를 통해 완벽하게 표현된다. 다시 말해서 노장이 육환장을 땅에서 떼어 어깨에 메고 소무의 등뒤로 뒷걸음질로 접근하여 등끼리 마주칠 때까지는 느린 도도리곡이 육환장의 직선미와 함께 심리적 긴장감을 고조시키고, 등을 접촉한 이후부터는 노장은 적극적으로 소무에의 접근을 꾀하여 넘실대는 굿거리장단에 맞추어 오른손에는 부채, 왼손에는 육환장을 나누어 쥐고 손춤을 추며 소무의 얼굴을 보기 위해 이리저리 움직이는 것이다. 그러다가 장단이 빠른 타령곡으로 바뀌면서 몸놀림과 행동의 진폭이 커진다. 거추장스런 육환장은 집어던지고 염주를 벗어서 소무의 목에 걸어주며, 소무가 염주를 벗어 내던지면 냄새를 맡고 다시 시도하고, 소무가 마침내 수락하면 신명나게 맞춤을 춘다. 이와 같이 소무의 등에 자기의 등을 접촉시키고, 염주에 묻은 소무의 체취를 맡고, 거울을 보고 얼굴과 송낙을 손질함으로써 불교의 초월주의, 금욕주의, 정신주의를 버리고, 육체와 감각의 즐거움을 발견하게 되는데, 노장과 소무의 성적인 결합을 상징하는 두 사람의 맞춤에서 그 절정에 이르는 것이다.

진실로 노장과 소무가 연출하는 한 마당의 춤놀이는 종교적인 사제자가 세속의 미녀에 매혹되어 파계하는 과정을 표현한 무언 무용극의 백미라 아니할 수 없다. 그리고 만석스님이 취발이의 술책에 의해 미녀한테 미혹되어 파계했다는 봉산탈춤의 유래담도 알고보면 이 노장·소무춤놀이를 설명하기 위한 이야기가 아닐까?

불교와 승려가 종교적 권위를 지니고 민중으로부터 숭배될 때에는 노장은 인간에게 생명을 점지해주는 신승(神僧)으로 여겨질 수도 있다. 그러나 소무와 함께 있는 노장을 보고 "중이면 절간에서 불도나 힘쓸 일이지 중의 행세로 속가에 내려와서 이쁜 아씨를 데려다 놓고" 노느냐고 꾸짖는 취발이는 민중의 비판적인 입장을 대변한다고 보아야 한다. 따라서 뒤쫓아가면 도망가고 도망가면 또 뒤쫓아가고 싶어지는 사랑의 속임수에 의해 점점 소무의 요염한 교태와 능란한 유혹에 빠져들어가, 사랑의 노예가 되고, 수행의 공덕이 하루아침에 무너져버린 노장에 대해 구경꾼이 동정심을 품기보다는 오히려 혐오감을 느끼고 항거하는 마음을 품게 된다.

(6) 여섯째 마당 : 신장수춤놀이

벙거지를 쓰고 신짐을 짊어진 신장수가 놀이판에 등장하여 태평장(太平場)이라 하면서 빔과 신발을 팔려고 하지만 사려는 사람이 없으므로 풍년장으로 옮겨가다가 노장을 만난다. 태평장은 사람이 없어 파리만 날리는 장이고, 풍년장은 손님이 꾸역꾸역 모여드는 장이라는 뜻이다.

노장이 자기의 신과 소무의 신을 주문하자 신장수가 신짐을 풀고 신을 꺼내려 하는데, 원숭이가 뛰어나온다. 원숭이는 신장수의 선친이 중국 사신으로 다닐 적에 기념으로 사온 것으로, 신장수가 원숭이를 신짐으로 착각하고 집에서 짊어지고 나왔다고 변명하지만, 기실은 손님을 끌어모으기 위해 원숭이를 데리고 나온 것이다.

신장수가 원숭이더러 노장한테 가서 신 값을 받아 오라고 시키면, 원숭이는 소무한테 가서 성교하는 시늉을 한다. 원숭이는 흉내를 잘 내는 동물이다. 따라서 원숭이가 소무한테 음란한 짓을 하는 것은 노장이 소무한테 하던 짓을 보고 흉내낸다고 보아도 무방하다. 신값을 받으러 간 원숭이가 돌아오지 않으므로 신장수는 점을 치는데, 합동지괘(合同之卦)라는 점괘가 나온 것을 보고, 원숭이가 어디 가서 붙어있을 거라고 추측하며 찾아나선다. 그리하여 소무의 등뒤에 붙어있는 원숭이를 찾아 신 값을 받았느냐고 추궁하며 원숭이의 코를 잡아당기면, 원숭이도 그대로 신장수의 코를 잡아당긴다. 그리고 신장수가 원숭이를 계간하면 원숭이도 신장수를 계간한다. 그런 뒤 신장수가 땅바닥에 신 값을 계산하면 원숭이가 그것을 지워버리므로 신장수는 원숭이가 신 값을 받지 못했음을 알고 원숭이를 다시 노장한테로 보낸다. 노장은 신 값 대신 편지를 써서 주는데, 거기에는 "신 값을 받으려면 장작전 뒷골목으로 오너라."고 쓰여 있다. 신장수는 장작찜을 당할 것이 두려운 나머지 허둥지둥 원숭이를 데리고 신짐을 챙겨 도망치고, 노장은 소무와 타령곡으로 같이 춤을 춘다.

신장수마당은 원숭이를 등장시켜 노장과 소무 사이의 비정상적이고 부도덕한 성 관계가 소무와 원숭이, 원숭이와 신장수 사이의 성 관계로 확산된 사실을 고발하고, 또 노장이 신장수에게 신 값을 제대로 지불하지 않고 협박과 공갈로 신을 빼앗는 사실을 비판한다. 신장수의 신을 빼앗고, 소무와 어울려 의기양양하게 승리의 춤을 추는 노장 또한 구경꾼으로 하여금 의분과 증오심을 느끼게 만드는 것이다. 그리하여 이러한 구경꾼을 대신해서 노장을 응징하기 위해 취발이가 등장한다.

(7) 일곱째 마당 : 취발이춤놀이

취발이는 두 손에는 푸른 버드나무가지를 들고, 한쪽 무릎에는 큰 방울을 하나 달고서 등장하는데, 붉은 얼굴과 푸른 버드나무가 보색관계로 선명한 대조를 이루고, 방울소리 또한 요란하여 시각적으로 청각적으로 강렬한 인상을 준다. 게다가 술에 취한 것처럼 비틀거리며 타령곡에 맞추어 들어와 "엑케에 앗쉬이 앗쉬이 쉬이"하며 용트림을 하기 때문에 무뢰한 비슷해서 다분히 위협적이다. 취발이는 본시 한량으로 금강산에 놀러갔으나 친구가 없으므로 중이 되어 절간에서 불도에는 힘을 안 쓰고 이쁜 아씨를 데려다가 놀았다고 자신을 소개한다.

이로 보면 취발이는 원래 한량이었지만 승려가 되었고, 승려는 승려로되 비구승(比丘僧)이 아니라 대처승(帶妻僧)인 것이다. 그래서 취발이가 팔목중으로 하여금 노장을 소무가 있는 곳으로 유인하게 시키는 것이다. 취발이는 애당초부터 방탕한 인물이었지만, 노장은 생불(生佛)이라고 칭송되고 추앙받던 인물로서 소무와 성 관계를 맺고, 신장수를 위협하여 신발을 빼앗는 도둑, 곧 여자도둑과 물건도둑으로 전락했기 때문에 노장의 파계는 충격적이고, 비난의 대상이 되고, 의분과 증오심을 불러일으킨다.

따라서 취발이가 노장을 솔개로 비유하는 것도 바로 노장이 날강도라는 뜻이고, 노장의 정체를 확인하는 과정에서 금이나 옥에 비유하다가 귀신이니 대망(大蟒)에 비유하는 것도 노장은 금이나 옥과 같이 고귀하고 아름다운 존재로 보려는 구경꾼의 선입관 내지 고정관념을 깨뜨리고, 낮도깨비처럼 흉칙하거나 구렁이처럼 혐오스런 파계승임을 일깨우는 수법이 아닐 수 없다. 솔개인지? 금인지? 옥인지? 아니면, 귀신인지? 구렁인지? 취발이가 노장의 정체를 대뜸 알아채지 못한 것은 취발이도 처음에는 사회적인 통념에 따라 노장이 소무와 함께 있다는 것은 불가능하고, 불가사의한 일이라는 생각을 품었기 때문이다. 그러나 마침내 소무와 함께 있으면서 자신의 면상을 때린 장본인이 "칠포 장삼을 떨쳐입었으며, 육환장을 눌러 짚고, 백팔염주를 목에 걸고, 붉은 가사를 메고, 사선선을 손에 늘고, 송낙을 눌러 썼으니" 중이 틀림없다고 결론을 내리고, "중이면 절간에서 불도나 힘쓸 일이지 중의 행세로 속가에 내려와서 이쁜 아씨를 데려다 놓고" 노느냐고 꾸짖고, 야유하고, 질타한다.

이러한 취발이의 언행은 자가당착으로 보인다. 왜냐하면 취발이도 금강산에 들어가 중이 되었지만, 불도에는 힘을 쓰지 않고 이쁜 아씨를 데려다 여색을 즐긴 인물이기 때문이다. 그러나 취발이는 대처승이어서 이미 승복을 벗어버리고 세속적인 생활을 하지만, 노장은 불도 숭상을 표방했고, 또 여자도둑질과 물건도둑질을 하면서도 여전히 승복을 입고서 승려 행세를 하고 있기 때문에, 대처승으로서 겉과 속이 일치한 취발이가 표리부동한 노장을 향해 퍼붓는 비난은 정당성을 띠고, 구경꾼의 공감과 지지를 충분히 사고도 남음이 있는 것이다. 그리하여 취발이는 더욱 자신만만하게 노장한테 도전하여 소무를 빼앗으려고 한다.

> 취발이: … 이놈 중놈아, 말 듣거라. 너는 이쁜 아씨를 데려다 놓고 저와 같이 노니 네놈의 행세는 잘 안됐다. 그러니 너하고 나하고 내기를 해보자. 너 그런데 땜질을 잘 했다 허니 너는 풍구가 되고 나는 풀떼기가 되어 네가 못 견디면 저년을 나를 주고 내가 못 견디면 내 엉덩이밖에 없다. 그러면 (불림으로) 〈솥을 땔까 가마를 땔까〉 (타령으로 춤을 추며 노장이 뒤에서 취발이 가랭이 사이로 지팡이로 풍구질하여 쫓는다.) 쉬이. 이것도 못 견디겠군. 그러면 너하고 나하고 대무하여 네가 못 견디면 그렇게 하고 내가 못 견디면 그렇게 하자. 〈백수한산에 심불로…〉 (타령으로 춤을 추다가 얻어맞고) 쉬이, 아 이것도 못 견디겠군. 자, 이거 야단난 일이구나. 거 저 도깨비라는 놈은 방맹이로 휜다드니 이건 들어가서 막 두들겨 봐야겠구나. 〈강동에 범이 나니 길로래비 훨훨…〉 (타령곡에 맞춰 춤을 추며 노장 있는 데로 간다.)

취발이가 풍구질로, 맞춤으로 노장을 제압하려 하지만, 노장 또한 만만한 존재가 아니기 때문에 실패하고, 필경은 물리적인 힘을 사용하여 노장을 내쫓는다. 이러한 취발이의 행동을 통해 목적이 정당하면 폭력의 사용도 가능하다는 생각을 엿볼 수 있다. 그런가 하면 소무가 취발이의 말에 순순히 따르지 않으니까 "날로 말하면 강산 오입장이로 술 잘 먹고 노래 잘 하고 춤 잘 추고 돈 잘 쓰는 한량이라. 금전이면 사귀신(事鬼神)이라, 돈이면 귀신도 사는 법이라. 돈으로 네 마음을 사보리라." 하고서, 소무의 환심을 사기 위해 돈 꾸러미를 던져주어 돈의 위력에 대한 강한 믿음을 보인다. 노장은 자신의 지위와 명예를 희생시키면서 소무를 감동시키려 한 데 비해서, 취발이는 자신의 재산과 능력을 과시함으로써 소무를 굴복시키려 한 것이다. 그리고 이러한 차이는 노장이 소심하고 치밀한 '내향적 인물형'이라면, 취발이는 활동적이고 공격적인 '외향적인 성격'의 소유자인 데 말미암는다.

노장의 탈은 검은 색이고, 희고 붉은 반점이 무수히 찍히고, 눈썹은 희얗고, 눈은 동그랗게 뜨고, 입술은 뚱하니 내밀어, 늙고 못생긴 얼굴에 경계하고 의심하는 눈이며, 심술과 질투와 분노가 뒤섞인 입모습을 하고 있다. 그러나 취발이는 붉은 탈에 이마는 넓고, 검은 머리채 속에 노총각의 표시로 흰 머리카락이 섞여 있고, 큰 눈은 위로 찢어지고, 입은 반달 모양으로 벌여, 젊고 활달하고 패기가 넘친다. 그런가 하면 노장과 소무 사이에서는 아이가 태어나지 않지만, 취발이와 소무 사이에서는 아이가 태어나기 때문에, 젊고 잘생기고 생산력이 왕성한 취발이는 여름을 상징하는 인물이고, 늙고 못생기고 생산력이 고갈된 노장은 겨울을 상징하는 인물로 본다면, 노장과 취발이의 싸움은 여름과 겨울의 싸움이며, 취발이가 노장으로부터 소무를 빼앗는 것은 여름의 승리가 된다. 겨울은 농사를 지을 수 없는 계절이고, 여름은 농사를 지을 수 있는 계절이기 때문에 여름과 겨울의 싸움에서 여름이

이기면 그 해에는 여름이 길어서 농사가 풍년이 든다고 믿었는데, 탈춤놀이의 기원을 여름과 겨울의 싸움굿에서 찾는 입장을 취하면 이상과 같은 해석을 할 수 있다.

그러나 노장은 하늘의 원리를 대변하고, 소무는 땅의 원리를 대변한다고 보면, 노장과 소무의 성적인 결합은 고대 제천의식과 건국시조신화에서 추출되는 하늘의 아버지신과 땅(또는 물)의 어머니신 사이의 신성결혼에서 그 연원을 찾을 수 있다. 그리고 노장과 취발이의 싸움도 낡고 늙은 신을 추방하고 새롭고 젊은 신을 맞아들이던 굿에서 변화한 연극으로 볼 수 있다. 이처럼 굿과 신화에 연원을 두고 있는 인물들이 불교가 타락하여 민중의 원망과 비판의 대상이 되는 시대상황 속에서 아전층과 상인층이 직접 간접으로 탈춤놀이에 관여하게 됨에 따라 노장은 파계승의 전형으로, 취발이는 취승(醉僧)이나 대처승에서 아전층과 상인층의 의식과 행동양식을 대변하는 인물로 각각 변모한 것으로 보인다.

한편 노장에게 도전하여 소무를 빼앗는 취발이는 한량, 건달의 기질을 십분 발휘하지만, 아들이 태어나자 '마당'이라 이름을 지어주고 글공부를 시켜, 자상하고 책임감 있는 아버지가 된다. 이와 같이 오랜 방황 끝에 소무와 결혼하여 가정을 꾸리고, 가족에 대한 의무와 생활의 즐거움을 발견하는 취발이한테서 현실의 모순과 부조리와 맞서 싸워서 꿈을 실현시키고 건강한 삶을 살려고 노력했던 유랑민의 모습마저 발견하게 된다.

(8) 여덟째 마당 : 사자춤놀이

팔목중이 사자한테 쫓겨 들어와 마당을 한 바퀴 돌고서 반대편으로 퇴장하고, 목중 하나가 남아 사자와 맞서 사자의 정체를 확인한다. 이것은 가산오광대에서 오방신장의 춤에 이어 영노가 등장하여 동서남북의 신장을 차례로 잡아먹고, 마지막으로 황제

장군을 잡아먹을 때 황제장군이 영노의 정체를 확인하는 장면,
수영들놀음에서 말뚝이·양반마당에서 양반 넷과 말뚝이가 퇴장
하고 나면 수양반이 영노의 정체를 확인한 뒤 잡아먹히는 장면
과 비슷하다.

목중이 놀이판에 나타난 짐승이 노루, 사슴, 범, 기린, 소가 아
님을 확인한 데 이어, 혹시 사자가 아닌가 싶어 다음과 같이 묻
는다.

> 마 부: … 당나라 때에 오계국이 가물어 수많은 백성이 떠들어낼
> 제 용왕이 너에게 신통한 조화로써 단비를 내려주게 하
> 여, 오계국왕 은총을 입어 궁중에 들어가 갖은 영화 다
> 보다가 궁중 후원 유리정(琉璃井)에 국왕을 생매하고, 삼
> 년 동안이나 국왕으로 변장하여 부귀영화를 누리다가, 서
> 역국으로 불경을 구하러 가던 당 삼장이 보림사에 유숙
> 할 제, 생매된 오계국왕의 본색이 현몽으로 삼장법사 수제
> 자로 도솔천에 행패하던 제천대성 손행자에게 탄로되어
> 구사일생 날아나가 문수보살의 구초 받아 근근히 생명
> 을 보존게 되어 문수보살이 타고 다니던 사자냐?

목중은 자기를 잡아먹으려는 짐승이 원래 비를 내리게 하는
신통력이 있었고, 그러한 신통력으로 인해서 오계국 사람들의 숭
배를 받았지만, 오계국왕을 죽인 악행을 범했기 때문에 손오공한
테서 퇴치당했으며, 마침내는 문수보살한테 조복(調伏)되어 호법
신이 된 사자임을 알아낸다. 그리고선 다시 석가여래 부처의 명
령을 받고서 노장스님을 수호하기 위해 나타났느냐? 천상에서
문수보살을 모시기가 답답해서 풍류마당에서 질탕하게 놀려고
내려왔느냐? 고치꼬치 캐묻다가 결국 노장을 파계시킨 팔목중을
징벌하기 위해 석가여래의 명령을 받고 내려왔음을 밝혀내고,
"취발이가 시켜 알지를 못하고 하였으니, 진심으로 회개하여 깨

끗한 마음으로 도를 닦아 훌륭한 중이 되어 부처님의 제자가 될 터이니 용서하여 주겠느냐?"라고 사자의 용서를 빌어 사자와 화해한 다음 함께 춤을 추다가 퇴장한다.

이같이 사자춤놀이마당에서는 사자가 파계의 장본인인 노장이나, 파계를 사주한 취발이를 응징하는 것이 아니고, 취발이의 사주를 받아 노장을 파계시킨 팔목중을 징벌하려다가 용서하고 포용하는 것으로 보아, 노장과 취발이의 관계를 불교와 불교의 적대세력의 관계로 보고, 악마에게 포섭당한 팔목중을 다시 불법의 세계로 복귀시킴으로써, 불교와 반불교의 갈등을 근본적으로 해결하기보다는 중간에서 방황하는 중생을 교화시키려는 데 역점을 둔다.

지금까지 살펴본 중마당군(群)의 각 마당에 나타나는 신성성과 세속성의 양상은 동일하지 않다. 요컨대 사상좌춤은 벽사의식무이기 때문에 춤놀이를 위해서만 탈판을 정화시키는 것이 아니라 불법을 해치는 악귀도 물리는 셈이고, 팔목중춤은 이와 같은 상좌춤의 기능과 함께 오락적인 욕구를 충족시키는 풍류의 춤을 추지만, 노장춤놀이마당에서는 노장이 불법의 세계를 떠나 속세에 동화된다. 그리하여 신장수춤놀이에서는 노장이 세속의 논리에 따라 신장수를 이기지만, 취발이춤놀이마당에서는 노장이 세속의 논리에 따라 취발이한테 패배당한다. 이같이 사상좌춤놀이마당으로 시작해서 취발이춤놀이마당에 이르기까지 불교적인 질서가 무너지고 반불교적인 질서가 세워지는 과정이 연극화되지만, 사자춤놀이마당에서 반전을 일으켜 파괴된 불교적 질서가 회복되는 것이다. 이렇게 보면 중춤놀이마당군은 불교를 옹호하는 내용이 된다.

그러나 봉산탈춤을 전승시키던 아전층은 실무와 기술을 담당하는 신분적 특성으로 말미암아 관념적이고 초월적인 것보다는 실질적이고 현실적인 것을 보다 중시했기 때문에 중놀이의 앞부분과 뒷부분보다는 가운데 부분, 곧 불교적 질서를 세속인이 파괴시키는 부분에 관심이 더 컸을 것이다. 이러한 추단은 원래 여승이 쓰는 송낙을 쓰고, 얼굴이 검고, 아랫입술은 내밀어 전체적으로 호색적이고 불만에 가득찬 표정을 한 노승으로 조형된 노장탈이 뒷받침한다. 이처럼 봉산탈춤은 티베트의 참 [法舞] 이나 일본의 기악같은 불교의식무나 불교포교극이 아니라, 그런 종류의 전통을 이어받아 반불교적인 연극으로 전환시킨 세속적인 오락극이다.

그런데 이같은 모순현상 내지 양면성은 봉산탈춤이 〈신성의 우위―뒤집기에 의한 세속의 우위―신성의 우위 회복〉으로 진행되는 굿의 구성원리를 반어적으로 계승한 것을 의미한다. 다시 말해서 봉산탈춤은 제의적인 연극을 패러디화하여 풍자와 비판의 효과를 극대화한 것이다.

### 3) 양반마당

벙거지를 쓰고 채찍을 든 말뚝이가 양반 삼형제를 인도하여 등장한다. 샌님은 두 줄 언청이, 서방님은 한 줄 언청이, 도련님은 입비뚤이로 모두 병신스런 얼굴이지만, 말뚝이는 정상적이고 건장한 모습이어서 대조를 이룬다.

> 말뚝이: 쉬이! (음악과 춤 멈춘다.) 양반 나오신다아! 양반이라고
> 하니까 노론, 소론, 호조, 병조, 옥당을 다 지내고 삼정
> 승 육판서를 다 지낸 퇴로재상(退老宰相)으로 계신 양반
> 인 줄 아지 마시오. 개잘량이라는 양자에 개다리 소반이
> 라는 반자 쓰는 양반이 나오신단 말이요.
> 양반들: 야아, 이놈 뭐야아?
> 말뚝이: 아, 이 양반들 어찌 듣는지 모르갔소. 노론, 소론, 호조,
> 병조, 옥당을 다 지내고, 삼정승, 육판서 다 지내고, 퇴

로재상으로 계신 이생원네 삼형제분이 나오신다고 그리
하였소.
양반들: (합창) 〈이생원이라네〉 (굿거리장단으로 모두 춤을 춘
다. 도령은 때때로 형들의 면상을 치며 논다. 끝까지 그
런 행동을 한다.)

　양반이라면 으례히 소론, 노론같은 당파를 만들어 권력다툼을
벌이고, 판서와 정승같은 벼슬을 두루 다 하다가 물러나는 사람
이라고 생각하기 십상이다. 그러나 말뚝이는 구경꾼한테 그러한
선입관이나 고정관념을 가지고 양반을 보지 말고, 눈 앞의 양반
을 똑바로 볼 것을 요구한다. 탈판에 등장하는 양반은 외모부터
가 언청이, 입비뚤이로 병신이고, 불구자이기 때문이다. 외모만이
볼상 사납고 비정상적인 것이 아니라 그들의 사람됨됨이나 언행
또한 마찬가지일텐데, 이러한 것을 구경꾼이 구체적으로 파악하
는 데에는 시간이　흘러야 되기 때문에 양반이 무대에 등장하는
순간 구경꾼이 양반의 신분이나 성격을 가장 빨리 알아챌 수 있
는 방법으로 양반의 복색과 탈을 이용한 것이다.
　샌님은 흰 창옷을 입고, 정자관을 쓰고, 눈썹과 수염이 하얗다.
서방님은 흰 창옷을 입고, 갓을 쓰고, 눈썹과 수염이 까맣다. 도
령은 복건을 쓰고, 남색 쾌자를 입고 있다. 이처럼 세 사람의 복
색은 양반 신분임을, 수염과 눈썹의 색깔은 연령층을 알 수 있게
해준다. 그러나 샌님의 코 밑은 두 줄로 찢어지고, 서방님의 코
밑은 한 줄로 찢어져 있고, 도령님의 입과 코는 왼쪽으로 비뚤어
져 있어, 위엄 있고 잘생긴 얼굴이 아니다. 그럼에도 불구하고 구
경꾼은 양반 삼형제의 의관만 보고 잘난 양반으로 생각하기 쉽
다. 그리하여 말뚝이는 양반의 못생긴 얼굴도 유심히 보라고 구
경꾼을 일깨우기 위해서 지금 나오고 있는 양반은 개잘량의 '양'
자에 개다리 소반의 '반'자 쓰는 양반이라고 외쳐댄다. 개잘량은
털이 붙어 있는 개가죽이고, 개다리 소반은 소반의 다리가 개다

리 모양으로 된 제일 볼품 없는 소반이므로, 양반의 양자는 개잘량의 '양'자요, 양반의 반자는 개다리소반의 '반'자라는 말은 양반이 '개양반'이라는 뜻이다.

양반의 탈이 양반에 대한 반감과 적대감이 빚어낸 조형물이라면, 말뚝이의 말 또한 그같은 감정을 토해내는 악담으로 민요에서도 이와 비슷한 표현이 발견된다.

> 양반양반 한냥반
> 개팔아 두냥반
> 돼지팔아 석냥반
> 소팔아 넉냥반

양반(兩班)은 대궐의 회의 때 문관은 동쪽에 열을 짓고, 무관은 서쪽에 열을 지었기 때문에 문관은 동반, 무관은 서반이라 부른 데서 비롯되어 나중에는 신분 계층이나 거기에 속한 사람을 가리키는 말로 말뜻이 바뀐 것인데, 그러한 양반(兩班)을 돈을 세는 냥반(兩半)으로 바꾸어, 양반(兩班)은 한 냥허고 반 냥인 데 비해서, 개는 두 냥하고 반냥이며, 돼지는 석 냥하고 반냥이고, 소는 넉 냥하고 반 냥이어서, 양반의 값은 소값, 돼지값은 물론이고 개값보다도 싸다고 하여, 양반의 권위를 형편없이 깎아내리는 민요인 것이다.

하여튼 양반을 개의 차원으로 격하시켰으니, 양반이 그냥 있을리가 없다. 그래서 말뚝이를 호통친다. 양반과 말뚝이는 아직도 노주(奴主)와 노비의 관계이기 때문에 양반의 권위가 말뚝이한테 통하여, 말뚝이가 말을 바꾸어 해명을 하고, 양반이 그것을 받아들여 마음을 놓는다. 그리하여 양반들이 즐겁게 춤을 추고, 말뚝이도 이에 어울린다.

요컨대 말뚝이가 양반의 권위를 인정하는 척하다가 뒤집어 양반에게 모욕을 주면, 양반이 말뚝이를 호령을 하고, 그러면 아직 주종관계를 완전히 벗어나지 못한 말뚝이가 변명을 하며 양반의 권위를 인정해주고, 마침내 양반은 안심을 하고 말뚝이와 화해하는 것이다.

이처럼 신분의 해방을 꾀하는 말뚝이가 양반에 도전하여 신분질서를 파괴하지만, 양반의 응전에 의해 파괴된 신분질서가 회복되는데, 그러나 신분질서의 파괴와 파괴된 신분질서의 회복은 겉보기만 그렇고, 실질적으로는 말뚝이가 양반을 속이고 농락하여 웃음거리로 만드는 것으로 희극적 반어를 이룬다. 그리고 양반과 말뚝이 사이의 싸움과 화해는 굿에서의 싸움굿과 화해굿에 뿌리를 두고서 재담을 통해 싸우다가 화해에 도달한 다음 한바탕의 춤판을 벌여 화해의 분위기를 고조시키지만, 그것이 양반과 말뚝이 사이의 진정한 계급적 화해를 의미하지는 못하기 때문에 다시 말뚝이가 양반한테 대거리를 한다.

> 말뚝이: 쉬이. (반주 그친다.) 여보, 구경하시는 양반들, 말씀 좀 들어보시오. 짤다란 곰방대로 잡숫지 말고 저 연죽전으로 가서 돈이 없으면 내게 기별이라도 해서 양칠간죽(洋漆竿竹), 자문죽(紫紋竹)을 한발 가옷씩 되는 것을 사다가 육모깍지 희자죽(喜字竹) 오동수복(梧桐壽福) 연변죽을 사다가 이리저리 맞추어가지고 저 재령 나무리 [平野名] 거이 낚시 걸 듯 죽 걸어놓고 잡수시오.
> 양반들: 머야아!
> 말뚝이: 아, 이 양반들 어찌 듣소. 양반 나오시는데 담배와 훤화(喧譁)를 금하라고 그리하였소.
> 양반들: (합창) 〈훤화를 금하였다네.〉 (굿거리곡으로 모두 춤을 춘다.)

말뚝이가 양반 삼형제를 탈판으로 등장시켜 소개한 데 이어,

이번에는 구경꾼한테 짧은 곰방대로 담배를 피우지 말고, 고급스런 기다란 담뱃대를 사다가 피우라고 한다. 탈춤의 구경꾼은 중인층 이하의 신분이고, 탈춤의 등장인물은 양반신분이기 때문에 탈판에 등장하는 양반이 긴 담뱃대로 담배를 피울테니까 신분이 낮은 구경꾼은 짧은 곰방대로 담배를 피우는 것이 도리이겠으나, 이것을 뒤집는 것이 탈춤의 세계인 것이다. 게다가 양반 앞에서는 게낚시 걸 듯 담뱃대를 줄줄이 걸어놓고 담배를 피우는 것이 중인이나 상민한테 허용되지 않던 시대에 탈춤 속에서는 그런 뒤집힘이 가능했으니, 이러한 현상을 '굿 속의 반란'으로 이해함이 마땅하다.

> 말뚝이: 쉬이. (춤과 반주 그친다.) 여보, 악공들 말씀 들으시오.
> 오음육률(五音六律) 다 버리고, 저 버드나무 홀뚜기 뽑아다 불고 바가지장단 좀 쳐주오.
> 양반들: 야아, 이놈 뭐야!
> 말뚝이: 아 이 양반들 어찌 듣소. 용두해금, 북, 장고, 피리, 젓대 한가락 뽑지 말고 건 건드러지게 치라고 그리하였소.
> 양반들: (합창) 〈건 건드러지게 치라네.〉 (굿거리곡으로 춤을 춘다.)

삼현육각을 잡히우고, 탈춤을 추는 것인데, 그런 악기로 장단을 맞추지 말고, 버들피리를 불고, 바가지장단을 치라고 하여, 춤을 추기 위해 등장한 양반들한테 모욕을 준다.

이처럼 말뚝이는 양반을 개에 비유하여 숭고한 존재에서 비속한 존재로 격하시킨 다음, 구경꾼을 자기편으로 끌어들이고, 악사도 자기한테 동조해 줄 것을 요구한다. 그리하여 양반춤놀이는 말뚝이, 구경꾼, 악사가 한 편이 되어 양반과 맞서 싸움을 벌이는 연극이 된다. 그리고 그와 같은 싸움을 민중의 전형인 말뚝이가 주도하는 점에서 탈춤은 민중극의 성격을 띠게 된다.

생　원: 쉬이. (춤과 장단 그친다.) 말뚝아.

말뚝이: 예에.

생　원: 이놈, 너도 양반을 모시지 않고 어디로 그리 다니느냐?

말뚝이: 예에, 양반을 찾으려고 찬밥 국 말어 일조식(日早食)하고 마굿간에 들어가 노새원님을 끌어다가 등에 솔질을 쏼쏼하여 말뚝이님 내가 타고 서양 영미, 법덕, 동양 삼국 무른 메주 밟듯하고, 동은 여울이요 서는 구월이라 동여울 서구월 남드리 북향산 방방곡곡 면면촌촌이, 바위 틈틈이, 모래 쨈쨈이, 참나무 결결이 다 찾아다녀도 샌님 비뚝한 놈도 없고 보니, 낙향사부(落鄕士夫)라, 서울 본댁을 찾아가니 샌님도 안 계시고 종가집 도련님도 안 계시고 마나님 혼자 계시기로 벙거지 쓴 채 이 채찍 찬 채 감발한 채 두 무릎을 꿇고 하고 하고 재독으로 됐습니다.

생　원: 이놈 뭐야!

말뚝이: 하하, 이 양반 어찌 듣소. 문안을 드리고 하니까 마나님이 술상을 차리는데 벽장문 열고 목이 길다 황새병 목이 짧다 자라병이며, 홍곡주 이강주 내어놓자 앵무잔을 마나님이 친히 들어 잔 가득히 술을 부어 한 잔 두 잔 일이삼배를 마신 후에 안주를 내어놓는데 대양푼에 갈비찜 소양푼에 제육, 초, 고추, 저린 김치, 문어, 전복, 다 버리고, 작년 팔월에 샌님댁에서 등산 갔다 남아온 좆대갱이 하나 줍디다.

생　원: 이놈 뭐야!

말뚝이: 아, 이 양반 어찌 듣소. 등산 갔다 남아온 어두일미라고 하면서 조기대갱이 하나 줍디다 그리하였소.

양반들: (합창) 〈조기대갱이라네〉 (굿거리곡으로 일제히 춤)

　춤과 장단을 중단시키는 주체가 말뚝이에서 양반으로 바뀐다. 지금까지는 말뚝이가 주도권을 잡고서 양반을 공격하였지만, 이제부터는 반대로 양반이 말뚝이를 다스려 신분질서에 순응시키려 한다. 물론 그와 같은 양반의 시도에도 불구하고, 말뚝이의 저항은 끈질기게 지속된다. 먼저 양반이 말뚝이가 양반의 수종을 게을리 함을 꾸짖으면, 말뚝이가 변명을 하는데, 마굿간에서 노새를 끌어낸 것을 노생원님을 끌어냈다고 하고, 노생원님이 탔어야 할 노새의 등에 말뚝이가 탔다고 하고, 생원님을 못 찾았다고 말하지 않고 샌님 비뚝한 놈도 없더라고 하고, 마나님 앞에 무릎을 꿇고 문안을 드려야 하는 종의 신분으로 마나님과 통정을 했다고 폭로함으로써 양반의 권위는 땅에 떨어지고 만다. 그리하여 양반이 진노해서 사실 여부를 따지면, 말뚝이는 마나님이 문안인사를 받고 술상을 차릴 때 술은 친히 잔을 부어 대접하면서 안주는 조기대가리를 내어놓더라고 둘러댄다.

생　원: 네 이놈, 양반을 모시고 나왔으면 새처를 정하는 것이 아니고 어디로 이리 돌아다니느냐?

말뚝이: (채찍을 가지고 원을 그으며 한바퀴 돌면서) 예에, 이마만큼 터를 잡고 참나무 울장을 드문드문 꽂고 깃을 푸근푸근히 두고 문을 하늘로 낸 새처를 잡아났습니다.

생　원: 이놈 뭐야!

말뚝이: 아, 이 양반 어찌 듣소. 자좌오향(子坐午向)에 터를 잡고 난간팔자로 오련각(五聯閣)과 입구자로 집을 짓되, 호박주초(琥珀柱礎)에 산호기둥에 비추연목(翡翠椽木)에 금파도리를 걸고 입구자로 풀어짓고, 쳐다보니 천판자(天板子)요 내려다보니 장판방이라. 화문석 첫다 펴고 부벽서(付壁書)를 바라보니 동편에 붙은 것이 담박녕정(澹泊寧靜) 네 글자가 분명하고, 서편을 바라보니 백인당중유태화(百忍堂中有泰和)가 완연히 붙어 있고, 남편을 바라보니 인의예지(仁義禮智)가, 북편을 바라보니 효자충신(孝悌忠信)이 분명하니, 이는 가위 양반의 새처방이 될 만하고, 문방제구 볼작시면 옹장봉장 궤두지, 자기함롱 반다지, 샛별같은 놋요강, 놋대야 받쳐 요기 놓고, 양

칠간죽 자문죽을 이리저리 맞춰놓고, 삼털같은 칼담배를
저 평양 동푸루선창에 돼지 똥물에다 축축 축여났습니다.
생　원: 이놈 뭐야!
말뚝이: 아, 이 양반 어찌 듣소. 쇠털같은 담배를 꿀물에다 추겨
났다 그리하였소.
양반들: (합창) 〈꿀물에다 추겨났다네〉 (굿거리곡에 맞춰 일제히
춤춘다.)

　말뚝이가 해야 할 일은 항상 양반 곁에서 시중을 들어야 하는
데, 말뚝이가 양반의 곁을 떠나 제 맘대로 돌아다니니, 그것을 야
단치고, 이어서 새처(숙소)를 마련하라고 시킨다. 양주별산대놀이
에서는 양반 일행이 과거시험 보러 가는 도중이어서 말뚝이에게
새처를 정하라고 시키지만, 봉산탈춤은 분명하지 않다. 하여튼 양
반 일행이 집을 나와 여행 중인 것으로 나타난다. 그래서 양반이
말뚝이한테 새처를 정하라고 시키는 것이다. 양반의 새처는 자좌
오향(子坐午向), 곧 남향으로 터를 잡고 집을 지어, 장판방에 화
문석을 깔고, 동서남북의 벽에 글씨를 붙이고, 가구를 두루 갖춰
놓은 방이어야 하는데, 말뚝이는 돼지우리로 양반을 몰아넣어 양
반을 비하시키고, 꿀물로 담배를 추기지 않고 똥물로 그리했다고
하면서 양반을 모욕한다.
　양반들은 새처 안에서 시조창, 한시짓기, 파자(破字)놀이를 하
는데, 양반들이 '산'자 '영'자를 운자로 하여 "울룩줄룩 작대산
(作大山)허니 황천풍산(黃川豊山)에 동선령(東仙嶺)이라" 하거나,
'총'자 '모'자를 운자로 하여 "짚세기 앞총은 헝겊총하니 나막신
뒷축에 거멀못이라."하여 엉터리 수작을 하므로, 말뚝이도 한몫
끼일 양으로 운자를 하나 불러달라고 한다. 양반은 서당개 삼 년
이면 풍월을 한다더니 기특한 말을 한다고 칭찬하며, 운자를 두
개를 내주면 어려우니 운자 하나만 내준다고 하면서 '강'자를 불
러준다. 말뚝이는 대뜸 "썩정바자 구녕엔 개대강이요 헌바지 구

넝엔 좆대강이라."고 지으니, 양반들은 말뚝이더러 문장가라고 칭송한다.

이처럼 말뚝이는 양반들을 탈판에 끌어낼 때 선수를 쳐서 악사와 관중을 자기편으로 만들어 놓고서, 주종관계의 신분질서에 붙들어매려는 양반한테 정면으로 도전하고, 양반의 강력한 응전에 항복하는 척하다가 마침내 양반과 문화적으로 대등한 자리를 차지하게 되는 것이다. 그러나 말뚝이와 양반 사이의 수직적인 주종관계가 수평적인 대등관계로 바뀌는 것도 말뚝이의 신분상승에 의해서가 아니라 양반의 격하에 의해 이루어지는 것이다. 그리하여 "나랏돈 노랑돈 칠 푼 잘라먹은 놈"으로서 "상통이 무르익은 대초빛 같고 울룩줄룩 배미잔등 같은", 또 "심이 무량대각(無量大角)이요, 날램이 비호같은" 취발이를 양반들이 잡아들여 다스릴 때, 말뚝이가 양반한테 다음과 같이 충고한다.

> 말뚝이: 샌님, 말씀 들으시오. 시대가 금전이면 그만인데, 하필 이놈을 잡아다 죽이면 뭣하오. 돈이나 몇 백 냥 내라고 하야 우리끼리 노나 쓰도록 하면 샌님도 좋고 나도 돈냥이나 벌어 쓰지 않겠소. 그러니 샌님은 못 본 체하고 가만히 계시면 내 다 잘 처리하고 갈 것이니 그리 알고 계시오.

양반이 취발이를 처형시키려 하니까 말뚝이가 타협안을 제시하여 실질적인 이익을 얻자고 제안한다. 이같이 말뚝이가 양반의 어리석은 짓을 막음과 동시에 자신의 이익도 챙기는 바, 이러한 말뚝이의 현명한 판단력으로 말미암아 양반들의 신분적인 우월성의 바탕이 되던 지적인 우월성도 그 근거를 잃게 된다.

한편 마지막 장면에서 양반과 취발이의 싸움을 양반과 말뚝이의 싸움으로 바꾸어 말뚝이가 취발이의 싸움을 대행하고 취발이를 옹호함으로써, 말뚝이의 역할이 확대된다. 다시 말해서 투쟁적인 말뚝이가 양반과 취발이의 갈등을 조정하고 화해시키는 중재자의 구실을 하여, 양반이든 말뚝이든 어느 한편의 일방적인 승리를 꾀하지 않고, 타협과 조정에 의해 등장인물 전원이 합의를 이룩한다. 그리하여 마지막 춤은 면종복배(面從腹背)하는 반어적 춤이 아니라 명실상부한 화해춤이 된다.

### 4) 할미마당

할미마당은 미얄과 영감이 이별했다가 다시 만났으나 부부싸움을 벌인 결과 미얄이 죽는다는 줄거리를 지닌다. 미얄은 검은 탈을 쓰고, 오른손에는 부채를, 왼손에는 방울과 오색 헝겊이 매달린 지팡이를 들고, 허리 뒷춤에는 짚신 한 켤레와 쪽박을 찬 모습으로 신분은 무당이다. 그리하여 "난간이마에 우먹눈, 개발코에 주걱턱, 머리칼은 다 모즈러진 빗자루 같고 상통은 먹 푸는 바가지 같고, 한편 손에는 부채 들고, 한편 손에는 방울 들고 키는 석 자 세 치 되는 할멈"으로 묘사된다.

한편 영감은 얼굴과 눈썹과 수염이 온통 하얗고, 험상하게 생긴 늙은이의 탈을 쓰고, 개가죽으로 만든 엷은 먹빛깔의 두루마기를 입고, 개가죽으로 만든 이상한 관을 쓰고, 개나리 봇짐을 등에 짊어졌는데, 직업은 망건장이고 땜장이질도 한다. 그리하여 영감의 모색은 "난간이마 주걱턱 웅케눈에 개발코, 상통은 과녁판 같고, 수염은 다 모즈러진 귀얄 같고, 상투는 다 갈아먹은 망좆같고, 키는 석 자 네 치 되는 영감"으로 묘사된다.

미얄은 굿하러 돌아다니고, 영감은 망건을 만들고, 땜질도 하며 돌아다니는 것으로 보아 모두 떠돌이생활을 하는 하층민이고, 그래서 외모마저 못생기고 볼품없다. 게다가 난리로 인하여 부부가 헤어진 지 오래된다. 그런가 하면 영감은 땜장이질을 하면서 산대도감한테 세금을 수탈당하고, 또 절간에서 여승을 덮쳤다가 중들한테 뭇매를 맞는 등 온갖 수난을 겪는다. 미얄은 풍악소리를 듣고 굿하는 줄 알고 탈판에 들어왔지만, 영감을 찾은 다음에 한 거리 놀겠다고 하고, 영감도 미얄이 무당인 까닭에 풍악소리를 듣고 혹 들르지 않았나 하는 생각에 탈판에 나타나 미얄의 행방을 묻는다. 이처럼 가난하고 못나고 소외된 밑바닥 인간들이지만, 남편이나 아내를 찾아 난리로 파괴된 가정을 되찾고자 하는 꿈이 간절한 것이다.

그리하여 미얄은 "영감을 만나보면 귀도 대고 코도 대고 눈도 대고 입도 대고 업어도 보고 안아도 보련마는, 우리 영감 어데를 가고 날 찾을 줄 왜 모르는가?" 하고, 영감은 "우리 할맘 만나보면 눈도 대고 코도 대고 입도 대고, 연적 같은 젖을 쥐고 신짝 같은 혀를 물고 건드러지게 놀겠구만, 어델 가고 날 찾을 줄 모르는가?" 하고 서로를 원망한다. 그리움이 원망으로 변한 것이다. 마침내 두 사람은 탈판에서 만나는데, 굿판에서 신과 신이, 또는 신과 인간이 만나듯이 탈판에서 미얄과 영감이 만나는 것이다. 이같은 사실은 미얄이 탈판을 굿판으로 알고 놀러온 사실과 마찬가지로 탈판이 원래는 굿판이었음을 뜻한다. 아닌게 아니라 영감이 미얄한테 "그러나 저러나 너하고 나하고 이 동네를 떠나면 이 동네에 인물동티 난다. 너는 저 웃목에 서고 내가 아랫목에 서면 이 동네에 잡귀가 범치 못하는 줄 모르더냐?"라고 말하는 대목에서 영감과 미얄이 원래는 동네 안으로 잡귀가 들어오지 못하도록 막아주는 수호신이며, 할미가 웃당의 여신이라면 영감은 아랫당의 남신인 사실이 드러난다.

> 영　감: 여보게 할맘, 우리가 오래간만에 천우신조로 이렇게 반
>　　　　 갑게 만났으니 얼싸안고 춤이나 추어보세. (노랫조로)
>　　　　 반갑고나 얼러보세. (서로 어른다. 미얄은 영감에게 매
>　　　　 달려 노골적으로 음란한 행동을 한다. 영감이 땅에 넘

어지면 미얄은 영감의 머리 위로 기어나간다.)

미　얄: (고통스러운 소리로) 아이고 허리야, 연만 칠십에 생남자
　　　하였으니 이런 경사 어데 있나, 아들 보니 좋을시구.
　　　(춤을 춘다.)

영　감: (누운 채로) 야아, 좋기는 정말 좋구나. 그놈의 곳이 험
　　　하기도 험하다. 솔잎이 좌우로 우거지고 산고곡심(山高
　　　谷深)한데 물 맑은 호수 중에 굽이굽이 섬뚝이요 갈피
　　　갈피 유자로다. 자, 여기서 우리 고향을 갈려면 육로로
　　　는 삼천리요 수로로는 이천 리니, 에라 배를 타고 수로
　　　로 갈밖에 없다. 배를 타고 오다가 풍랑을 만나 이곳에
　　　와서 딱 붙었으니 어떻게 떼야 일어날 것인가? 이것 떼
　　　는 문서가 있어야지. 이제야 알겠다. 내가 한창 소년적
　　　에 점치는 법을 배웠으니 어데 일어날 수 있을런지 점
　　　이나 한 괘 풀어볼까? 추왈(祝曰) 천하언재(天何言哉)시
　　　며 지하언재(地下言哉)시리요마는 고지즉응(告之卽應)하
　　　시나니 감이순통(感而順通)하소서. 미련한 백성이 배를
　　　타고 오다가 이곳에 딱 붙어 놓았으니 복걸(伏乞) 이순
　　　풍, 곽곽선생, 제갈공명선생, 정명도, 정이천선생, 소강절
　　　선생 여러 신명은 일시에 회답하시와 상괘(上卦)로 물비
　　　소시(勿秘昭示). (점괘를 빼보며) 하아, 이 괘상 고약하
　　　다. 독성지괘(犢聲之卦)라, 송아지가 소리치고 일어나는
　　　괘로구나. 음매에! (일어난다.) 이년, 첫아들로 망신주었
　　　구나. 이년, 천하에 고약한 년이 있나. ―하략― (미얄을
　　　때린다.)

하회별신놀이에서는 웃당인 서낭당에서 각시신을 맞이하여 아
랫당인 국시당의 도령신과 결혼시키는 것을 각시광대가 각시탈
을 쓰고 청광대가 선비탈을 쓰고서 초례를 올리고 신방의 성행
위를 비밀의식으로 시늉하는데, 봉산탈춤은 그같은 여신과 남신
의 결혼을 놀이화한 것이다. 다만 하회별신놀이에서는 젊은 남녀
신 관계이지만, 봉산탈춤에서는 늙은 부부신인 것이 다르다. 또

하회별신놀이의 혼례식은 엄숙하고 진지하게 행해지는 신성결혼식인데, 봉산탈춤의 미얄마당은 익살스러운 오락으로 변한 것이 다르다. 따라서 미얄이 영감과 춤을 추며 어르다가 영감에게 매달려 드러내놓고 음란한 행동을 하고, 이윽고 땅에 넘어진 영감의 머리 위로 기어서 넘어간 다음 아들을 낳았다고 말하는 것은 남신과 여신이 결혼을 하고 아들을 낳음으로써, 사람은 아들을 많이 낳고, 가축은 새끼를 많이 낳고, 곡식은 열매가 많이 열리길 빌던 굿놀이의 흔적인 것이다. 그러나 할미가 아들을 낳았다고 하지만 그것은 할미가 영감을 아들로 착각한 것이지 실제로 아들을 낳은 것은 아니다. 할미는 이미 아들을 낳을 수 없는 몸이기 때문에 어쩌면 생산력이 고갈되기 이전의 젊음을 되찾고 싶은 무의식 속의 욕망이 할미로 하여금 그같은 환상에 빠지게 만들었는지도 모른다.

그러나 할미가 영감보다 우위를 차지하고, 영감을 아들로 간주하는 것은 굿이나 환상 속에서만 가능하지, 현실에서는 용납될 수 없기 때문에 영감의 입장에서 보면 낭패가 아닐 수 없고, 망신이 아닐 수 없다. 그리고 그같은 영감의 저지기 "배를 타고 오다가 풍랑을 만나 이곳에 와서 딱 붙었으니, 어떻게 떼어야 일어날 것인가?"라는 영감의 말에 상징적으로 표현된다. 배는 탈것으로서의 배〔船〕도 되고, 할미의 배〔腹〕도 되니, '배를 타고 수로로 왔다'는 말은 영감이 할미의 배를 타고 성행위를 하는 것을 가리킨다. 그리고 '풍랑을 만났다'는 말은 풍랑으로 배가 뒤집히듯이 할미의 격렬한 욕정 때문에 음양이 뒤바뀐, 다시 말해서 남녀의 체위가 뒤바뀐 성행위를 한 사실을 가리킨다. 따라서 '이곳에 와서 딱 붙었다'는 말은 영감이 할미와의 우열다툼에서 패배하여 땅바닥에 넘어진 뒤 보행이 불가능한 갓난아이의 역할을 떠맡은 채 꼼짝할 수 없는 상태를 가리킨다. 한편 영감이 짐을 친 결과 독성지괘(犢聲之卦)가 나오므로, 송아지 울음소리를 내고 땅에서 일어나는 것은 탈춤이 원래는 사람의 아들만 낳기를 빈 것이 아니라 가축도 새끼를 많이 낳기를 빌던 탈굿이었음을 암시한다.

그러나 영감과 미얄이 풍요와 다산을 빌기 위한 성적 결합과 출산 장면을 연출하는 과정에서 할미가 영감보다 우위를 차지함으로써 가부장적 질서가 파괴되기 때문에 영감이 파괴된 질서를 회복하기 위해 미얄을 구타한다. 그러면 미얄은 영감한테 반항하며 동네사람들이 혹 쫓아낼지 모르니 부부싸움을 그만두자고 말한다. 그러나 영감은 오히려 자기네가 동네를 떠나면 인물동티가 날 것이라 하면서 쫓겨나기 전에 제발로 먼저 나가자고 한다. 이처럼 미얄이 동네사람의 평판을 구실삼아 영감의 공세를 피하려 하지만 영감이 도리어 동네사람들을 위협하므로, 미얄이 이번에는 영감의 관, 옷, 얼굴 따위를 트집잡아 반격을 시도한다. 그 결과 영감이 땜장이질을 하면서 산대도감(山臺都監)한테 세금을 수탈당하지 않으려고 반항하다가 통영갓을 망가뜨리고 대신 개털 가죽관을 쓴 사실, 절에서 여중을 겁탈하려다가 중들한테 뭇매를 맞고 도망쳐 나오면서 미얄이 만들어준 의복 대신 중의 칠베 장삼을 가지고 나온 사실 등이 밝혀짐으로써 영감이 궁지에 몰린다. 그러면 영감은 궁지에서 빠져나갈 양으로 아들 문제를 꺼내는데, 이윽고 아들이 죽은 사실을 알아내고 미얄한테 이혼을 요구한다. 그리고선 자신의 승리를 굳히고, 미얄의 패배를 기정 사실로 만들기 위해, 더 나아가선 미얄을 집에서 내쫓는 정당성을 내세우기 위해 미얄이 식탐을 부려 영감 봉양을 제대로 안 하고, 또 행실이 얌전하고 단정하지 못함을 폭로하여 구경꾼의 지지를 자기 쪽으로 끌어들이려 한다. 그러나 미얄은 영감의 변심이 아들의 죽음 때문만은 아니고, 용산삼개 덜머리집이란 젊은 첩 때문임을 알아채고서 덜머리집을 공격한다. 그러면 영감은 덜머리집을 역성들고, 미얄은 마침내 영감과의 이혼을 결심한 다음 세간살이의 분배를 요구한다.

> 미　얄: 너는 저런 년에게 빠져서 이같이 나를 괄세하니 이제는
> 　　　　나도 너같은 놈하고 살기 싫다. 너하고 나하고 같이 번
> 　　　　세간이니 세간이나 똑같이 노나가지고 헤어지자. 어서
> 　　　　노나내라.
> 영　감: 그래라 노느자. 물이 충충 수답이며 사래찬 밭은 나 가
> 　　　　지고, 제비같은 여종이며 날매같은 남종일랑 새끼 껴서
> 　　　　나 가지고, 황소 암소 새끼 나 가지고, 곡식 안 되는 노
> 　　　　리마당 모래밭대기 너 가지고, 숫쥐·암쥐·새앙쥐까지
> 　　　　너 가지고, 네년의 새끼 너 다 가져라.

이런 식으로 영감의 재산 분배는 불공평하기 짝이 없을 뿐만
아니라, 있지도 않은 자식새끼를 미얄더러 데리고 나가라는 데서
영감의 독선과 몰인정은 극에 달한다. 그리하여 미얄을 박대하고
내쫓는 영감의 행동에 어느 정도 수긍을 했던 구경꾼마저도 미
얄을 동정하고 엉감을 비난하는 쪽으로 바뀐다. 그뿐만 아니라
재산을 반분해 달라는 미얄의 요구에 화를 내면서 살림을 부수
는 영감은 사당마저 파괴한 나머지 사당동티가 나서 죽는다. 그
렇지만 미얄마당은 영감의 죽음으로 끝나지 않고, 한결같이 미얄
의 죽음으로 끝맺는 바, 영감의 죽음으로 영감을 심판하지 않고,
미얄의 죽음에 영감이 직접적으로든 간접적으로든 책임이 있음
을 고발하는 길을 택한다.

> 덜머리집: (영감이 살림을 부술 때 덜머리집이 앙큼하게 소리친
> 　　　　다.) 영감, 내 말을 들어보시오. 영감이 나 만날 적에
> 　　　　무어리고 하였소. 영감이 말하기를 아즉 미혼이며 순
> 　　　　진한 노총각이라고 하며 논밭 열 닷 섬지기 절반을
> 　　　　준다고 하고 살아오지 않았소. 오늘 보니 본처 할멈을
> 　　　　두고 산다 안산다 하며 살림을 노느니, 나 주려던 논

밭 열 닷 섬지기 절반 나누어주고 부시던지 말던지
합소.

미      얄: 너 이년 무어야? 논밭 열 닷 섬지기 절반을 너에게 달
라구? 어림도 없다. 나 줄 것도 없는데 네년에게 주
어? 네년 줄 것 하나도 없다. 영감! 저년에겐 논밭 열
닷 섬지기 절반씩이나 준다고 하였지? 어서 내게 똑
같이 갈라줍소.

영      감: 야 이년 욕심 봐라, 너 줄 것 하나도 없다.

미      얄: 무어야 줄 것이 없다구? 저년에겐 줄 것이 있구 나 줄
것은 없다구? 아이구 분해라 너 죽고 나 죽자. (하며
영감에게 달려든다.)

덜머리집: 영감, 어서 갈러줍소.

영      감: 너 줄 것도 하나도 없다.

덜머리집: 아이구, 분하구 원통해라. 지금까지 속아 살았구나, 영
감 죽고 나 죽자. (영감에게 달려든다.)

영      감: (살짝 빠져서 한편 구석에 가 서 있다. 미얄과 덜머리
집은 영감이 살짝 빠져나간 것도 모르고 서로 영감인
줄 알고 때리다가 미얄이 뒤로 쓰러진다.)

덜머리집: (미얄이 죽는 것을 보고 급히 도망쳐 퇴장한다.)

영      감: ( 미얄이 쓰러진 곳으로 와서 미얄을 본다.) 이것이 죽
지 않았나? 성질도 급하기도 해라. (미얄의 맥을 짚어
보고 놀라며) 아이구, 할멈이 죽었구나. 불쌍하고 가
련하다. 이렇게 갑자기 죽는단 말이 웬말이냐. —중
략—이러한 영약들이 세상에는 가득하건만 약 한 첩
못 써보고 갑자기 죽었으니 이런 기막힐 데가 어디
있나. (굿거리곡으로 춤을 추며 퇴장한다.)


재산의 분배를 둘러싸고 다툼질이 계속될수록 영감의 이기심
과 폭력성이 부각되고, 영감과 미얄 사이만이 아니라 영감과 덜
머리집 사이에서도 갈등이 표출되어 미얄과 덜머리집이 동시에
영감을 공격한다. 그러나 영감은 피신하고, 그런 사실을 전혀 눈

치채지 못한 미얄과 덜머리집은 서로를 영감으로 착각한 채 싸움을 벌이다가 급기야 미얄이 덜머리집한테 살해당한다. 그리하여 할미의 죽음은 더욱 허망해지고, 억울한 죽음이 되며, 영감의 교활함과 파렴치성은 구경꾼의 증오심을 불러일으킨다.

한편 영감이 재산을 부수는데 그치지 않고, 사당마저 파괴하고서 사당동티로 죽자 미얄이 키 크고 코 큰 총각을 불러 영감의 장례를 치루고 재혼하려 하고, 이때 영감이 되살아나 미얄을 때려 살해하고 덜머리집과 함께 사는데, 앞의 경우는 영감이 미얄을 간접적으로 살해한 셈이고, 뒤의 경우에는 직접적인 살해자가 되는 것이다. 어느 경우라도 영감을 만나 행복하게 살려던 미얄의 꿈이 깨지고, 의지가 좌절되는 것으로 끝난다. 따라서 남성 우위의 가부장제적 질서를 문란하게 하고, 아들을 양육해야 하는 책임을 다하지 못한 미얄한테도 잘못이 있지만, 폭력으로 문제를 해결하려고 하고, 재산 분배를 불공평하게 하고, 덜머리집을 소실로 맞이하고, 미얄을 죽음으로 몰아넣은 영감이 더욱 비난받아 미땅하다. 이처럼 미얄과 영감의 관계는 '선인—익인'의 흑백논리가 아니고, 미얄한테도 비난과 동정의 눈길이 모두 주어지고, 영감도 정당한 면과 부당한 면을 모두 지닌 것으로 나타낸다. 그리하여 미얄이 덜머리집한테 살해당하든 영감한테 살해당하든 한결같이 늙고 못생기고 생산력이 고갈된 여성 대신 젊고 예쁘고 생산력이 왕성한 여성으로 바뀌는 것이니, 이것은 죽음의 겨울을 보내고 생명의 봄이나 여름을 맞이하는 자연의 순환질서에 맞추어 인간사회를 새롭게 하려는 변화인 것이다. 이처럼 할미의 죽음과 덜머리집의 등장은 늙음이 젊음에게, 낡음이 새로움에, 더러움이 아름다움에 자리를 넘겨주는 뜻을 지닌다. 그러면서도 할미를 추방하거나 살해하는 영감을 부정직인 인물로 설정하여 할미한테 동정심을 품도록 만든다. 그러나 이같은 이중성 내지 양면성은 여름과 겨울의 싸움에서 겨울이 패배하는 굿이나, 묵은해를 보내고 새해를 맞이하는 신년의식(新年儀式)이나, 기왕의 신을 보내고 새로운 신을 맞이하는 신의 교체의식에서 미얄마당이 발생했지만, 영감의 독선과 횡포를 통해 가부장제 사회에서 남성이 누렸던 가정적 성적 권위주의를 고발하고 비판하려 한 데에 말미암는다.

끝으로 인간의 수명을 관장하는 남극노인(南極老人)이 남강노인으로 변모되어 등장하여 무당을 데려다 미얄의 원혼을 위로하고, 미얄의 넋을 극락세계로 보내는 지노귀굿을 하여, 일차적으로 살아있는 영감·덜머리집과 죽은 미얄을 화해시킨다. 그리고 이러한 화해의식은 미얄의 죽음을 방조한 구경꾼(동네사람)과 미얄의 화해도 의미하기 때문에 지노귀굿이 끝나면 남강노인이 "아이들아, 일어나거라. 남창 동창 다 밝았다"라고 말하여, 어둠의 밤이 지나면 새벽이 밝아오듯이 생명력이 고갈되고 분열과 갈등이 심화되었던 어제가 지나고, 새로운 생명력으로 충전되고, 화해와 통합이 이룩된 새날이 되었음을 알리게 되는 것이다.

요컨대 할미마당은 미얄이 영감보다 우위를 차지하는 무교적 질서가 영감의 가부장적 사고방식에 의해 도전을 받아 필경 죽음에 이르러 속죄양이 되지만, 넋굿에 의해 미얄의 원혼이 해원되는 것이다. 다시 말해서 미얄과 영감의 위상관계가 '미얄/영감→영감/미얄→미얄/영감'의 과정으로 변하는데, 이것은 봉산탈춤의 연희자들이 여성 우위의 무교적 질서가 파괴되었다가 회복되는 굿놀이의 진행과정을 패러디화하여 남성의 연극으로 만든 것을 의미한다. 그러나 사회는 다시 남성 중심의 가부장제가 비판받는 단계에까지 변한 바, 이러한 사실이 중첩되어 할미만이 아니라 영감도 비난의 대상이 된 것이다.

이윽고 탈춤놀이가 모두 끝나면, 술상을 차려 놓고 놀이꾼 일동이 탈을 불사르며 재배하는데, 탈을 불사르는 것은 탈이 부정을 타면 마을에 재앙이 닥치지 않을까 하는 불안감에서 그리하

는 것이며, 풍년을 빌고 동네의 무사 안녕을 빌기 위해 제물로
바친다는 뜻도 있다. 그뿐만 아니라 굿을 마친 뒤 신체(神體)인
신대를 태우거나, 제사를 마친 뒤 신주(神主)인 지방(紙榜)을 태
워 신을 보내듯이 탈을 소각하여 탈에 깃든 정령을 떠나보내는
송신의식의 구실을 한다. 이리하여 신명풀이와 난장을 트는 굿과
놀이의 시간은 완전히 끝나고, 일과 규범의 현실로 되돌아오는
것이다. 다시 말해서 승려와 양반과 할미가 권위를 누리는 현실
의 질서가 뒤집어졌다가 다시 원상을 회복하는 탈춤놀이를 통해
현실에서 맺혀진 갈등을 풀고, 화해를 이룩하여, 새로운 모습으로
거듭나는 것이다. 그리고 이러한 탈춤의 원리는 신이 신정(神政)
을 펴다가 신의 권위에 도전하는 신이나 인간을 다스려 신의 권
위를 회복하는 굿의 원리에 연원을 두고 있음 또한 두말할 나위
가 없다.

노장춤마당에서 팔목중들이 노장을 인도한다.

사자춤마당에서 목중이 사자의 정체를 파악한다.

미얄춤마당에서 남강노인이 무녀를 불러다 지노귀굿을 한다.

# 제2부 민속극의 연구와 교육

## 1. 민속극의 연구사 ― 송석하론(宋錫夏論)

### 1) 머리말

한국 민속학의 남상(濫觴)을 육당 최남선(1890~1953)의 《살만교차기》와 상현 이능화(1869~1945)의 《조선무속고》가 《계명(啓明)》(제19호)에 발표된 1927년으로 보든[1], 아니면 실학파가 백과사전적 학풍 속에서 전통문화에 대해 학문적 관심을 기울인 결과 서민생활의 민속지적(民俗誌的) 자료를 풍부하게 남긴 17~18세기로 보든[2], 1930년대의 남창 손진태(1903~?)와 석남 송석하(1904~1948)가 최남선·이능화가 주도했던 1920년대의 역사·문헌적 방법의 민속학을 극복하고, 민속학을 현지조사(Field Work) 방법에 의해 독립과학, 실증과학으로 정립시키려 했다는 데는 일치된 견해를 보인다.[3]

---

1) 조지훈, 한국민속학소사(해방전), 《민족문화연구》 제1호, 고려대 민족 문화 연구소, 1964.
　이두현·장주근·이광규, 「한국민속학개설」, 일조각, 1983, 27~28쪽.
　박계홍, 「한국민속학개론」, 형설출판사, 1983, 33쪽.
　김택규, 학회활동을 통해 본 한국민속학의 좌표, 「한국민속연구사」, 지식산업사, 1994, 35쪽.
2) 인권환, 「한국민속학사」, 열화당, 1978, 52~58쪽.
　이두현, 한국의 민속학연구, 「한국민속학논고」, 학연사, 1984, 11쪽.
3) 박계홍, 앞의 책, 35쪽.
　김택규, 앞의 글, 36쪽.

그리고 이러한 1930년대 민속학의 특징이 다음과 같이 개괄적으로 지적되기도 했다.

당시의 민속학은 애매한 조선학 역사학적 테두리를 벗어나 학문으로서의 독자성을 띠게 되었던 점, 역사·문헌적 방법에서 탈피하여 현지조사와 자료보전이란 측면에까지 확대되어 실증과학으로서의 면모를 갖추어 간 점, 민속학의 다양한 분야가 개척되어 영역의 확대를 보았고, 이에 따라 학문 내용상 새로운 변화가 있었던 점, 보조과학적 입장에서의 새로운 방법론이 시도되어 방법론상의 혁신이 있었던 점, 민속학의 전문학자와 자매과학적 입장에서 관여하는 학자가 대폭 증가되었던 점, 전문적 학회가 창립되고 민속학 학술지가 간행되었던 점 등, 이러한 변화는 앞 시기의 민속학에 비하여 확연히 달라졌던 현상으로 민속학사상 획기적인 일이었다.4)

이처럼 1920년대는 한국 민속학의 기점과 관련해서, 그리고 1930년대는 한국 민속학이 독립과학으로서 기초를 마련했다는 점에서 민속학사적 관심을 끌어왔는데, 최남선에 대해선 임돈희5)가, 이능화에 대해서는 서영대6)가, 손진태에 대해선 최길성7), 이필영8), 류기선9), 황인덕10)이, 그리고 송석하에 대해서는 저자11)

인권환, 앞의 책, 65~72쪽.

이두현, 앞의 글, 17쪽.

4)인권환, 앞의 책, 129쪽.

5)임돈희·로저 L. 자넬리, 한국민속학사의 재조명 -최남선의 초기 민속연구를 중심으로-,《비교민속학》제5집, 비교민속학회, 1989.

6)서영대, 이능화의《조선무속고》에 대하여,「이능화연구」, 집문당, 1994.

7)최길성, 손진태의 한국무속 연구,「한국문헌학연구의 현황과 전망」, 아세아문화사, 1983.

8)이필영, 남창 손진태의 역사민속학 연구,《역사속의 민중과 민속》, 이론과 실천, 1990..

9)류기선, 남창 손진태의 '토속학/민속학'의 성격 및 연구방법론에 대한 고찰, 서울대 인류학과 석사학위논문, 1990.

와 한양명12)이 제각기 나름대로의 관점과 접근법으로 민속학적 측면에서 본격적인 연구를 실시하여, 한국민속학사에 대한 논의를 인물 중심으로 심화시켰다.

최남선과 이능화는 원래 사학자였고, 손진태도 민속학자에서 역사학자로 변신했기 때문에 그들의 사관과 역사학에 대한 연구가 활발하게 전개된 것은 말할 것도 없으려니와, 민속학적 측면에서도 송석하에 비교해서 손진태는 보다 왕성하게, 최남선과 이능화는 보다 먼저 연구의 대상이 되었는데, 이러한 현상을 초래한 원인을 송석하의 아카데미즘에 대한 불신과 송석하가 다른 세 사람과 달리 전업적인 민속학자였던 사실에서 찾기도 한다.13)

더 나아가선 송석하에 대한 지금까지의 평가가 학사(學史) 서술의 태도 중에서 '현재를 위한 과거 연구'인 현재주의(Presentism)를 취한 결과임을 비판하고, '과거를 위한 과거 연구'인 역사주의(Historicism)를 취하고서 송석하를 문화민족주의자로 보는 과점에서 재평가하려는 작업이 시도되었다.14)

그러나 송석하의 민속극 연구에 대한 검토에서 충분히 구명되었듯이, 현재주의의 입장에서도 송석하의 학문직 성과와 후대에 끼친 영향은 지대하다고 보기 때문에 기왕의 논의를 확대 심화시켜, 석남의 생애, 저술활동, 민속극 연구, 민속오락 연구, 학회활동 및 그에 대한 평가의 순서로 살펴본다.

---

- - -, 1930년대 민속학 연구의 한 단면-손진태의 '민속학'연구의 성격을 중심으로-,《민속학연구》제2호, 국립민속박물관, 1995.
10)황인덕, 손진태의 구비문학연구,《구비문학연구》제2집, 1995.
11)박진태, 송석하의 민속극 연구에 대한 연구사적 검토,《구비문학연구》제2집, 1995.6.31.
12)한양명, 석남 송석하의 민속연구 재론,《한국민속인물사(1)》(제24차 전국대회 발표요시집), 민속희회, 1995.11.11.
13)같은 글, 36쪽.
14)같은 글, 37쪽.

## 2) 생 애

송석하의 생애를 《민속사진특별전도록》(한국민속박물관, 1975)에 수록된 <석남의 생애와 업적>과 《한국민속고》(일신사, 1960)에 수록된 이병도·김두헌·임석재 3인의 서문 및 《조선민속》 1~3호, 그리고 유족의 증언에 근거하여 간략하게 정리하면 다음과 같다.

석남은 1904년 10월 11일[15]에 경남 울주군 언양면 양등마을에서 고종황제의 시종부경(侍從副卿 : 從二品)을 지낸 참판 송태관(宋台觀)의 장남으로 태어나 부유한 환경에서 자랐다. 그의 아호 석남(石南)은 고향 부근 석남사(石南寺)에서 딴 것으로 석옹(石翁)이라고도 불렀다.

1922년 부산 제이상고(第二商高)를 졸업하고 일본 동경상과대학(東京商科大學)에 유학하던 중 1923년 관동대지진으로 귀국하여 이때부터 한국의 민속에 관심을 가지고 조사를 시작했는데, 주로 1930년 이후에 전국을 여행하며 민속자료를 조사, 수집하고 그 결과를 잡지와 신문에 발표했다.

1932년 4월[16]에 손진태, 정인섭 등과 함께 '조선민속학회'를 창립하고, 다음해 1월에 기관지 《조선민속》 창간호를 사재(私財)로 발간했다.

1934년 1월에 이병도, 김두헌, 손진태, 이병기, 조윤제 등과 발

---

15) 「민속사진특별전도록」엔 1905년생으로 되어 있으나, 장주근 박사에의하면 유가족이 위와 같이 증언했다고 한다(「한국민족문화대백과사전」(13), 한국정신문화연구원, 1991, 참조.), 이두현, 앞의 글, 17쪽에서도 1904년으로 되어 있다.

16) 보통 조선민속학회의 창립 시기를 1933년으로 얘기하나, 《조선민속》 제1호(1933.1.18.)의 <편집후기>에서 "작년 4월에 학회 설립 한 후 곳 발간한다는 것이…"라고 하여, 1932년 4월에 학회가 창립되었음을 확인시켜준다. 이 점은 인권환, 앞의 책, 123쪽에서 일찍이 지적된 바 있다.

기인이 되어 '진단학회'의 창립에 참여했다.

1934년 5월에 《조선민속》 2호를 발간했다.

1940년 10월에 《조선민속》 3호를 이마무라의 고희기념호(古稀記念號)로 발간했는데, 전문이 일어 표기로, 발행자도 송석하에서 아끼바(秋葉隆)로 바뀌었다.

1945년 '조선산악회'를 창립하여, 일반인의 여행과 탐험의 욕구를 이용하여 민속학적 자료를 대량으로 탐색하게 하고, 그 수확 결과를 알리기 위해 보고회와 전시회를 자주 열었다.

1945년 11월 서울 중구 예정동에 미군정청의 고급관리인 크네츠 박사(1975년 당시 미국 국립박물관 근무)의 협조를 얻어 자신의 소장품을 모체로 최초의 '국립민족박물관'을 창설하고, 1946년 4월 25일에 개관식을 가졌는데, 당시의 진열품은 6·25전쟁 때 소개(疏開)되어 현재 국립경주박물관과 국립중앙박물관에 보관되어 있다. 또한 서울대학교 박물관의 설립에도 기여하였고, 인류학과(人類學科)를 신설하여 한국 민속학의 체계화를 시도했으나, 고혈압이 심해져 1948년 8월 5일 운명했으며, 인류학과도 없어졌다.

끝으로 석남의 주요 경력을 소개하면, 진단학회장, 한국산악회장, 한미문화협회상, 서울대학교 강사, 민족박물관장 등을 들 수 있다.

이상과 같은 그의 생애를 통하여 알 수 있는 사실은, 그가 부유한 양반 가문 출신인 사실, 상학(商學)에서 민속학으로 전공을 바꾼 사실, 대학 교육을 통해 민속학에 대한 학문적 훈련을 체계적으로 받지 않고 독학으로 개척한 사실, 철저한 현지조사 방법으로 민속학을 연구한 사실, 학회를 구심체로 하여 연구 인력을 조직화하려 한 사실, 자료의 수집, 보존, 홍보에 열정과 집념을 보인 사실, 인류학과를 대학에 설치하여 재야(在野)의 민속학을 제도권에 진입시키려 한 사실 등등이다.

그런데 무엇보다도 후학들의 궁금증과 호기심을 자극하는 것은 무엇이 그로 하여금 젊은 시절에 민속에 관심을 가지고 험난한 민속학자의 길에 들어서서 민속학사의 초창기에 개척자의 한 사람으로 우뚝 솟을 수 있게 만들었을까 하는 점이다.

이에 대해 그의 생애와 이병도·김두헌·임석재 같은 지기(知己)들의 증언을 통해 추정해 보는 것도 의미 있는 일일 것이다. 석남이 민속 연구에 입문하게 된 직접적 동기는 그의 동향인이면서 조선민속학회를 같이 창립한 정인섭(鄭寅燮)의 회고담을 통해 추정할 수 있다.

나는 언양면(경남)에 살고 있었고, 그(송석하)는 그와 접경한 상남면(上南面)에 살고 있었으니, 거리를 따지면 옛날에는 10리라고 하나 오늘은 1리에 불과하다. 그러니 보통학교도 같은 데서 공부했다. 나이는 나보다 두어 살 위였으니 학년은 좀 달랐다. 이때는 그다지 친근하게 지낸 것이 아니었지만, 그의 부친이 울산 읍내로 가서 살게 된 후로는 몇 해 동안 서로 상종하지 못했다. (중략) 이렇게 해서 내가 대구고등보통학교를 졸업하고 일본 동경에 유학을 하게 되었는데, 그때 송석하는 부산상업학교를 졸업한 후 일본에 가서 동경제국대학의 하나인 상과대학 예과에 입학해서 공부하고 있었다. 나의 형님 정인목(鄭寅穆)과 가까웠던 이유는 나의 형님도 부산상업학교를 졸업한 동기동창이었기 때문이다. 송석하는 처음에는 가정이 넉넉해서 학비에 아무 지장이 없었으나, 중간에 복잡한 가정 문제로 그의 부친의 후원을 받지 못하게 되었다. 그때부터 송석하는 고학의 길을 밟았고, 그러다가 학업을 이어가지 못하고, 겨우 1년밖에 못 다닌 채 중도 퇴학을 하고 말았다. 그후로 그는 여기저기 유랑한다는 소문만 간접으로 들었고, 자세한 소식은 끊어졌다. 모두들 애석하게 생각하고 있었다. 아마 이것이 그로 하여금 방랑의 나그네가 되어 이곳저곳 민속의 수집으로 이끌어간 것이 아닌가 생각된다.17)

17)정인섭, 조선민속학회·기억나는 대로, 《민족문화연구》 제2호, 고려대 민족문화연구소, 1966, 187쪽.

석남이 고향에서 보통학교를 다니고, 울산 읍내로 이사한 후 부산상업학교를 거쳐 일본 동경제국대학의 하나인 상과대학의 예과에 입학했으나, '복잡한 가정 문제'로 부친의 재정적 후원이 끊어지자 고학을 하다가 필경은 학업을 중단하고 1년만에 귀국하여 여기저기 유랑하게 된 것이 민속 수집의 계기가 되었지 않았을까 추정하였다.

따라서 그가 일본 유학을 중단하게 된 이유가 관동대지진이라는 주장18)도 있지만, 학비와 생활비의 조달이 어려웠던 재정적 측면도 작용했던 것 같다. 그리하여 "부유한 편이었으나 가정생활은 그다지 평온하지는 않았다. 그는 망국의 비운에 울분한 심경과 우울한 가정생활의 고적한 감회를 애족우국의 정열로써 이 나라 민속의 연구에로 집중하였다"19)는 말처럼 드높은 민족의식과 불우한 가정생활이 맞물리면서 사라져가는 민속문화의 전승현장을 찾아 여행함으로써 민족적인 울분과 개인적인 번뇌를 해소시켰던 것 같다.

이처럼 석남은 개인적인 불운을 민족적인 비극과 동일시하여 일본유학 중단으로 인한 좌절감과 울분을 민족의 민속문화에 대한 탐구욕으로 승화시켰던 것이다. 이밖에도 나음과 같은 몇 가지를 더 생각해 볼 수 있다.

첫째, 부친이 고종황제의 시종무관(侍從武官)인 점으로 보아 가풍(家風)이 문풍(文風)이 아니라 무풍(武風)이었던 것 같고, 그 때문에 명랑 활달한 기상으로 친구를 좋아하고 우정과 의리에 두터운 성격20)이 형성되었으며, 이러한 탁월한 친화력을 바탕으로 민속의 현장에서 제보자에게 접근하고, 학계의 연구자들을 규합하고, 일본인만이 아니라 서양인까지도 자신의 활동과 사업에

---

18)「민속사진특별전도록」, 한국민속박물관, 1975, <석남의 생애와 업적>참조.
19)송석하, 「한국민속고」, 일신사, 1960, 3쪽, 김두헌의 서문.
20)같은 책, 4쪽. 김두헌의 서문.

끌어들였던 것 같다.

둘째, 상고를 졸업하고 상과대학에 진학하여 상학을 전공하였지만, 한량기질(閑良氣質)과 낭만적인 성품은 실리적이고 타산적인 분야를 포기하고 자유분방한 민속학자의 길을 택하게 만든 것 같다.

셋째, "그는 그때로서는 최고급의 독일제 사진기를 가지고 사재(私財)를 써가면서 우리나라 각 지방을 답사하여 세상에 잘 알려지지 않은 각종의 민속놀이며, 연중행사며, 관행이며, 종교의식이며, 경연방식(慶宴方式)이며, 기물, 도구며 등등 각종의 민속학 자료를 촬영하고 채취하고 수집하였다"[21]는 증언과 '조선민속학회'의 학회지인 《조선민속》 1·2권을 자비로 간행한 사실로 보건대, 그의 민속학연구도 집안이 부유했기 때문에 가능했던 측면이 없지 않다.

넷째, 민속자료를 찾아 전국을 누빈 나머지 10,000여 점의 사진 자료를 남길 수 있었고(대부분 6·25전쟁 때 분실, 파손되고 현재는 2,000여 점만이 유족들에 의해 보관되고 있음)[22], 탈을 비롯한 민속자료의 수집에만 그치지 않고, 고본(古本) 「삼국유사」의 잔본(殘本)과 「매월당시고(梅月堂詩藁)」의 필사본 같은 진귀한 고서적의 수집까지 손댔는데[23], 그의 이처럼 남다른 탐구욕과 수집벽은 민속학자가 필수적으로 지녀야 할 자질 중의 하나가 아닐 수 없다.

다섯째, 1922년 일본 동경에서 유학하던 중 일본 민속학의 창시자인 야나기다 구니오(柳田國男, 1875~1962)가 1913년 《향토문화》를 창간하여 일본 전통문화의 연구를 통해 일본 고유의 것을 발견하려던 일본 민속학계의 동향[24]을 접촉하고 그로부터

---

21) 같은 책, 5쪽, 임석재의 서문.
22) 「민속사진특별전도록」, '발간사' 참조.
23) 송석하, 앞의 책, 1쪽 참조.
24) 이두현 외 2인 공저, 앞의 책, 23~24쪽 참조.

자극받았을 개연성도 상정해 볼 수 있다.

이상과 같이 석남을 민속학자로 만든 배경과 동기 및 요인을 추정해 보았는데, 대체로 가정의 복잡한 재정적 문제가 직접적 계기를 만들고, 여기에 활달한 무인기질(武人氣質), 낭만적인 한량기질, 민족의식, 풍부한 재산, 왕성한 탐구욕과 수집벽 등이 작용했던 것으로 보인다.

### 3)저술활동

현재까지 파악된 석남의 민속관계 논저는 다음과 같다.

(1)慶州邑誌에 대한 私見,《동아일보》, 1926. 11. 3
(2)朝鮮の人形芝居,《民俗藝術》제2권 제4호, 地平社書房, 1929. 4.
(3)朝鮮民俗劇,《民俗學》제4권 제8호, 東京, 1932. 8.
(4)南方移秧歌,《新朝鮮》제3호, 1932. 9. 1.
(5)朝鮮人形劇 꼭두각시,《東光》제4권 제11호, 京城, 1932. 11.
(6)五廣大小考,《朝鮮民俗》제1호, 朝鮮民俗學會, 1933. 1. 18.
(7)The Reference Book on Korean Folklore,《朝鮮民俗》제1호, 조선민속학회, 1933. 1. 18.
(8)朝鮮の演劇(假面劇及人形劇の欄),「大百科事典」제17권, 東京 ; 平凡社, 1933.
(9)朝鮮の婚姻習俗,《旅と傳說》제6권 제1호, 동경, 1933.
(10)朝鮮の葬禮,《旅と傳說》제 6권, 제1호, 동경, 1933. 7.
(11)出産と藁との 關係,《旅と傳說》7월호, 1933. 7.
(12)朴僉知劇に 對する 數三考察,《人形芝居》제4호, 1933.
(13)Onanie의 한국어에 취하여,《ドルメン》제2권 제10호, 1933. 8.
(14)鳳山의 舞踊假面,《동아일부》, 1933. 12. 16~20.
(15)조선민속을 讀함,《조선일보》, 1933. 2. 1.

(16)民謠傳說연구코자 조선민속학회 조직-斯界대가를 망라하야 機關紙를 발간할 터-,《조선일보》, 1934. 2. 16.

(17)民俗藝術의 소개에 대하여,《동아일보》, 1934. 3. 30~4. 1.

(18)민속학(民俗學)이란 무엇인가,《學燈》제4호, 제10호, 한성도서, 1934. 3. 9.

(19)南鮮假面劇의 부흥기운,《동아일보》, 1934. 4.

(20)祈豊占豊과 민속,《조선 중앙일보》, 1934. 4. 23.

(21)南鮮移秧歌(악보와 전설),《朝鮮民俗》제2호, 조선민속회, 1934. 5. 25.

(22)東萊野遊臺詞,《朝鮮民俗》제2호, 조선민속학회, 1934. 5. 25.

(23)The Reference Books and Materials on Korean Folklore, 《朝鮮民俗》제2호, 조선민속학회, 1934. 5. 25.

(24)黃倡傳說劇化의 復活―경주의 금년 추석행사―,《조선일보》, 1934. 10. 23~25.

(25)風神考(附禾竿考),《震檀學報》제1호, 진단학회, 1934. 11. 28.

(26)現在朝鮮樂譜,《東亞音樂論叢(田邊先生還曆記念)》, 동경, 1934.

(27)沙里院民俗舞 に就いて,《ドルメン》제3권 제9호, 1934.

(28)민속학새상,《중앙》, 1935.

(29)민속採訪雜記,《조선중앙일보》, 1935.

(30)조선의 정월과 농업,《學燈》제14호, 1935.

(31)民俗劇 東萊野遊,《동아일보》, 1935. 4. 13.

(32)處容舞·儺禮·山臺劇의 관계를 논함,《진단학보》제2집 제2호, 1935. 4. 20.

(33)農村娛樂의 助長과 淨化에 대한 私見,《동아일보》, 1935. 6. 22~7. 10.

(34)껌(Gomme)卿의 民俗學槪論,《동아일보》, 1935. 9.

(35)신라의 민속,《朝光》창간호, 1935. 10.

(36)神話傳說의 新羅,《조광》창간호, 1935. 10.

(37)전승음악과 광대,《동아일보》, 1935. 10. 3~11.

(38)전승되어온 조선 부녀의 스포오츠,《新家庭》, 1935. 11. 1.

(39)朝鮮八道風俗槪觀(1-7),《新東亞》제50~56호, 1935. 12~1936. 8.

(40)民俗의 振作調査硏究機關,《동아일보》, 1936. 1. 1.

(41)廣大란 무슨 뜻인가,《朝光》, 1936. 2.

(42)新羅의 산예와 北靑獅子,《동아일보》, 1936. 3. 26~31.

(43)朝鮮民俗學의 領域과 對象,《學燈》제23호, 1936. 3.

(44)假面이란 무엇인가,《朝光》4월호, 1936. 4.

(45)추천의 由來,《新家庭》제 4권 제5호, 1936. 5.

(46)조선史上 八大人物에 대한 소감,《신동아》, 1936. 7월호.

(47)봉산탈춤좌담회,《조광》제3권 제7호, 1937.

(48)인멸되어가는 古俗의 扶指者인 고대소설,《조선일보》, 1937.
    1. 4.

(49)문화유산을 재음미, 향토예술을 살리자-민속학회주최로 황해
    도 봉산"탈춤"을 소개-,《조선일보》, 1937. 5. 9.

(50)鳳山 民俗舞踊考 -演劇學上及舞踊系統上으로-,《조선일보》,
    1937. 5. 15~20.

(51)南方移秧歌,《學海》, 1937. 12.

(52)傳承놀이의 由來,《朝光》제4권 제6호, 1938. 6.

(53)향토예술의 정수와 그 민속학적 고찰 -조선의 향토예술, 단
    순한 史的 개관-,《조선일보》, 1938. 4. 1~29.

(54)民俗에서 風俗으로,《동아일보》, 1938. 6. 10~14.

(55)新文化輸入과 우리 민속 -인멸의 학술자료를 옹호하자-,《조
    선일보》, 1938. 6. 15.

(56)향토문화를 찾아서(장흥편),《조선일보》, 1938. 7. 6.

(57)산유수징(山幽水澄)한 장흥(장흥편),《조선일보》, 1938. 7. 7.

(58)天冠山과 문화(장흥편),《조선일보》, 1938. 7. 8.

(59)보물 많은 寶林寺(장흥편),《조선일보》, 1938. 7. 9.

(60)보림사의 재음미(장흥편),《조선일보》, 1938. 7. 10.

(61)민속의 가지가지(장흥편),《조선일보》, 1938. 7. 12.

(62)문화와 장흥(장흥편),《조선일보》, 1938. 7. 13.

(63) 雅樂廳後偶感 -금반 공연을 계기로-,《조선일보》, 1938. 10. 8.

(64)향토문화를 찾아서 -麻田嶺 登陟-,《조선일보》, 1938. 11. 2.

(65)향토문화를 찾아서 -元永胄日記-,《조선일보》, 1938. 11. 3.

(66)향토문화를 찾아서 -원영위일기 續-,《조선일보》, 1938. 11.

(67)향토문화를 찾아서 -秋娥의 전설-,《조선일보》, 1938. 11.

(68)향토문화를 찾아서 -민속학자료-,《조선일보》, 1938. 11.

(69)향토문화를 찾아서 -민속학자료 속-,《조선일보》, 1938. 11.

(70)향토예술의 보존 -봉산탈춤보존회 창립에 際하여-,《조선일
    보》, 1938. 12. 23.

(71)蒐集斷想,《문장》창간호, 1939.

(72)朝鮮舞踊의 史的 槪觀,《동아일보》, 1939.

(73)생활을 윤택있게 하는 우리의 가정오락 -전래의 오락으로 생
    활을 잘기십시다-,《동아일보》, 1939. 1. 10.

(74)書誌學上의 珍本인 고려판 法華經,《조선일보》, 1939. 2. 18.

(75)海州康翎의 假面演劇舞 -중앙공연의 소식을 듣고-,《동아일
    보》, 1939. 10. 13~14.

(76)鳳山假面劇脚本,《文章》제2권 제6호, 1940. 6~7.

(77)絶種됐던 불교계 珍本 "牟子"冊版을 발견,《조선일보》, 1940.
    7. 14.

(78)社堂考,《朝鮮民俗》제3호, 조선민속학회, 1940. 10. 5.

(79)雪嶽征服,《朝光》제10호, 1940. 10.

(80)今村翁과 瓠杯,《會報》제9호, 書物同好會, 1940. 10.

(81)즙안고구려고분과 악기,《春秋》제2권 제11호, 1941.

(82)朝鮮傳承娛樂의 分類,《朝光》제7권 제4호, 1941. 4.

(83)牛島に於ける農民生活の娛樂的 一面,《綠旗》제6권 제2호,1941.

(84)梅月堂考,《會報》제14호, 書物同好會, 1941. 12.

(85)朝鮮武藝와 競技를 말하는 좌담회, 《조광》 제7권 제4호, 1941.

(86)농촌오락, 《三千里》 제13권 제4호, 1941.

(87)月印釋譜考, 《會報》 제17호, 書物同好會, 1942. 8.

(88)農村娛樂振興座談會(秋葉隆, 孫晉泰, 三木尙, 宋錫夏, 玄濟明, 姜珽澤), 《朝光》 제4호, 1944.

(89)민속무용 전망, 《경향신문》, 1946. 10. 6.

(90)흑산도의 전설과 海神의 性, 《경향신문》, 1947. 11. 9.

(91)허수아비考(遺稿), 《民俗學報》 제 1호, 1956.


모두 91편으로 이 중에서 35편을 석남의 여동생(宋錫蕙)과 그녀의 부군인 양재연(梁在淵 : 1920~1973)이 수집하여 「한국민속고(韓國民俗考)」(日新社, 1960. 3. 30)를 간행했던 것이다.

연구의 대상을 보면, 민속극과 민속예술 및 민속오락이 단연 주종을 이루는 바, 논저의 연보에 나타나듯이 석남의 민속 연구는 1930년을 전후해서 민속극으로부터 출발하여 민속예술과 민속오락으로 연구의 영역을 확장시켜 나갔는데, 민속극이 민속무용, 민속음악과 관련이 있고, 또 세시(歲時)놀이이기 때문에 자연스런 귀결이었다고 할 수 있다.

이처럼 석남은 남창 손진태가 1920년부터 1927년까지 한국문화 연구를 위한 인류학적, 토속학적 안목을 형성하고, 1928년부터 1936년까지는 그 연장선상에서 심화 확장시키고, 1936년부터 1950년 사이에는 문화사적 종교학적 방법에서 사회학적 방법으로 이행시키면서[25] 민속학자에서 역사학자로 변신해간 것과는 대조적으로 연구 영역을 확대시키면서 전업적인 민속학자로 일관하였다.

그런데 석남이 <전승음악과 광대>(1935)란 글에서 연극적인

---

25)류기선, 1930년대 민속학연구의 한 단면, 《민속학연구》 제2호, 국립민속박물관, 1995, 66쪽.

연희자에서 음악적인 연희자로 변모한 광대의 공과 죄를 논할 때, 광대의 공적을 인정한 다음의 말에 석남이 민속극에 학문적 관심을 가지게 된 이유가 나타난다.

만약 이나마도 없었더라면 후인으로 하여금 음악 연극의 연구에 불편함은 고사하고 다른 나라에 비하여 문화적 불구자임을 면치 못하였으리라고 믿는다. 그렇지 아니하여도 '한국에는 연극이 없다'는 것이 연극학상의 통설처럼 되어 있는 이때 우리로 하여금 언제든지 '한국에도 연극이 있다'고 반박하게 하여주는 유일한 증좌품도 이것이다.[26]

한국에는 연극이 없으므로 문화적인 열등민족이라는 외국인(특히 일본인)의 인식이 틀린 것이라고 반박하고 증명하기 위해서 민속극을 연구했던 것이다. 그뿐만 아니라 좀더 주관적인 동기를 시사한 적도 있다.

우리가 민속예술을 애호하는 목적은 우리 예술의 유년기 형태를 찾아보려는 것과 순박한 민중이 그 소박한 방식으로 표현한 그들의 예술에 그들이 도취하는 심리 상태를 객관적으로 보려는 것이고, 주관적으로는 그 심리에 잠기고 싶은 까닭이다.[27]

따라서 문화민족주의적인 자각이나 예술사적 관심만이 아니라 복잡한 가정 문제로 인한 정신적 갈등도 공연예술이고 갈등의 예술인 민속극에 관심을 가지게 한 요인으로 작용했던 것 같다.

그러나 김재철(金在喆 : 1907~1932)이 「조선연극사」(1933)에서 문헌적 연구를 위주로 하고 민속자료를 활용하여 연극학적 입장을 취한 것과는 달리, 석남은 현지조사 연구를 위주로 하는 민속학적 입장을 취했기 때문에 연극학자의 길이 아니라 민속학자의 길을 걷게 되었던 것이다. 한편 석남이 사리원 탈춤을 소개하면서 "전년(前年)에 실지채방(實地採訪)한 비망기(備忘記)를 재록

---

26)송석하, 앞의 책, 258~259쪽.
27)같은 책, 399쪽.

(再錄)하면 다음과 같다"[28] 라고 말하고, 강령탈춤의 개평(概評)을 하면서 "창졸히 안두(案頭)에 당시의 노오트가 없어 혹 빠진 것이 있을 줄 안다."[29] 라고 말한 것으로 보아 현지조사의 내용을 그때그때 기록했던 것으로 보인다. 그러나 남창처럼 '민속채방록(民俗採訪錄)'[30]을 남기지 않아 석남이 실시한 현지조사에 관한 세부적인 정보를 알 수 없는 아쉬움이 있다. 그 대신 1930년대 전국을 누비며 민속극, 민속오락, 민속신앙에 대해 현지조사를 하면서 촬영한 사진과 가면을 비롯한 민속물질들을 남겨 당시의 민속을 연구하는 데 귀중한 물적 증거가 되고 있다.

## 4) 민속극 연구

송석하의 민속극 연구는 민속지(民俗誌) 작성이나 이론적 체계화보다는 자료의 조사와 수집, 보존과 홍보 등 실천적이고 계몽적인 활동에 치중한 것이 특징이다. 그렇지만 민속극 연구에 있어서 현지 조사를 토대로 한 민속학적 연구의 선편을 잡아 21여 편의 논문을 남겼으며, 당시는 물론이고 후대의 민속극 연구자들에게 심대한 영향을 끼쳤다.

(1)朝鮮の人形芝居,《民俗藝術》제2권 제4호, 地平社書房, 1929. 4.
(2)朝鮮民俗劇,《民俗學》제4권 제8호, 東京, 1932. 8.
(3)朝鮮人形劇 꼭두각시,《東光》제4권 제11호, 京城, 1932. 11.
(4)五廣大小考,《朝鮮民俗》제1호, 朝鮮民俗學會, 1933. 1. 18.

---

28)같은 책, 345쪽.
29)같은 책, 207쪽.
30)손진태, <토속연구여행기>,《신민》제13권 제2호~제5호, 1926.
　- - -, <민속채방여록>,《향토연구》, 1932.
　- - -, <조선민속채방여록>,《향토연구》, 1933.
　- - -, <조선민속채방여록>,《ドルメン》, 1933.

(5)朝鮮の演劇(假面劇及人形劇の欄),「大百科事典」제17권, 東京 ; 平凡社, 1933.

(6)朴僉知劇に 對する數三考察,《人形芝居》제4호, 1933.

(7)鳳山의 舞踊假面,《동아일보》, 1933.12. 16~20.

(8)南鮮假面劇의 부흥기운,《동아일보》, 1934. 4.

(9)東萊野遊臺詞,《朝鮮民俗》제2호, 조선민속학회, 1934. 5. 25.

(10)沙里院民俗舞 に就いて,《ドルメン》제3권 제9호, 1934.

(11)黃倡傳說劇化의 부활 -경주의 추석행사-,《조선일보》1934. 10. 23~25.

(12)民俗劇 東萊野遊,《동아일보》, 1935. 4. 13.

(13)處容舞・儺禮・山臺劇의 관계를 논함,《진단학보》제2집 제2호, 1935. 4. 20.

(14)廣大란 무슨 뜻인가,《朝光》제2권 제2호, 1936. 2.

(15)新羅의 산예와 北靑獅子,《동아일보》, 1936. 3. 26~31.

(16)假面이란 무엇인가,《朝光》4월호, 1936. 4.

(17)봉산탈춤 좌담회,《朝光》제3권 제7호, 1937.

(18)鳳山民俗舞踊考,《조선일보》, 1937. 5. 15~20.

(19)향토예술의 보존 -봉산탈춤보존회 창립에 際하여-,《조선일보》, 1938. 12. 23.

(20)海州康翎의 假面演劇舞,《동아일보》, 1939. 10. 13~14.

(21)鳳山假面劇,《文章》제2권 제6호, 1940. 6~7.


송석하는 연구물을《민속학》,《조선민속》,《진단학보》같은 전문적인 학술지에도 게재하였지마는,《동아일보》,《조광》같은 신문이나 잡지에 발표하였기 때문에 형식, 분량, 수준 면에서 본격적인 학술논문으로 간주하기 어려운 글들이 상당수를 차지한다.

석남의 민속극 연구에서 추출할 수 있는 특징은 대체로 다섯 가지로 집약된다.

첫째, 현지조사를 민속학 내지 민속극 연구의 출발점으로 삼았다.

민속학자는 민속학 부문 이외의 서적도 섭렵하여 자료를 수집해야 함을 역설하면서도 "그러나 민속학이 타 과학과 다른 것은 언제든지 소위 휘일드웍(Field Work) 즉 당지연구(當地研究)가 주가 되어야 하고"[31] 라면서 현지조사를 민속학 연구방법의 요체로 파악했듯이 철저한 현장 답사 주의자의 면모를 보였다.

일례를 들면, 《조선민속》(1933) 창간호의 발간이 예정보다 늦어진 것을 변명하는 '편집후기'에서 "하휴후(夏休後) 구월(九月) 중순(中旬)이나 말에는 단연(斷然)코 낼냐는게, 갑자기 남해안지방(南海岸地方)으로 부득이 여행(旅行)하여야 할 일이 생긴데다가, 약 일 개월(約 一個月)만에 귀경(歸京)하자 바로 병마(病魔)에게 초대(招待)까지 밧고 나니, 지금(只今)에야 발간(發刊)케 되얏슴니다."[32]라고 말했는데, 《조선민속》 창간호에 그의 논문 <오광대소고>(五廣大小考)가 게재되었고, 그 논문 속에 삽입된 통영오광대 가면 사진 2매가 1932년 10월 7일 촬영된 것[33]으로 보아 '편집 후기'에서 말한 여행은 바로 통영오광대의 현지조사였음이 분명하다.

다시 말해서 석남은 <오광대소고>를 집필하는 과정에서 동래야류[34]나 김해오광대[35]만이 아니라 통영오광대[36]도 이미 1930년

---

31) 송석하, 앞의 책, 568쪽.

32) 민속원(民俗苑)에서 1981년 출간한 영인본 《조선민속(朝鮮民俗)》(제1~3호) 참조.

33) 그가 촬영한 사진들 중 105점을 발췌하여 전시회를 열고 해설을 덧붙여 책으로 출간한 것이 「민속사진특별전도록」인데, 일련번호 48, 49의 사진이 논문 속의 사진과 동일하며, 같은 책 153쪽의 해설에 의하면 1932. 10. 7에 촬영한 것으로 돼있다.

34) <오광대소고>의 동래야류 가면 사진은 차양반, 셋째양반, 말뚝이, 원양반의 순서로 장대에 걸어놓고 찍은 것인데, 「민속사진특별전도록」의 일련번호 51, 52, 53, 50(1930년 촬영)과 가면이 동일하다.

35) 논문 속의 김해오광대 가면 사진 속이 8개 기면 중에서 2개가 1930년에 촬영한 큰각시와 어딩이(「민속사진특별전도록」의 일련번호 57, 59)의 가

대 현지답사한 상태였지만 통영오광대에 대해 재조사할 필요성을 느낀 나머지—여행 기간이 1개월이나 되고, 귀경 후 과로로 병이 난 것을 보면 통영만이 아닌 오광대와 야류의 전승지 전역을 대상으로 했을 개연성이 크다—학회지의 발간마저 연기하면서까지 통영으로 내려갔던 것으로 추정된다.

둘째, 민속극의 장르를 가면극과 인형극으로 구분했다.

《국극요람(國劇要覽)》이란 책에 한국의 민속극을 1. 농군행렬(農軍行列), 2. 가면극, 3. 소흉내·거북흉내, 4. 동무(童舞), 5. 보름춤놀이 등 5종을 든 것37)을 보고서 (1)(3)(4)(5)를 배제하고 인형을 포함시켜 민속극의 장르를 가면극과 인형극으로 정립시켰는데, 민속극에 대한 개념 규정을 명시한 적은 없지만, "각본(脚本)에 의하여 꽤 체계가 서있는 인형극"38)이 존재한다고 말하고, 따라서 망석승극(忘釋僧劇), 완구인형극(玩具人形劇)도 있지만 엄밀한 의미에선 박첨지극(朴僉知劇)만이 연극이라고 말한 것39)으로 보아 연극은 각본이 있고 체계가 있어야 한다는 생각에서 농군행렬과 동물흉내는 민속놀이, 동무와 보름춤놀이는 민속무용으로 보고서 민속극에 포함시키지 않았던 것 같다.

하여튼 석남은 가면극과 인형극 두 장르에 걸쳐 연구했으며, 가면극도 오광대와 들놀음, 산대놀이, 해서탈춤, 북청사자놀음 등 전국의 작품들을 총망라해서 현지조사하고, 이를 바탕으로 논문을 창작하는 균형 있고 포괄적인 안목을 지녔었다.

다만 안동의 하회에 1934년 8월 20일에 1차로 현지조사한 데

---

면과 동일하다.

36)「민속사진특별전도록」의 일련번호 43, 44, 45, 46, 47은 1930년에 촬영한 사진들인데, (43)문둥이와 (47)말뚝이의 가면이 1932년에 촬영한 사진(48) 속의 그것들과 외형이 약간씩 다르다.

37)송석하, 앞의 책, 162쪽.

38)같은 책, 163쪽.

39)같은 책, 163쪽.

이어서 1940년 12월 14일 별신놀이의 임시공연 때 참관했으면서도[40], 하회 별신놀이의 연희 절차와 내용에 대한 언급을 전혀 남기지 않은 점이 참으로 아쉽다. 그러나 중마당에서 각시가 먼저 등장하는 장면의 사진과 중과 각시가 등을 마주대고 춤추는 장면의 사진, 그리고 주지를 제외한 모든 광대들—탈을 쓰고 소도구를 들고, 복색도 그대로다—과 산주(山主)가 합동으로 찍은 사진을 남기어, 1928년의 별신놀이와 달리 중마당에 부네 대신 각시가 등장하는 변이를 일으킨 사실과 논바닥에 멍석 한 닢을 깐 야외무대와 복색, 소도구 등을 알 수 있게 해준 것은 그의 공헌이 아닐 수 없다.

셋째, 민속에 대한 역사적 연구의 방법론을 제시했다. "무용 연극에 한한 것은 아니지마는 고대와 관계를 가진 문화과학의 연구, 특히 사적 연구(史的硏究)에는 문헌에 의한 고증학적(考證學的) 방법과 민간전승(民間傳承)에 의한 민속학적(民俗學的) 방법이 유력한 것은 세인이 이미 인정하는 바이나"[41] 라는 말을 통해 과거과학이면서 동시에 현재과학인 민속학의 연구, 특히 민속에 대한 역사적 연구에는 문헌을 섭렵하여 민속 관련 자료를 찾는 고증학적인 작업과 민속의 진승 현상에서 자료를 수집하는 민속학적인 연구방법을 병행시켜야 함을 주장했는데, 그의 대부분의 논문이 이같은 연구방법에 의해 쓰여졌다. 그 중에서도 <처용무·나례·산대극의 관계를 논함>(1935)과 <신라의 산예와 북청사자>(1936)는 전형적인 예에 해당한다.

넷째, 가면극의 지역적 분포와 차이에 주목했다. 가면극을 지리적으로 구별하여, 경기의 산대도감(山臺都監)놀이, 해서지방의 탈춤, 경남 해안의 오광대와 야류로 3분하고서, 계통상으로는 구나의(驅儺儀)에 기원을 두고, 오광대와 야류는 초기에, 해서탈춤은

---

40)「민속사진득별전도록」, 148~149쪽 참조.
41)송석하, 앞의 책, 293쪽.

후기에 분파된 것으로 추정함으로써42) 가면극의 지역적 차이를 분파 시기의 상이성으로 설명하려 했다. 그리고 전승권 안에서도 지방에 따라 관념은 비슷하지만 표현방식이 다른데, 그 이유에 대해선 "흙이 낳고 성장시킨 분위기가 형성한 사람의 심적 표현을 달리하기"43) 때문인 것으로 파악하여, 토질과 기후같은 자연환경이 인간의 기질과 정서의 형성요인이 되고, 그로 말미암아 가면극의 표현방식이 다르게 나타난다는 일종의 환경결정론적 견해를 보였다.

그리하여 봉산탈춤과 강령탈춤 사이에서 발견되는 가면의 색채와 형태, 춤사위, 연기, 분장상의 차이점, 이를테면 봉산탈은 강력한 색채이면서 괴위(魁偉)하게 생긴 이른바 귀면(鬼面)탈인데, 강령탈은 온화한 색채이면서 아담하게 생긴 이른바 인물(人物)탈인 점, 봉산탈춤의 춤사위는 활발하고 거친데, 강령탈춤의 춤사위는 부드러운 점 등의 차이점44)은 봉산이 산간지대에, 강령이 해안지대에 위치하고 있기45) 때문인 것으로 해석할 수 있는 개연성을 시사했다.

또 중놀이마당의 지역적 차이에 대해서도 다음과 같이 주목했다.

파계승에 대한 양민의 태도를 표현할 때에 갑지(甲地)에서는 그 파계승에 대하여 동정적으로 그 행위를 미워하고 사람은 미워하지 않으나, 을지(乙地)는 그 행위는 물론이려니와 그 당자(當者)까지 증오하나 불교 자체에 대하여는 절대로 경건한 태도를 가지며, 병지(丙地)는 그 행위든지 당자는 말할 필요도 없거니와 그러한 것을 낸 불교계 자체까지 미워하고 오로지 대자대비한 부처님만 믿는다는 일견 모순된 여러 가지 관념이 있다.46)

---

42) 같은 책, 23쪽과 376쪽 참조.
43) 같은 책, 206쪽.
44) 같은 책, 207쪽 참조.
45) 같은 책, 204쪽 참조.
46) 같은 책, 206쪽 참조.

이같은 이본적 차이는 연극 발생 내지 변천을 관찰하는 길이 되기 때문에 극학도(劇學徒) 특히 연극사 연구자에게는 중요한 문제가 된다고 주의를 환기시켰다.[47]

다섯째, 본격적인 민속지(民俗志) 작성이나 학문적인 체계화보다는 계몽적이고 실천적인 데 더 치중하였다.

투고를 환영하는데, "비교론(比較論), 방법론(方法論), 이론(理論)도 조흐나 될 수 잇스면 자료(資料)를 대환영(大歡迎)합니다. 학문 자체가 다인수(多人數)의 힘을 요하는 까닭이외다"하는 《조선민속》 창간호의 '회고(會告)'에 극명하게 나타나듯이, 1930년대 초반의 민속학이 당면한 문제를 일차적으로 자료수집으로 인식했던 것 같다.

1934년 음력 정월에 진주의 부녀위친계(婦女爲親契), 제삼야학회(第三夜學會), 각 신문사 지국의 성의로 진주오광대를 공연할 때[48] 참관하여, 정인섭이 1928년 8월 14일 강석진(말뚝이 역)이 구술한 것을 채록하여 《조선민속》 창간호(1933)에 발표한 <진주오광대탈노름>과 다른 또 하나의 이본을 <남선(南鮮)가면극의 부흥기운>속에 남기면서도, 민속예술의 단순한 재현을 경계하고, 현실에 입가하여 현실생활에 직합하게 부활시켜야 한다고 말하면서, (1)민속극의 외설적인 대사와 연기를 피하고, (2)각본은 다양한 관람층 전체에 통용될 수 있는 것만 채택하고 희극 일변도를 탈피해야 하며, (3)연중행사로만 하지 말고 언제든지 무료로 공연하여 민속야외극으로 성장시키며, (4)직업화하지 말고 단순성과 소박성을 지켜야 한다[49]는 조건을 제시했다.

그런데 이같은 그의 주장은 민속극의 단점으로 첫째, 연극적 약속이 특수하여 서구 연극의 지식으로 이해하기 어렵고, 둘째로

---

47)같은 책, 같은 곳 참조.
48)같은 책, 374쪽 참조.
49)같은 책, 392~393쪽 참조.

음탕한 장면과 외설적인 대사가 많아 부녀자와 아동에게 이롭지 않고, 셋째로 해학 일변도여서 민중의 정조(情操)훈련에 도움이 적은 점을 들고, 장점으로는 연극사적 가치, 민심의 반영성, 민중 오락성, 연희자와 관중의 일체감 체험 등을 지적한 사실50)과 맥락을 같이 한다.

또 1935년 유영준, 곽상훈, 허영호 등 실업계, 사상계, 학계의 인물들의 힘으로 동래야류를 복원하여 공연할 때 2주일 동안 현지에 머물면서 준비 과정을 지켜보다가 급전(急電)을 받고 공연 전날에 상경한 탓으로 참관하지 못했기51) 때문에 동래야류에 대한 보고를 하지 못한 채 "공연한 자부심으로 무검토 무비판적으로 존속시키는 것은 백해(百害)에 일리(一利)가 없는 것이니 그를 존속시키는 데는 뚜렷한 이유 아래에서 꾸준한 노력이 있기를 바라 마지 않는 바이다"52)라고 충고를 잊지 않았다.

이런 점으로 보아 석남은 민속은 "현재에도 있는 과거의 잔존물"53)이지만, 풍속은 "과거의 잔존물이 아니고 현대에 호흡할 만한 현대의 것"54)이기 때문에 "인멸의 길을 밟는 묵은 것에 새 옷을 입혀서, 새 호흡을 시켜서 현대에 부활시킬 수 있는 것"55)을 생각해 봐야 한다는 기본 입장을 취하고서 민속의 부흥운동이 시대의 변화를 무시하고 맹목적인 복고주의에 빠지는 것을 경계했던 것이다.

이렇듯이 민속을 풍속으로 탈바꿈시켜 발전적으로 보존시켜야 한다는 그의 주장은 바로 "흙과 환경과 민족성에서 양성(釀成)된 민속을 토대로 하지 않은 여하한 문화라도 그는 장차에 자멸의

---

50)같은 책, 342~343쪽 참조.
51)같은 책, 181쪽 참조.
52)같은 책, 182~183쪽 참조.
53)같은 책, 404쪽.
54)같은 책, 405쪽.
55)같은 책, 405쪽.

길을 밟을 것"56)이라는 문화관에 근거하고 있을 것이다.

이와 같이 석남은 민속학을 과거과학으로만 인식하지 않고 현재과학으로 인식했으며, 민속문화를 토대로 해야만 진정한 민족문화의 창조가 가능하다고 믿었기 때문에 민속의 부흥을 올바른 방향으로 계도하려고 문화운동가적 면모도 보였던 것 같다.

그리하여 민속극을 조사하여 대사를 채록하고, 그것을 민속학적으로, 연극학적으로 분석하고 해석하여 이론적으로 채계화시킨다든가, 문헌자료와 전승자료를 총망라하여 본격적인 연극사를 기술하려는 시도는 하지 않고, 민속극을 개괄적으로 조사하고 이해하는 수준에 머문 채 신문과 잡지를 통해 계몽적인 글을 많이 발표하였는데, 일례로 <광대(廣大)란 무슨 뜻인가?>와 <가면이란 무슨 뜻인가?>가 잡지《조광(朝光)》의 '조선문화문답실(朝鮮文化問答室)'을 통한 향토인의 질문에 응답한 글들이다.57)

그리고 1932년 조선민속학회를 창립하고, 기관지《조선민속》에 <오광대소고(五廣大小考)>(1호), <동래야류대사(臺詞)>(2호) 같은 논문과 자료를 발표하는 등의 순수한 학술적 활동도 했지만, 가면극을 현지조사하면서 가면을 사진촬영할 뿐만 아니라 수집도 하여 다른 수상품들과 함께 해방 후 설립한 국립민족박물관에 진열했으며, 봉산탈춤을 서울에 끌어들여 양주별산대놀이와 비교하게 만들고, 사리원의 읍당국자를 구슬려 백중날 봉산탈춤을 공연하게 하고, 한편으론 방송국을 동원하여 전국에 실황중계하게 하고, 백두산의 동물생태를 연구하러 가던 스웨덴의 동물학자 베르그만을 사리원으로 안내하여 활동사진을 찍어 유럽에 소개하도록 만드는 등58) 가면극의 자료 수집과 보존, 공연 주선과 계몽과 홍보에 헌신적인 노력을 기울였다.

---

56)같은 책, 405쪽.
57)같은 책, 229쪽과 240쪽 참조.
58)같은 책, 5~6쪽 참조.

이러한 석남의 연구사적 위치는 두 가지 측면에서 접근이 가능하다. 하나는 석남과 동시대에 활약한 연구자들과의 비교이고, 다른 하나는 후대의 연구자들과의 비교이다.

먼저 동시대인들의 민속극 내지 가면극에 대한 연구물을 소개하면 다음과 같다.

(1)趙潤濟, <三國時代의 歌舞戲>, 《新興》 제1권 제1호, 1929. 7. 15.

(2)崔南善, <驅儺儀考>, 《中外日報》, 1930. 1. 29.

(3)조윤제, <신라시대의 가면극>, 《新生》 제4권 제6호, 1930. 6. 1.

(4)安廓, <처용극>, 《조선》 제172호, 1932.

(5)안확, <山臺舞劇と處容と儺>, 《조선》 제201호, 1932. 2. 1.

(6)金在喆, <조선 인형극 꼭두각시>, 《東光》 제39호, 1932. 11. 1.

(7)秋葉隆, <假面を祀る>, 《ドルメン》(가면 특집호), 1933.

(8)김재철, 《조선연극사》, 靑進書館, 1933. 5. 10.

(9)白花郎, <社堂牌>, 《朝光》 제2권 제8호, 1936.

(10)吳晴, <假面舞踊劇鳳山タール脚本>, 《조선》 제261호, 1937. 2. 1.

(11)조선총독부, <假面舞踊山臺劇臺本>, 《조선》 제261호, 1937. 2. 1.

(12)高橋亨, <산대잡극につひて>, 《조선》 제261호, 1937. 2. 1.

(13)村山智順, <民衆娛樂としての鳳山假面劇>, 《조선》 제261호, 1937. 2. 1.

(14)黃先喆, <假面舞踊山臺劇臺本>, 《조선》 제261호, 1937. 2. 1.

(15)魯烏同室主人, <조선광대의 사적 발달과 그 가치>, 《조광》 제4권 제5호, 1938. 5. 1.

(16)김양봉, <숙신 고도의 관아놀이>, 《한글》 제6권 6호, 1938. 6. 1.

(17)洪九, <山臺都監脚本>, 《영화연극》 제1호, 1939.

(18)秋葉隆, <山臺戲>, 《日本民俗の ために》, 1940.

(19)村山智順·高橋亨, 《朝鮮の 假面舞踊劇》(山臺劇, 鳳山タアル).

조윤제, 최남선, 안확이 1930년을 전후해서 문헌에 기록된 고대의 가면극에 학문적 관심을 보이기 시작할 때, 석남은 1929년 꼭두각시놀이를 현지조사한 내용을 <조선의 인형지거(人形芝居)>에 담아 발표하였는데, 그것은 김재철의 <조선 인형극 꼭두각시>(1932)보다도 4년이나 앞섰으니, 민속학적 연구방법을 민속극 연구에 적용한 선구자의 첫발을 내디딘 것이다.

그리고 안확이 <산대무극(山臺舞劇)과 처용(處容)과 나(儺)>(1932)에서 나(儺)가 처용무가 되고, 처용무가 산대극이 됐다는 동일계통설을 주장하자, <처용무·나례·산대극의 관계를 논함>(1935)에서 처용무와 산대극은 처용가면이 벽사가면(辟邪假面)이고, 산대극의 제1과장이 벽사의식무인 점만 상통하고, 가요·무용·가면의 형태와 제작 면에서 유사점이 없는 점으로 보아 양자는 일직선적인 동일계통이 아니라고 비판했다. 그러나 나(儺)가 산대극의 동기임은 시인하면서 구나(驅儺)의 극화(劇化)가 산대잡극이고, 그것이 민간화되어 산대도감계통극이 형성됐다고 했다.

또한 김재철이 《조선연극사》(1933)에서 고전극의 장르를 가면극과 인형극으로 양분하기에 앞서 <조선의 민속극>(1932)에서 이미 그같은 분류를 선보였다. 그러나 김재철은 가면극과 인형극의 역사를 체계적으로 기술하려고 했고, 석남은 그같은 작업은 시도하지 않았는데, 그것은 연구방법의 차이에 기인할 것이다. 다시 말해서 김재철은 1920년대의 문헌고증적 방법을 계승하면서 민속학적 자료를 부분적으로 수용했는데, 이에 반해서 석남은 현지조사 중심의 민속학적 연구방법을 전적으로 채용한 점에서 근본적인 차이가 있는 것이다.

그리고 1930년대 후반에 일본인 학자들이 주로 산대놀이와 봉산탈춤에 집중적인 관심을 보였는데, 특히 석남이 1936년 봉산탈춤의 공연을 주선하고, 일본인 오청(吳晴), 무라야마(村山智順)를 안내하였을 때 오청은 송석하·임석재와 함께 공동으로 채록한 봉산탈춤의 대사를 《조선》(1937)에 발표하고, 무라야마도 동일

잡지에 민중오락으로서의 봉산탈춤에 관한 글을 실은 것을 보면, 일인 학자들과의 교류를 통해 상당한 영향을 끼쳤음을 알 수 있다.

다음으로 석남과 후대의 민속극 연구자를 관련시켜 영향 수수 관계 내지 계승과 극복의 양상을 살펴 그의 연구사적 위치를 가늠해 보기로 한다. 논의를 효율적으로 하기 위해 석남의 민속극 연구에서 발견되는 다섯 가지 특징들을 재정리한 다음, 순서에 따라 살피기로 한다.

첫째, 현지조사가 민속학을 독립과학으로 만드는 연구방법임을 인식하고, 이를 철저히 실천했다.

둘째, 민속극의 장르를 가면극과 인형극으로 양분했다.

셋째, 민속극의 역사적 연구에는 문헌고증학적 방법과 현지조사 방법의 병행이 효과적임을 강조했다.

넷째, 가면극의 지역적 분포에 따라 전승권을 구획하고, 지역적·이본적 차이의 역사적·지리적 의미를 파악하려 했다.

다섯째, 학문적·이론적 체계화보다는 민속극 부흥을 위한 대중계몽 운동에 더 적극적이었다.

첫째의 경우 민속극 연구에서 현지조사 방법을 사용하여 민속지(民俗誌)를 작성하고 대사를 채록한 대표적인 연구자는 이두현을 들지 않을 수 없다. 그의 《한국가면극》(1969)은 저자가 머리말에서 "역사민속학적 방법으로 삼국시대 이래 이조 말까지의 한국 가면극 발달의 사적 고찰과 한국 가면 및 가면극의 민속지적 자료로서 구성하였다. 한국 가면극을 보다 광의로 잡아 북청사자놀음과 꼭두각시놀음도 함께 자료로서 가면극지(假面劇誌) 속에 포함시켰다"라고 밝혔듯이 가면극과 인형극의 본격적인 민속지를 담고 있다.

그러나 민속극에 대한 현지조사 중심의 민속학적 연구의 한계를 비판하고, 가면극을 연극으로서, 또는 희곡으로서 미학적인 연구를 하려는 방향 전환이 조동일[59]에 의해 시도되었고, 최근엔

현장답사주의만 신봉하다가는 가면극의 본질을 보지 못할 우려가 있으므로 텍스트 분석에 치중해야 한다60)는 극단적인 주장까지 나온 실정이다.

그러나 가면극이 이미 전승현장에서 자생력을 상실하고, 서울 놀이마당에서 공연되는 식으로 도시민속화하는 추세이므로 그에 따르는 새로운 연구방법이 모색될 수도 있겠으나, 가면극이 근원적으로 창작희곡 내지 실내연극과는 다른 구비전승물이고 야외극이라는 점을 망각해서는 안 될 것이다.

둘째의 경우로 석남이 <조선의 민속극>(1932)에서 민속극을 가면극과 인형극으로 구분했는데, 김재철의 《조선연극사》(1933)에서 고전극의 장르체계로 확대되어 수용되었고, 권택무는 《조선민간극》(1966)에서 가면이나 인형을 사용하지 않은 극을 새로운 장으로 추가 설정했으나, 한효의 《조선연극사개요》(1956)에선 판소리를 창극이라 하여 가면극, 인형극과 함께 세 장르로 보았다.

그러나 장덕순·조동일·서대석·조희웅의 《구비문학개설》(1971)에선 가면이나 인형에 의한 가장성(假裝性), 대화와 몸짓에 의한 갈등의 집약적 표현, 민산선승으로부터의 독립성 등의 기준에 근거해서 가면극과 인형극만을 민속극으로 규정하여 서남의 장르 구분을 충실히 계승하면서 이론화시켰다.

그러나 황루시의 <무당굿놀이연구>(1987)가 민속극의 장르를 가면극, 인형극, 무당굿놀이로 보아야 할 당위성을 제시했기 때문에 석남의 이분법은 또다시 새로운 도전에 직면했다.

셋째의 경우로 민속극의 역사적 연구에는 문헌자료에 의거한 고증학적 연구와 민간전승에 의거한 민속학적 연구가 병행되어야 한다는 절충론은 가면극과 인형극을 궁중의 연극과 민간의 연극으로 나누어 후자만을 민속극으로 간주하는 명확한 구분의

---

59)조동일, 「한국가면극의 미학」, 한국일보사, 1975.
60)김욱동, 「탈춤의 미학」, 현암사, 1994, 22~23쪽 참조.

식 없이 역사적으로 체계화시키려 한 김재철의《조선연극사》
(1933)를 필두로 이두현의《한국가면극》(1969), 한효의《조선연
극사개요》(1956), 권택무의《조선민간극》(1966) 등에 답습되었
는데, 이에 대한 극복이 앞으로의 과제가 아닐 수 없다.

넷째의 경우인 가면극의 지역적 분포에 대해서 조동일이 <가
면극과 민중의식의 성장>61)에서 농촌가면극과 도시가면극으로
나누어 민중의식의 성장과 상업의 발달에 힘입어 농촌가면극이
도시가면극으로 발전했다는 새로운 견해를 제시하였고, 정상박은
《오광대와 들놀음 연구》(1986)에서 낙동강을 경계선으로 오광
대와 들놀음이 기원을 달리하면서 상이한 전승권을 형성했다고
하여 오광대와 들놀음이 모두 산대도감극에서 분파되어 동일전
승권을 이루었다는 석남의 견해를 수정했다.

그런가 하면 박진태는《한국가면극연구》(1985)에서 중마당,
양반마당, 할미마당, 벽사마당의 지역적 차이를 이본관계로 보고
진화론적 관점에서 발전과정과 발전원리를 도출하려는 시도를
한 바 있다.

그러나 아직도 개별 작품 사이에 나타나는 지역적인 차이에
대한 논의에선 석남이 봉산탈춤과 강령탈춤을 비교한 수준 이상
을 뛰어넘지 못한 실정인데, 역사적·지리적·사회문화적 관점에
서 심층적인 분석이 이루어져야 하겠다.

다섯째의 경우로 석남이 보여준 학문적 태도를 현재 시점에서
보면, 민속극의 학문적 연구에만 충실하느냐, 아니면 민속극을 전
통문화 내지 무형문화재로 보존하고 공연을 통해 사회적인 인식
을 계몽할 것인가, 더 나아가선 민속극을 현대적으로 재해석하고
재창조하여 사회문화 운동의 영역으로 확장하여 나아가느냐, 이
런 것들이 계속 문제가 되는데, 특히 세번째 부류에 심우성·채
희완이 속한다.

---

61)조동일, 앞의 책, 8~112쪽.

## 5) 민속오락 연구

석남의 민속오락 개념은 지극히 포괄적이어서 민속음악, 민속무용, 민속연극, 민속유희(民俗遊戲)에 달맞이, 중로(中路)보기, 모래찜, 천렵(川獵), 두레길쌈까지도 포함시켰는데[62] 오락의 발생과 기능에 대해 다음과 같이 말하였다.

　사람이 오락을 가질려고 하는 것은 마음의 깊은 곳에서 나오는 본성적 쾌락욕구며 필연적이다. 그러나 사치적으로 쾌락을 위한 오락은 참된 오락이라고는 할 수 없다. 사람에게 신선한 활력을 줄만한 오락이어야 비로소 오락된 의의가 있는 것이다. 오늘의 안식과 쾌락은 내일의 활동을 위함이요 신정력(新精力)을 만들 양식이 되는 것이다. 사람의 육체의 피로는 휴양으로 나을 수 있으나, 정신의 피로는 휴양만으로는 고칠 수 없다.[63]

쾌락을 추구하는 본능에서 오락이 발생했으며, 오락을 통해 정신의 피로를 풀고 활력을 되찾을 수 있기 때문에 오락은 중요하다는 발생론과 효용론을 폈다. 그리고 "한 민족의 오락에는 좋든 나쁘든 그 민족의 전래의 정서를 갖춘 것이 필수조건"[64]이기 때문에 민족의 오락은 "예술적으로는 몇 갑절 나은 다른 민족의 것보다 자기네가 가진 완전치 못하고 유치한 것일지라도 그것이 더 재미있고 반가운 것"[65]이라고 보았다.
그뿐만 아니라 아무리 "고상한 예술이라도 그 민족이 밟고 있는 흙을 떠난 것은 필경에는 모방의 예술이요 뿌리 없는 꽃에 지나지 않으며"[66] "흙과 환경과 민족성에서 양성(釀成)된 민속"[67]만

---

62) 송석하, 앞의 책, 306쪽.
63) 같은 책, 302쪽.
64) 같은 책, 312쪽.
65) 같은 책, 315쪽.
66) 같은 책, 315쪽.

이 "민족의 좀더 나아질 장래의 문화를 약속하는 것"68)이기 때문에, 연중행사로 행해지던 오락이 인멸되어 "일반민중은 사막 행로와 같은 고달프고 무미한 인생의 여행을 하게"69)된 현실에서 문제의식을 발견하고, "현대 사람의 대부분에게 소박을 당한 전승의 오락을"70) 조사하고 연구하고 진작시킬 필요성과 사명감을 느꼈던 것으로 보인다.

그러나 민속극과 마찬가지로 전승오락에 대해서도 정밀한 현지조사에 의한 민속지 작성과 이론적 체계화에 주력하기보다는 실천적이고 계몽적인 측면까지 적극적인 관심을 보여 농촌 오락을 계승하는 데 있어서 상업주의적인 난장 제(制)보다는 공동 추렴에 의해 경비를 조달하는 대동놀음 방식을 채택하고,71) 예술적인 오락과 체육적인 오락에만 국한하고, 사행적인 오락은 배제해야 한다고 주장하였다.72)

그리고 오락의 윤리적인 측면 내지 사회 교화적인 기능을 중시하는 태도를 보였고, 이 점은 민속극의 경우에도 예외는 아니었는데, 주목되는 것은 오락이나 민속극의 내용만이 아니라 연희자의 윤리성이나 인격을 강조한 사실이다.

광대의 음악(판소리)은 융성한 반면 광대의 연극은 쇠퇴한 사실을 개탄하면서, 외국의 인형극이 한국의 인형극보다 역사가 짧으면서도 더 발전한 것은 "그 시대의 민중이 자기 자신을 잘 알고 굳센 신념이 있어서 그것을 완성하려는 노력이 있었던 까닭"73)에 가능했다고 말하고, 민속극의 연희자들에게 다음과 같은

---

67)같은 책, 405쪽.
68)같은 책, 315쪽.
69)같은 책, 305쪽.
70)같은 책, 315쪽.
71)같은 책, 367쪽 참조.
72)같은 책, 369쪽 참조.
73)같은 책, 410~411쪽.

주문을 하였다.

광대의 연극은 금후 그 방법 여하에 따라서 정통 한국연극 수립에 큰 주간(主幹)이 될 중요한 존재인만치 그에 관계하는 이의 자각 더군다나 급거한 사회적 지위 향상에 자위할 것이 아니고 참된 예술가의 진지한 태도를 지켜주기를 빌어 마지않는 바로 마치 이조 불교 탄압시대의 유덕한 선승(禪僧)처럼 내재실력(內在實力)을 함양할 필요가 있어야 할 것이다.[74]

민속극이 민족극의 근간이 될 수 있고 한국연극의 수립에 있어서 서양 연극의 수입보다는 "적자생존한 재래종을 개량도 하고, 배근(培根)도 하여서 특수한 꽃을 피게 하는 것이 첩경"[75]이기 때문에 광대들이 민속극의 가치를 재인식하고 시대적 사명을 자각하여 참된 예술가의 진지한 태도를 지키면서 구도자처럼 정진할 것을 당부하거나, 판소리 광대한테는 "시대의식이 결핍하여 말초적 기교만을 무의식적으로 전승해온 데 지나지 아니함"[76]을 비판하고 "광대라는 것을 천업으로 알지 말 것이며, 숭고한 인격 진지한 태도로 음악에 임할 것"[77]을 훈계하는 점에서 석남의 도덕적이고 계도적인 면모를 유감없이 드러냈다.

또한 석남은 그 당시로서는 거의 실현 가능성이 없는 민속조사연구기관의 설립을 제안하여, 민속을 국가적 차원에서 체계적이고 조직적으로 발굴과 복원, 조사와 연구를 실시하고, 보존과 홍보를 위해서 시설을 갖추고 제도를 마련할 것을 주장하였다.

다시 말해서 2단계로 나누어, 제1단계에서 전래 경기와 오락을 조사하고 연구할 준비위원회를 조직하는데, 운동관계자, 전문학자, 예술가, 공업기술자, 실업가, 언론관계자로 구성하고, 활동 부문은 조사와 연구로 나누어, 조사 부문에선 먼저 각 지방의 언론

---

74) 같은 책, 411쪽.
75) 같은 책, 369쪽.
76) 같은 책, 263쪽.
77) 같은 책, 262쪽.

기관, 사회단체, 학교, 관청 등에 촉탁하여 자료를 수집한 다음 그 분류에 의해서 위원회에서 담임위원을 실지에 파견하여 엄밀한 조사를 실시하며, 연구 부문엔 사학적, 사회학적, 민속학적, 예술적, 의학적, 경제학적인 측면에서의 종합적인 연구와 검토, 심사와 채택, 계획과 설계까지 포함시켰다.

다음으로 제2단계에 들어가 먼저 준비위원회와 같은 요령으로 연구위원회를 조직한다. 그리고 연락기관으로서 민속박물관 내지 참고관을 설립하여 준비위원회의 조사 사업을 계승하게 하고, 조사위원회의 연구 부문 사업은 그대로 존치하고서, 채택된 것은 지방단위의 연차대회와 중앙초청 연차대회로 구분하여 실시하는데, 경기는 지방에선 예선대회, 중앙에선 결승대회를 하고, 오락은 지방의 우량 종목을 중앙에 초청하는 방식을 구상했다.[78]

그러나 석남의 이같은 원대한 구상은 1946년에 석남이 국립민족박물관을 창설한 이래 1968년부터 문화재관리국에서 도별로 실시한 민속종합조사나 1958년부터 연중행사로 실시한 전국민속예술경연대회 등에서 부분적으로 현실화되었다.

그런데 석남이 민속 중에서도 체육경기적인 오락과 예술적인 오락 등 민속오락에 집중적인 관심을 기울인 것은 오락 분야가 가지는 문화적 의의와 신문화 건설에의 활용 가능성을 인식하고, 민속학의 독자성과 민속학자적 정체성을 확보하려 한 데 기인한다는 지적이 있다.[79]

끝으로 연구사적 측면에서 보면, 민속오락에 대한 석남의 포괄적인 개념 규정은 무라야마의《조선의 향토오락》(1941)에서 향토오락이 민간신앙, 민속예술, 세시풍속, 구비전승을 망라하고 있는 것[80]과 유사하다.

---

78)같은 책, 413~414쪽.
79)한양명, 앞의 글, 45쪽.
80)무라야마(村山智順) 편, 박전열 역, 「조선의 향토오락」, 집문당, 1992, 29쪽.

그러나 해방 이후의 민속학계에선 민속음악, 민속무용, 민속연극, 민속유희를 분리하여 연구하는 경향을 보였으며, 따라서 석남의 민속오락 분류를 민속놀이 분류의 첫 시도로 평가하기도 하나[81] 석남의 민속오락의 개념과 해방 후의 민속놀이의 개념이 다른 사실을 유념해야 할 것이다.

### 6)학회 활동

1930년대는 한국 민속학이 역사과학을 탈피하여 인류과학의 한 분야로 정초(定礎)된 시기인데[82] 특히 민속학계의 구심점이 되어 조직적이고 체계적인 학문활동을 주도할 학회가 최초로 설립된 것은 민속학사적 의의가 크다.

조선민속학회는 1932년 4월에 송석하, 손진태, 정인섭, 아끼바(秋葉隆), 이마무라 등 5인이 핵심이 되어 참립했는데, 그 당시의 상황을 정인섭이 일찍이 증언한 바 있다.

한 동안 소식이 없던 송석하씨가 그 동안 가끔 발표한 가면극에 대한 논문이 주목을 끌었고, 그가 가지를 돌아다니면서 민속에 대한 많은 재료를 구했다는 풍문이 자자했다. 또 손진태씨는 보성전문학교에 재직하면서 그의 민속연구가 깊어갔다. 그런데 하루는 송석하씨가 내가 봉직하고 있는 연희전문학교에 찾아와서 민속학회를 발기하자고 했고, 손진태씨와 3자가 합석하기도하여 어느 식당인가 지금은 기억이 나지 않으나 우리 셋이 모여서 대략 발기회를 꾸몄다. 그리고 사람으로는 그 당시 경성제대의 아끼바(秋葉隆) 교수와 한때 경기도 경찰부장을 지낸 이마무라씨를 가입시키기로 했다. 그 이유는 전자 아끼바씨는 우리 무당연

---

81)김선풍, 한국민속놀이론,《중앙민속학》창간호, 중앙대 한국민속학연구소, 1985, 39쪽.
82)김택규, 앞의 글, 36쪽.

구에 특히 취미를 갖고 상당한 연구를 거듭하고 있어, 학자로는 그가 우리 민속연구에는 제1인자라고 할 수 있었고, 후자 이마무라씨는 우리의 바가지, 부채 등등 기타 민속에 대한 연구가 상당하였다. 그리하여 《조선민속》이란 잡지를 3호까지 내었다.[83]

석남이 제안하여 정인섭, 손진태가 함께 발기회를 조직하고, 거기에 아끼바와 이마무라를 가담시킨 바, 1920년대식 센티멘탈리즘적 민족주의를 비판하고 탈정치적인 문화민족주의를 지향한 손진태[84]나 "정당한 사관에서 구문화를 검토하고 신문화를 건설하여야"[85]한다고 주장하여 실천적 문화민족주의자[86]로 자리매김할 수 있는 송석하가 국수주의적 민족사관을 극복하고 한국 민속학의 과학화와 세계화에 주력하고자 한 의도를 간파할 수 있다.

조선민속학회를 설립하게 된 직접적 동기는 석남이 작성한[87] 《조선민속》 창간호의 창간사에 나타나 있다.

(가)조선에도 민속학의 발달이 현저하게 된 제도 발서 멧해가 되는대, 동고자(同攷者)의 연락·교순(交詢)·자료수집·발표를 통일할 만한 기관이 업서 항상 섭섭한 뜻을 늣겨오든 것이다.

(나)통일할 만한 학회가 설립하여야 할 시기는 이긋다기보다는 차라리 만시(晩時)의 탄(嘆)이 잇다. 영국갓흔 나라에는 19세기 중엽에는 발서 민속학이 학문으로서의 독자의 씩씩한 거름을 것기 시작하여, 4분지 1세기 지난 후에는 영국민속 학협회가 설립되여서 만흔 공헌을 지우금(至于今) 끚하고 잇다.

---

83) 정인섭, 앞의 글 ; 심우성, 앞의 책, 48~49쪽에서 재인용.
84) 류기선, 앞의 글, 67~68쪽 참조.
85) 송석하, 민속학은 무엇인가(최철, 설성경 엮음, 「민속의 연구」(1), 정음사, 1985), 149쪽.
86) 한양명, 앞의 글, 54쪽.
87) 석남의 매부인 국문학자 梁在淵(1920~1973) 박사의 증언. 심우성, 앞의 책, 52쪽 참조.

(다)고유 민속자료는 하나식 둘식 인멸하여 간다. 시네물소리와 낫닭의 소리를 반주로 부르든 순박한 민요는 자동차 바람에 사라지고 말앗고, 초동(草童)의 '산영화'는 치도(治道) '다이나마이드' 소리와 함께 속요 '아리랑'으로 변하엿다. 이는 차라리 다시 탐구할 방법이나 잇겟지마는, 계승자의 생명에는 한이 잇서, 한번 타계로 가면, 귀중한 자료는 영겁히 차자볼 쇠가 업는 것이다. 처용무(處容舞)를 전하든 유일의 노기(老妓) 죽은지 오래고, 아현(阿峴)의 본산대(本山臺) 업서진지가 쏘한 멧십년이다. 양주별산대(楊州別山臺)와 율지대광대도 이 길를 밟앗스며, 안성여사당(安城女社堂)이 분산(分散)한 것이 예요, 과천(果川) '육흘넝이'도 사적인물(史的人物)노 도라갓다, 이와갓치 느즛다 할지라도 이제부터는 쏙쏙 자료채집은 해둘 생각이다.

(라)잡지라고 만드러 노코 보니, 흡사히 '노고지리'색기갓다.보기 흉하고 미성(未成)한 곳이 만흐나, 장래의 쉬인 길 쩔째가 잇스리라고 여러 회원들과 갓치 기대한다.


(가)에서 '민속학의 현저한 발날'이란 민속학 연구의 본령인 현지조사 방법에 기초하여, 손신대가 1926년에 가옥 형식, 검줄, 소도, 적석단(積石壇), 입석(立石) 등에 대한 인류학적, 토속학적, 종교학적으로 연구한 일련의 논문들[88]을 발표하고, 자료집인 「조선신가유편(朝鮮神歌遺篇)」, 「조선민담집」을 1930년에 발간했으며, 석남 자신도 <조선의 인형지거(人形芝居)>(1929)를 발표하여 민속학계가 새로운 전환기를 맞이한 사실을 가리킬 것이다.

따라서 1927년은 "한국민속학 남상의 해"[89]나 "한국민속학이

---

88)<조선가옥형식의 인류학적 토속학적 연구>, <검줄문화의 토속학적 연구>, <소도, 적석단, 입석외 토속하적 종교학적 연구> 깊은 논문들이 1926년에 《新民》에 연이어 게재되었다.
89)주(1) 참조.

학문으로 자리잡는 기점"90)이라기보다는 오히려 한국 근대 민속학사에서 제 1세대(최남선, 이능화)에서 제 2세대(송석하, 손진태)로 교체되던 전환점이라는 표현이 더 적합할 것 같다.

따라서 (나)에서처럼 제 1세대의 민족사관에 비판적인 제 2세대가 새로운 역사관을 가지고 민속학을 독립과학으로 정립시키는 데 있어서 통일적인 조직체로서 학회를 설립할 필요성을 느꼈던 것이다. 그러나 영국에서 톰스(Thoms)가 1846년 민속학을 Folklore라 부르고, 1878년엔 민속학회(The Folklore Society)를 설립하고, 학회지 《Folklore》를 발간한 데 비하면 만시지탄이 있다는 얘긴데, 일본에서 1926년 민속학회가 창설되고, 기관지 《민속학》을 발행한 사실91)로 미루어 짐작하건대, 비록 창간사에서 영국 민속학회에 대해서만 언급하고는 있지만, 일본 민속학회의 설립에서 직접적인 자극을 받았을 개연성을 배제할 수는 없다.

다음으로 학회 설립의 시급성을 느끼게 한 것은 (다)와 같은 민속자료의 인멸 현상인데, 자동차와 도로공사로 상징되는 근대화로 인해 민속문화의 토대인 전통사회의 생활양식이 붕괴됨에 따라 자료가 인멸되거나 변질되고, 한편으로 우수한 계승자의 죽음으로 민속의 전승이 중단된다고 보고서, 자료를 발굴하고 수집하는 걸 학회 활동의 제 1차적 목표로 삼았다.

그리하여 '회고(會告)'를 통해 "비교론, 방법론, 이론도 죠흐나 될 수 잇스면 자료를 대환영합니다"라고 했던 것이다. 그 이유는 "학문 자체가 다인수의 힘을 요하는 까닥이외다"라고 말했듯이, 자료를 공유함으로써 자료조사에 소요되는 시간과 체력과 경비를 절약하자는 뜻 이외에도 자료가 인멸되기 전에 조사·수집해 놓으면, 이론적 연구는 뒤에라도 가능하다는 생각, 자료에서 이론이 나온다는 생각을 대전제로 해서 외국 이론의 섭렵과 수용보

---

90)김택규, 앞의 글, 35쪽.
91)송석하, 앞의 글 ; 최철, 설성경 엮음, 앞의 책, 154쪽.

다는 현지 조사를 통한 자료 수집을 최우선시한 것으로도 볼 수 있다.

끝으로 (라)에서 《조선민속》 창간호를 노고지리새끼에 비유했는데, 논문(3편)과 자료(2편)의 양적인 측면과 아울러 필진이 창립 회원인 손진태, 송석하, 정인섭, 아끼바 4명인 사실도 의미할 것이다. 그러나 보기 흉하고 미숙한 노고지리새끼도 성장하여 쉰 길 백 길 하늘 높이 치솟아 우짖을 때가 오듯이 조선민속학회가 크게 발전할 것을 기대해 마지 않았는데, 기대와는 달리 1934년에 제 2호를 내고 한 동안 중단되었다가 1940년에 가서야 제 3호를 속간하였지만, 이마무라의 고희기념호(古稀記念號)이고 발행인이 석남에게서 아끼바로 교체되고, 표기도 전부 일문(日文)으로 통일되는 등 학회 운영과 학회지 발간의 주도권을 일본인에게 완전히 빼앗기는 비운을 맞이했다. 그럼에도 불구하고 해방 이후 석남의 사망(1948)과 손진태의 납북(1950)으로 두 기둥이 한꺼번에 무너진 민속학계를 외로이 지키며, 제 3세대인 이두현, 장주근, 김동욱, 임동권 등과 한국문화인류학회를 창립한 임석재(任晳宰, 1930년생)가 민담 연구 논문을 게재하면서 조선민속학회에 뒤늦게 합류한 사실은 학회사적(學會史的) 의미를 지닌다.

## 7) 석남에 대한 평가

석남(石南)은 민속문화 중에서도 특히 민속극과 민속오락의 연구에서 선구자적 업적을 남겼고, 당대는 물론이고 후대의 민속학자 내지 민속극 연구자들한테 심대한 영향을 끼쳤는데, 지금까지 그러한 석남에 대해서 상반된 평가가 내려졌다. 먼저 김두헌의 이야기를 들어보자.

석남(石南)은 결코 현학적인 학자도 아니요, 체계를 일삼는 학구에 몰두하는 선비도 아니었다. 그는 때에 따라 닥치는 대로 어떤 재미있는 문제를 잡으면 평범함 중에서 진리를 파지하고 역사학적 사회학적 고증을 깊이 하여 필경 일가견을 갖추곤 하였다. 여기에서 우리는 그의 유고를 통하여 진지한 애족의 정열과 초탈한 위인(爲人)의 모습을 엿볼 수 있는 것이다.[92]

석남의 민속학을 학문지상주의적인 대학 강단의 민속학과 구별되는 민족주의자 야인(野人)의 풍류민속학(風流民俗學)으로 긍정적인 평가를 내렸다.
그러나 임석재는 반대의 입장을 보였다.

솔직히 말해서 고인은 민속학자이기보다는 디렛탄트로서 아취를 추구하며 살았던 이라고 하겠다. 그의 논고를 보면 이것이 증명된다. 그래서 그는 꼼꼼스런 민속지(民俗誌)를 꾸며보지는 못하였다. 많은 자료를 채취 수집은 하였지마는 민속학(民俗學) 내지 문화인류학에로의 승화는 기도하지 못하였다. 대중에 대한 계몽이 바빴던지 민속학이란 시대적 광채를 잃어버린 케케묵은 옛것을 들추어내어 회구(回舊)의 정(情)을 퍼붓는 것이 그 학문의 전부로 인상지워지게 하였다. 그런데 그것은 그 역량이 그렇게 한 것이 아니고 시대가 그렇게 했던 것이라고 하겠다.[93]

한 마디로 석남의 민속학을 딜레탄트의 민속학으로 과소평가하고 있다. 인권환은 "그의 학적 특징은 연구 그 자체보다는 첫째, 민속의 현장 파악과 조사수집, 채록과 촬영, 둘째, 민속문화의 보존과 공연 및 사회적 인식과 계몽 등으로 나타난다"[94]고 말하여, 이론보다 실천이 우세한 측면을 다소 긍정적으로 인정했다.
장주근은 원론적인 차원에서 공적을 인정했다.

---

92)송석하, 앞의 책, 4쪽.
93)같은 책, 7쪽.
94)인권환, 앞의 책, 117쪽.

민속학이 한 나라에서 독립된 학문으로서 자격을 갖추기 위해서는, 첫째로 인류학과 더불어 민속학의 특징의 하나인 현지조사 연구들이 행해져야 하고, 둘째로 민속박물관이 있어야 하고, 셋째로 학회의 조직과 활동이 있어야 할 것이다. 여기에 체계적인 개설서나 사전까지 갖추어지면 일단 자리가 잡힌 것이라 하겠으나, 송석하는 우선 위의 세 가지 일을 해내는 데에 결정적인 공헌을 한 사람이었다.[95]

김택규도 "순수한 민속학적인 견지에서 본다면, 그는 최초의 현장조사자로 광범한 민속자료의 조사, 발굴, 보존에 불멸의 공을 쌓아놓았다"고 하면서, '탁상(卓上)의 학'(문헌)과 '문문(問聞)의 학'(현장)을 겸비한 까닭에 민속학에서 역사학으로 회귀할 수 있었던 손진태와 구분하였다.[96]

한양명도 "지성사적으로는 신문화 건설을 추구한 문화운동가였으며, 민속학사적으로는 최초의 전업적, 실천적 민속학자였고, 이 두 맥락에서의 위상은 상호 인과적 관계에 있었다"[97]고 적극적인 옹호론을 폈다.

그런데 이같이 상반되고 뉘앙스가 다른 평가를 받는 것은 1930년대기 근대화와 식민지 정책으로 민속문회가 단절될 위기에 처했고, 민속학 또한 독립과학, 실증과학으로 정립되려는 초창기였기 때문에 석남 혼자서 현재의 민속학자, 문화재 전문위원, 민속박물관장, 민속문화운동가의 역할을 감당한 데 연유할 것이다.

따라서 석남의 민속학적 성격은 이론적인 측면에서 과소평가하거나 실천적인 측면에서 과대평가하는 태도를 지양하고, 이론과 실천을 통합하는 관점에서 접근해야 올바르게 이해할 수 있고, 정당한 평가도 가능하리라 본다.

---

95)「한국민족문화대백과사전」(13)의 '송석하' 항목 참조.
96)김택규, 앞의 글, 36쪽.
97)한양명, 앞의 글, 55쪽.

송석하의 가족사진 (1938. 1. 2) 우측의 안경을 쓴 분이 석남이다.

1940년 하회별신굿탈놀이의 임시공연 당시 석남이 촬영한 광대들의 단체사진. 논바닥에 멍석을 깐 놀이판, 그리고 복장과 소도구 및 관모에 관한 정보를 전하는 귀중한 자료이다.

## 2. 민속극 교육론

### 1) 민속극 교육과정의 독립교과 만들기

민속극교육은 '문학교육—구비문학교육—민속극교육'의 개념체계로 볼 때 문학교육과 구비문학교육에 대한 이론 정립이 전제되어야 하지만, 문학교육에 대한 논의[98]는 활발했으나 구비문학교육에 대한 논의는 저조했으며,[99] 민속극에 대한 논의는 아마도 이 글에서 처음 시도되는 것 같다. 더욱이 문학교육과 구비문학교육에 대한 논의도 주로 초·중등교육에 집중되었기[100] 때문에 한국구비문학회에서 1997년 8월 12~13일에 고등교육에서의 "구비문학교육의 성격과 방향"이라는 주제로 연구발표회를 개최한 것은[101] 구비문학 연구와 교육에 있어서 국내외적 요인으로 말미암아 성취감과 아울러 위기감을[102] 느끼던 시점에서 만시지탄은 있지만 시의적절하고 획기적인 기획으로 평가된다.

이 글은 대학과 대학원에서 독립된 민속극교육과정을 설계하는 데 목적이 있다. 대학과 대학원에서의 민속극교육은 <구비문학론>, <구비문학개설(론)>, <민속문하론>, <민속학개설(론)>, <민속예술론>같은 과목 속에서 설화 · 판소리 · 민요 · 무가 등

---

98)구인환 외,『문학교육론』(삼지원, 1988)을 비롯한 개론서가 나왔고, 연구 인력의 증가와 조직화에 따라 "한국문학교육학회"가 1996. 8. 22에 창립되었고, 1997년 가을에 학회지 《문학교육학》이 창간되었다.

99)최운식·김기창, 「전래동화교육론」, 집문당, 1988.

100)고등교육에서의 문학교육에 대해선 김인환·김건곤, 『대학문학교육론』(Ⅰ)(한국정신문화연구원,1985)와 김열규「대학의 문학교육—그 당위와 현실」(《문예중앙》, 1986 가을)등 이 있다.

101)그때 "무엇을 가르칠 것인가"와 "어떻게 가르칠 것인가"를 놓고서 기획진과 발표자들 사이에 혼선이 빚어졌는데, 이 글은 교육내용 중심으로 발표했던 것을 교육방법을 보완하여 완성시킨 것이다.

102)기록문학에 대립되는 구비문학에 대한 연구 성과는 괄목할 정도로 축적되어 왔지만, 세계화와 대학의 구조조정 압박 속에서 인문학과 국문학이 위축되는 현상이 심각해지고 있다.

과 함께 구비전승의 하나로 취급하는 경우와 <민속극론>, <전통연극론>, <구비희곡론>, <고전희곡론>, <구비문학과 연극사> 등과 같은 독립된 과목으로 개설하는 경우 두 가지가 있는데, 전자의 경우엔 민속극교육에 할애하는 시간의 분량이 적고, 또 민속극에 대한 조사와 연구가 상당량 축적되었기 때문에 후자의 경우가 가능하다고 보고 하나의 전범을 모색하기로 한다.

민속극교육은 전승현장(또는 공연현장)과 연구물을 아우르면서 설계되고 실천되어야 하기 때문에 먼저 민속극의 전승현장과 전승상황에 대해 점검해볼 필요가 있다.

첫째 민속극이 제의(祭儀) 속의 신성한 놀이로나 세시풍속의 하나로 연행되었는데, 무당굿놀이는 아직도 巫굿에서 연행되지만, 탈놀이는 정월 보름, 사월 초파일, 오월 단오절, 팔월 한가위같은 명절과 상관없이 공연되기에 이르렀다. 특히 하회탈놀이가 연행되던 별신굿(섣달 그믐에서 정월 보름까지)은 1928년을 마지막으로 중단되었으며, 이와는 대조적으로 강릉관노탈놀이는 복원되어 단오굿에서 연행된다.

둘째로 공연장소가 바뀌었다. 대체로 마을의 전수회관이나 서울놀이마당에서 공연된다. 해서탈춤과 북청사자놀음은 운명적으로 전승지역을 이탈한 대표적인 예가 된다.

셋째로 지역민에 의한 자연발생적인 전승이 불가능해지고, 대부분 무형문화재로 지정되어 인위적으로 전수되고 있으며, 자연발생적 전승기의 제1세대 예능인(탈꾼·탈제작자·악사 등)은 거의 사망하고, 인위적 전수기의 제2세대, 제3세대에 의해 명맥을 유지하고 있다.

이같이 공연시기와 장소 및 연희자에 생긴 변화로 말미암아 현재의 전승현장과 공연현장에서 괄찰할 수 있는 민속극은 전통사회, 적어도 20세기 초반의 민속극과는 상당한 괴리가 발생했다. 그럼에도 불구하고 1930년대 이후로 송석하, 임석재, 최상수, 이두현, 심우성 등이 현지조사를 실시하여, 대사를 채록하고, 공연 장면과 연희자와 탈을 촬영하고, 탈을 수집해 놓았기 때문에 민속극의 고형을 어느 정도 재구성할 수 있고, 중국을 비롯한 다른 민족의 민속극이나 전통극의 자료와도 비교가 용이해졌기 때문에 자연발생적인 전승기의 민속극에 대한 연구도 가능하다.

민속극의 역사는 세 가지 길을 걸어왔다. 정부 주도로 탈놀이를 무형문화재로 지정하여 원형 보존에 역점을 둔 나머지 시대적 적응력과 자생적 전승력을 상실하고 박제화되기도 했지만, 대학을 중심으로 창작탈춤에 이어 마당극으로 변용되었으며, "진주탈춤한마당"(1996년 창설)과 "안동국제탈춤페스티벌"(1997년 창설)같은 지역사회 중심의 탈춤부흥운동이 민속극의 역사에 새로운 전기를 마련했다. 그리하여 민속극교육에 있어서 공연현장과 연계시킬 수 있는 기회도 확대되었다. 그러나 무엇보다도 민속극을 연구한 논저가 500여 편을103) 웃도는 사실은 민속극교육의 이론적 토대를 구축한 것으로 평가될 만하다.

이같이 자료와 이론 양면에서 조건이 충족된 까닭에 대학과 대학원에서 민속극교육을 독립된 과목으로 강좌를 개설하는 일은 시의성(時宜性)만이 아니라 당위성마저 지닌다. 세계화의 추세 속에서 민속극의 보편성과 특수성을 구명하여 한국연극의 정체성을 찾고, 동양연극과 세계연극 속에서 한국연극이 차지하는 위상을 정립하기 위해서도 대학과 대학원의 국어국문학과, 국어교육과, 민속학과, 연극학과에서 민속극을 교육함이 온당하다.

---

103)전경욱, 『민속극』, 한샘, 1993, 245~266쪽에 가면극 관계 논저가 444 편이고, 꼭두각시놀음 관계 논저가 55편인데, 무당굿놀이와 농악대 잡색 놀이를 포함해서 그 이후에 연구된 논저들을 감안하면, 500여 편을 훨씬 상회할 것이다.

## 2) 민속극 교육과정 설계의 변인

민속극교육은 그 대상이 학부생이냐? 대학원생이냐에 따라 목적과 목표, 내용과 방법에 차이를 두는 것이 타당한데, 대학원의 경우를 상정하여 교육과정과 수업모형을 설계하고, 학부에선 이를 재조정하여 활용하는 방안이 효율적일 것 같다.

교육을 실행하는 근거나 이유가 목적이고, 수업을 행해 학습자가 도달해야 할 상태가 목표라면,104) 민속극교육의 목적은 국문학도를 대상으로 하느냐? 연극학도를 대상으로 하느냐? 민속학도를 대상으로 하느냐에 따라 달라지는 것이 필연적인데, 이를테면 연극학도의 경우엔 실기 중심으로 설정되어야겠다. 따라서 국문학 전공자를 대상으로 할 때 민속극교육의 목적을 '민속극을 문예미학적으로 이론적으로 이해하고 연구하는 전문가 양성'으로, 그리고 교육목표는 ①민속극에 관한 지식체계의 이해, ②민속극의 연구과제를 개발하고 해결하는 능력의 배양, ③민속극의 현지조사 능력의 습득으로 설정할 수 있다.

다음으로 민속극교육의 내용과 방법의 문제는, 달리 말하면 '무엇을 가르칠 것인가'와 '어떻게 가르칠 것인가'의 문제인데, 민속극교육의 대상이 내용과 방법을 규정하므로 '교수—내용과 방법—학습자'의 관계가 상호제약적이다. 따라서 민속학이나 연극학의 전공자가 아니고 구비문학 전공자가 민속극교육을 담당하는 경우로 한정할 필요가 생긴다. 그러나 현실적으로 민속극을 교수할 인적 자원은 ①국문학자로서 구비문학을 전공하는 사람, ②국문학자로서 민속학을 연구하는 사람, ③국문학자로서 연극학(희곡문학)을 연구하는 사람, ④외국의 연극학(희곡문학)을 연구하면서 한국연극(한국희곡)도 연구하는 사람, ⑤문예학이나 연극학이 아니라 사회학, 역사학, 인류학, 정신분석학, 교육학, 종교학

---

104)김창원, 「문학교육과정 설계의 절차와 원리」, 《국어교육》 제77·78집, 1992. 7, 국어교육연구회, 346~347쪽 참조.

같은 학문을 주전공으로 하면서 민속극을 연구하는 사람 등등으로 다양하고 복잡하다. 그러나 이 글에서는 ①②③이 대학원과정에서 크게는 한국문학을, 작게는 한국구비문학을 전공하는 학습자들을 대상으로 해서 설계하고 실천하는 '교수—학습' 활동에 주안점을 두기로 한다.

그리고 민속극교육과정의 설계에서 목표와 내용과 방법을 가장 기본적인 변인들로 간주하는 입장을 취한다.105) 목적과 목표는 '구비문학교육→민속극 교과→주별 또는 차시별 수업'의 과정에 맞추어 질적 차이를 일으키면서 계기적으로 층위화한다. 그리고 내용의 선정에서도 결과 중심으로 선정하느냐? 아니면 과정 중심으로 선정하느냐에 따라 차이가 생기는데, 전자에 서면 구조화된 지식의 전수, 곧 연구사적 검토가 중심이 되어 민속극에 대한 이론적 연구의 발전을 촉진시킬 수 있고, 후자에 서면 문학적 사고와 상상력 계발에 중점을 두어 민속극의 창조적 계승에 기여할 수 있게 된다. 뿐만 아니라 전승자료에만 국한시키느냐? 문헌자료도 포함시키느냐? 창작탈춤과 마당극까지 확대시키느냐는 문제도 제기되는데, 이것은 민속극을 과거문화의 잔존물로 보느냐? 현재문화로서 기능하고 있다고 보느냐? 새로운 문화창조의 원천으로서만 의의를 인정하느냐와 같은 가치판단의 문제와 직결된다.

민속극교육의 방법은 먼저 수업 형태의 측면에서 강의식, 토론식, 발표식, 세미나식 등이 고려될 수 있는데, 강의식은 지식의 전수에, 토론식은 쟁점의 해결에, 발표식은 개인적인 성취에, 세미나식은 역할 분담에 의한 공동작업인 점에 제각기 특장이 있

---

105)김창원, 앞의 논문, 353쪽 참조. 한편 이상익 외,『고전문학 어떻게 가르칠 것인가』(집문당, 1994)에서 이상익 교수가 "고전문학 왜 가르쳐야 하나", "고전문학 무엇을 가르칠 것인가", "고전문학 어떻게 가르칠 것인가"와 같은 일련의 글들을 수록한 것도 바로 이같은 인식에 기초한 것이다.

다. 또 교수와 학습자의 관계 면에서는 교수 중심과 학습자 중심으로 나눌 수 있는데, 전자는 학습자를 수동적으로 만들고, 후자는 산만하고 감상적인 수준으로 전락시킬 위험성이 있다. 시청각 기자재의 활용 면에서 사진, 녹음테이프, 슬라이드, 비디오테이프, CD판, LD판, 녹음기, 환등기, TV모니터, VTR, OHP, 실물환등기, 컴퓨터 등을 적절하게 효율적으로 교육내용과 연계시켜 교육목표의 달성을 극대화시킬 것인가 하는 점이다.

이처럼 '목표―방법―내용'은 상호작용을 일으키며 유기적으로 통합되어 다양한 교육과정의 설계와 수업모형의 창출이 가능해지는데, 이 글에서는 민속극에 대한 체계적인 이해와 연구력 계발을 위해서 교수와 학습자가 쌍방통행식으로 기존 연구의 성과와 한계를 검토하고, 자료와 현장만이 아니라 인접 학문이나 외국 이론의 원용을 통해서도 문제 해결을 모색하는 민속극교육과정을 실험적으로 설계한다.

### 3) 민속극 교육과정 설계의 실제

(1) 교재 · 부교재 · 참고서

민속극교육의 교재는 탈놀이, 꼭두각시놀음, 무당굿놀이, 잡색놀이를 포괄하는 이론서가 이상적이지만, 연구사적 특수성으로 인해 탈놀이와 꼭두각시놀음만 다루고 무당굿놀이와 잡색놀이가 배제되었거나, 탈놀이 한 갈래에만 국한된 저서가 대부분이다. 그러나 이같은 사정을 감안하더라도 ①문헌자료보다는 구전자료를 주 대상으로 하고, ②특정한 지역이나 유형, 작품이나 구성요소에 편중되지 않고, ③통시적 연구보다는 공시적 연구에 역점을 둔 것을 교재성 저서로, 그러한 문제점을 상대적으로 보다 많이 지닌 것은 부교재성 저서로 구분한다.

(가) 교재성 단행본

이두현, 『한국의 가면극』(일지사, 1979)

조동일, 『탈춤의 역사와 원리』(홍성사, 1979)

강용권, 『한국민속극』(동아대학교출판부, 1986)

서연호, 『한국의 탈놀이』①~⑤(열화당, 1987·88·88·90·91)

박진태, 『탈놀이의 기원과 구조』(새문사, 1990)

채희완, 『탈춤』(대원사, 1992)

전경욱, 『민속극』(한샘, 1993)

김욱동, 『탈춤의 미학』(현암사, 1994)


(나) 부교재성 단행본

김재철, 『조선연극사』(청진서관, 1933)

송석하, 『한국민속고』(일신사, 1960)

심우성, 『남사당패연구』(동화출판사, 1974)

심우성, 『한국의 민속극』(창작과 비평사, 1975)

임재해, 『꼭두각시놀음의 이해』(홍성사, 1981)

정상박, 『오광대와 들놀음연구』(집문당, 1986)

이강열, 『한국연희사』(부건신문사, 1988)

윤광봉, 『한국의 연희』(반도출판사, 1992)

조만호, 『전통희곡의 제식적 미학』((태학사, 1995)

조동일, 『카타르시스·라사·신명풀이』(지식산업사, 1997)

　　　<북한서>

김일출, 『조선민속탈놀이연구』(1958)

권택무, 『조선민간극』(1966)

　　　<주석서>

강용권, 『야유·오광대』(형설출판사, 1982)

전경욱, 『민속극』(고려대학교 민족문화연구소, 1993)

이두현, 『한국가면극선』(교문사, 1997)

(다) 참고용 단행본

이병옥, 『송파산대놀이연구』(집문당, 1982)

윤광봉, 『한국연희시연구』(박이정, 1997)

최상수, 『한국가면의 연구』(성문각, 1984)

최상수, 『해서가면극의 연구』(정동출판사, 1983)

최상수, 『야유·오광대가면극의 연구』(성문각, 1984)

최상수, 『산대·성황신제가면극의 연구』(성문각, 1985)

황루시, 「무당굿놀이연구」(이화여자대학교 대학원, 1987)

장정룡, 『강릉관노가면극연구』(집문당, 1989)

김학주, 『한중 두 나라의 가무와 잡희』(서울대학교출판부, 1994)

윤광봉, 『유랑예인과 꼭두각시놀음』(밀알, 1994)

이균옥, 『동해안지역 무극연구』(경북대학교 대학원, 1996)

전경욱, 『한국의 탈』(태학사, 1996)

전경욱, 『북청사자놀음 전수교본』(태학사, 1996)

카스터, 다니엘 A, 『무속극과 부조리극』(서강대학교출판부, 1986)

(2) 강좌의 정의 · 의의 · 범주

  구비전승 중에서 희곡갈래인 민속극을 문학적 미학적 관점에서 전반적으로 체계적으로 교육하여  민속극의 특질을 이해시키고, 나아가선 다른 민족의 민속극과의 비교를 통해 보편성과 특수성을 이해시킨다. 그리하여 고전극에서의 민속극의 위상을 정립시키고, 연극사적 맥락에서 창조적 계승의 가능성을 모색하도록 한다.

  민속극의 하위갈래를 광대의 탈놀이, 무당의 굿놀이, 농악대의 잡색놀이, 남사당패의 꼭두각시놀음으로 설정한다.

(3) 첫째 주 : 연구사

(가) 교육목표

①기존의 연구사 논의를 비판적으로 검토한다.

②연대기적 연구사를 지양하고 패러다임을 탐색한다.

③새로운 연구사적 검토를 시도하여 연구과제를 개발한다.


(나) 교육내용

①연구자들의 분포와 연구방법론, 연구분야의 변천에 따른 연구사의 시기구분(전경욱)106)

①제1기(초창기, 1930년대)

②제2기(침체기, 1940~1954)

③제3기(재건기, 1955~1979)

④제4기(발전기, 1970~1979)

⑤제5기(심화기, 1980~ )

②기원론의 관점에서 연구사의 시기구분(박진태)107)

①제1기(1929~1940) : 문헌·역사적 연구방법에 의한 모색. 안확의 나례기원설, 김재철·송석하의 산대희기원설, 김재철의 무굿기원설.

②제2기(1941~1950) : 침체기

③제3기(1951~1964) : 비교연극학의 대두와 문헌·역사적 연구의 심화. 이혜구의 기악기원설 제기, 이두현의 산대희기원설 계승.

④제4기(1965~1979) : 방법론의 전환과 다각적 접근. 조동일의 농악굿기원설, 김열규의 무굿기원설, 이두현의 제의기원설.

⑤제5기(1980~현재) : 기존의 연구방법의 비판적 수용과 학설의 발전적 통합. 정상박, 이미원, 황루시, 박진태의 풍요제의

---

106)전경욱, 「가면극연구사」, 《한국학보》 제40집, 일지사, 1985. 『민속극』(한샘, 1993)에 재수록.

107)박진태, 「가면극 기원론의 연구사적 검토와 전망」, 『열므나 이응호 박사 회갑기념논문집』, 한샘, 1987. 『탈놀이의 기원과 구조』(새문사, 1990)에 재수록.

기원설과 무속제의기 원설의 통합 시도.

③연구의 시각과 방법에 따른 연구사의 시기구분(박진태)108)

①1930년대 : 문헌주의적 연구와 현장주의적 연구의 시발기

②1950 · 60년대 : 위의 두 방법의 종합과 사회주의적 연구의 병
행기

③1970 · 80년대 : 제의주의적, 전통주의적 연구와 민중주의적 연
구의 분열기

④1990년대:세계주의와 전통주의의 대립기


(다) 교육방법

①민속극 관련 논저를 갈래별로 조사하여 종합한다.

②주제별로, 내용별로 연구사를 검토하여 발표한다.

③연구사와 연구방법의 상관관계에 대해 토론한다.


(4) 둘째 주: 채록사


(가) 교육목표

①민속극 채록방법을 인지한다.

②민속극 채록사의 문제점을 발견하고, 극복 방안을 탐색한다.

③새로운 채록본과 주석본을 작성한다.


(나) 교육내용

① 탈춤109)

①제1기(1930년대) : 산대도감놀이(1930), 진주오광대(1933), 동래
야류(1934), 봉산탈춤(1940)의 순서로 채 등록됨. 김지연,

---

108)앞의 논문.

109)탈놀이의 채록본은 전경욱, 『민속극』(1993)과 이두현, 『한국가면극
선』에 작품별로 채록본과 연희본의 목록이 정리되어 있다.

정인섭, 송석하, 오청 중에서 송석하만 민속학자였다.

②제2기(1950년대) : 임석재가 양주별산대놀이(1954), 봉산탈춤(1957), 강령탈춤(1957)의 채록본을 발표하고, 북한에서 김일출이 서흥탈놀이(1957)와 봉산탈춤(1958)을 채록했다.

③제3기(1960 · 70년대) : 최한복(수영야류), 천재동(동래야류), 김성대(양주별산대놀이), 이병옥(송파산대놀이), 양종승(강령탈춤)등과 같은 연희자들이 연희본을 기록하는 한편, 주로 이두현이 집중적으로 재조사하여 본격적인 민속극지를 작성했으며(『한국가면극선』, 교문사, 1997), 이민기(통영오광대), 정상박(고성오광대), 강용권(가산오광대, 수영야류), 성병희(하회별신굿놀이) 등이 특정 지역을 발판으로 발굴 · 조사 · 보고했는데, 탈춤의 대사 채록은 1980년을 고비로 일단락되었다.

④제4기(1980 · 90년대) : 탈춤과 꼭두각시놀음의 중간 형태인 발탈110)이 추가로 발굴 · 채록되었다.

② 꼭두각시놀음

꼭두각시놀음은 서울본(1933)111), 장연본(1966)112), 서산본(1990)113)의 순서로 채록되었는데, 이 중에서 서울본은 박영하, 전광식, 노득필, 남운용, 남형우, 박용태 등의 구술에 의해 김재철, 최상수, 박헌봉, 이두현, 심우성, 서연호 등이 채록했다.

③ 무당굿놀이

1960년대 후반부터 채록되기 시작하여, 무당굿놀이의 3대 전승권인 황해도, 제주도, 동해안 무당굿놀이의 채록본이 김금화(1995)114), 현용준(1980)115), 박경신(1993)116)에 의해 작성되었다.

---

110)조동일, 『카타르시스·라사·신명풀이』에 수록되어 있다.
111)김재철, 『조선연극사』에 수록되어 있다.
112)권태무, 『조선민간극』에 수록되어 있다.
113)서연호, 『꼭두각시놀이』(열화당, 1990)에 수록되어 있다.
114)『김금화의 무가집』, 문음사, 1995.

이들 채록본은 굿의 절차에 따라 무가와 함께 채록된 특징을 지닌다. 동해안은 민속학자(최길성, 김태곤), 민속극 연구자(이두현, 임재해), 무가 연구자(서대석, 박경신) 등 채록자가 다양하지만, 제주도는 지역 출신의 민속학자(현용준)에 의해, 황해도는 무당(김금화) 자신에 의해 채록되어 정확도와 정밀도를 높였다.

④ 잡색놀이

정병호117)가 농악대의 잡색놀이를 민속극으로 주목한 데 이어 이두현118)이 영광농악의 잡색놀이를 본격적으로 채록했고, 전북대학교 전라문화연구소119)와 박물관120)에서 각각 호남지방의 풍물굿을 조사하면서 영광농악, 부안농악, 진안 중평농악, 임실 필봉농악의 잡색놀이가 정밀하게 채록되었다.


(다) 교육방법

①민속극의 채록본을 수집하여 구비문학 현지조사방법에 의해 채록되었는지 점검한다.

②민속극에 나타나는 고사(故事), 고어, 방언, 은어, 속담, 관용어 등을 조사하여 발표하고 종합한다.


(5) 셋째 주 : 특질론


(가) 교육목표

①민속극 갈래별로 연극적 특질을 파악한다.

②민속극 갈래 상호간의 공통점을 파악한다.

---

115) 『제주도무속자료사전』, 신구문화사, 1980.
116) 『울산지방무가자료집』(1~5), 울산대학교 인문과학연구소, 1993.
117) 『농악』, 열화당, 1986.
118) 『한국무속과 연희』, 서울대학교출판부, 1996.
119) 『호남우도풍물굿』(1994)
120) 『호남좌도풍물굿』(1994)

(나) 교육내용

① 탈춤

①음악, 무용, 연극이 미분화된 총체연극이다.

②가무백희의 극화(산대놀이의 북놀이, 팔광대놀이의 줄광대놀이,
　봉산탈춤의 사당춤 등)

③극본에의 의존도가 낮고, 현장성과 즉흥성을 띤다.

④구비문학적 소재의 유형성(파계승설화, 처첩갈등, 대사제치설화 등)

⑤인물 성격의 유형성

⑥범신론적 풍토와 신명풀이·난장벌임 속에서 구성의 정형화

⑦춤의 정형화

⑧음악의 정형화

⑨장치 없고, 개방적인 무대

⑩제의나 세시풍속으로 무료 공연

② 꼭두각시놀음

①주로 장두인형(杖頭人形)이어서 경직된 분위기 조성

②인형조종자(대잡이)가 조종·창·대사를 겸하는 1인 3역의 연출
　형태

③해설자(박첨지)가 등장하여 나열식 구성에 일관성 부여

④악사(산받이)가 구경꾼을 대신하여 극에 개입

⑤유랑민의식(연희자)과 정착민의식(구경꾼)이 혼재

⑥남사당패가 사찰의 걸립패인 연유로 세속극(상좌거리)과 불교
　극(절거리)이 병존

③ 무당굿놀이

①무굿에서만 연행되는 제의극이다.

②의사빙의(擬似憑依)원리에 의해 일인다역이 가능하다.

③굿이나 서사무가와의 상관관계가 깊다.

④풍요제의적 요소와 샤머니즘적 요소가 복합되어 있다.

⑤세속화·오락화 현상을 일으킨다.

④ 잡색놀이

①농악굿(풍물굿)에서만 연행된다.

②잡색은 탈을 쓰기도 하고, 안 쓰기도 한다.

③악사와 잡색이 공동으로 연출하기도 한다.

④판굿과 대응된다.

⑤농악대와 향촌사회의 현실문제를 반영한다.

⑥주술성과 오락성이 혼합되어 있다.


(다) 교육방법

①갈래별로 대본만이 아니라 영상자료나 사진자료를 분석한다.

②놀이의 배경이 되는 굿도 조사한다.

③굿과 놀이의 연행현장을 관찰한다.


(6) 넷째 주 : 인접학문과의 관계


(가) 교육목표

①민속극의 종합예술성을 규명한다.

②민속극에 대한 다각적인 접근의 가능성을 탐색한다.


(나) 교육내용

①민속학 : 민간전승~송석하, 임석재, 최상수, 김태곤, 최길성 등

②연극학 : 고전극에서 차지하는 비중~김재철, 한효, 이두현, 여석기,유민영, 장한기, 서연호, 이미원, 다니엘 A. 키스터 등

③국사학 : 시대상 반영~ 이훈상121)

④종교학 : 종교연극, 승려 등장~ 현영학122), 유동식123)

---

121) 「조선후기의 향리집단과 탈춤의 연행」, 《동아연구》 제17집, 서강대학교 동아연구소, 1989. 『조선의 향리』(일지사)에 재수록되었다.

⑤심리학 : 무의식, 사회심리 현상~ 김광일124)

⑥미학 : 민중예술~채희완125)

⑦문화인류학(예술인류학, 영상인류학) : 원시사회의 무의식극

⑧음악 : 악기, 장단

⑨미술 : 탈

⑩무용 : 민속무용~김세중126), 김온경127) 등

⑪복식사 : 관모, 의상, 헤어스타일 등

(다) 교육방법

①다른 예술분야의 이론과 지식을 원용한다.

②다른 학문분야의 이론과 지식을 원용한다.

③다른 예술분야나 학문분야의 종사자와 공동작업을 한다.

   (7) 다섯째 주 : 장르론

(가) 교육목표

①민속극의 하위갈래를 체계화한다.

②제의 · 놀이 · 연극의 발생론적 관계와 차이점을 규명한다.

③구비서사와 구비희곡의 관계와 갈래적 변별성을 규명한다.

(나) 교육내용

---

122) 「한국가면극 해석의 한 시도」(채희완 엮음, 『탈춤의 사상』, 현암사, 1984)

123) 『민속종교와 한국문화』, 현대사상사, 1978.

124) 「한국민속극에 나타난 EDIPUS갈등」, 《한국문화인류학》 창간호, 한국문화인류학회, 1968.

125) 「가면극의 민중적 미의식 연구를 위한 예비적 고찰」, 서울대학교 대학원(석사논문), 1977.

126) 「한국민속극 춤사위의 연구」, 중앙대학교 대학원(석사논문), 1973.

127) 「경남가면무의 미적 연구」, 이화여자대학교 대학원(석사논문), 1979.

① 가면극과 인형극만 민속극이다.(조동일, 『구비문학개설』, 일조각, 1971)

"민간전승으로서 ①가장한 배우가 ②집약적인 행위로 된 사건을 대화와 몸짓으로 표현하는 ③다른 무엇에 의존하지 않고 독립적으로 공연될 수 있는 예술이 민속극이다."(163쪽)

② 무당굿놀이는 희곡무가이다.(서대석, 『구비문학개설』)

무당굿놀이는 "2인 이상의 대화로써 구성되어 있으며, 인물의 행동까지 지시하고 있는 바 완전한 희곡의 형태로 진행되고"(135쪽) 있지만, 희곡무가로 처리하고 민속극에 포함시키지 않는 이유는 "첫째 이러한 무가는 전편이 모두 희곡의 형태를 취하는 것이 아니고 부분적으로 서사적 전개가 많으며, 둘째 무당굿의 일부로서 굿을 떠나서는 공연됨이 없고, 셋째 주술적 효과를 위하여 전개된다는 점"(136쪽) 등이다. 그러나, 서사는 진술방법이 과거적이라면 희곡은 현재적이며, 서사는 확장적이지만 희곡은 집약적이고, 서사는 행위의 독백적 보고(외부의 관찰)이지만 희곡은 행위의 대화적 재현(내면의 객관화)인 점을 고려하면(전신재, 「판소리의 연극성에 관한 연구」, 성균관대학교 대학원), 무당굿놀이는 희곡이다.

③ 탈춤, 꼭두각시놀음, 무당굿놀이가 민속극의 세 가지 기본형태이다.(조동일, 『한국문학통사』 3, 지식산업사)

김재철, 송석하 이래 가면극·인형극을 민속극으로 본 견해가 극복되고, 무당굿놀이의 실상을 인정하기에 이르렀다.

④ 농악대의 잡색놀이도 민속극의 범주에 포함시켜야 한다. (박진태, 『한국민속극연구』, 새문사, 1998)


(다) 교육방법

① 문학의 갈래이론을 재검토한다.

② 외국의 민속극과 비교한다.

③텍스트를 넘어서서 연행현장을 답사한 후 토론한다.


　(8) 여섯째 주 : 분류론


(가) 교육목표
①분류론을 기원론이나 연극사와 접합시킨다.
②지역문화적 특성을 파악한다.
③문화권의 구획을 시도한다.


(나) 교육내용
① 탈춤의 분류
①지리적 관점에서(송석하)[128]
　ㄱ. 경기지방의 산대도감놀이
　ㄴ. 관서의 탈춤
　ㄷ. 경남의 오광대(야류 포함)
②지리적 관점 계승(강용권)[129]
　ㄱ. 서부의 탈춤군(群)
　ㄴ. 중부의 산대놀이군
　ㄷ. 남부의 별신굿·오광대·야류군
③계통에 의해(이두현)[130]
　ㄱ. 산대도감계통극
　ㄴ. 무의식극적 전승 : 농경의례·무속·서낭제의 탈놀이
④산대놀이의 전파(이두현)
　ㄱ. 본산대놀이
　ㄴ. 별산대놀이

---

128)「남선가면극의 부흥기운」, 《동아일보》 1934.4.
129)「한국가면극본의 고찰」, 《동아론총》 제3집, 동아대학교, 1966.12, 166쪽.
130)「한국의 가면극」, 일지사, 1979, 99쪽.

⑤해서탈춤을 지역에 따라(이두현)

ㄱ. 서쪽 평야지대

ㄴ. 동남쪽 평야지대

ㄷ. 해안지대

⑥가면·의상·무법·대사의 유형에 따라(이두현)

ㄱ. 봉산탈춤형

ㄴ. 해주탈춤형

⑦지리적 분포에 대한 연극사적 해석(조동일)131)

ㄱ. 농촌가면극 : 도시가면극의 모태

ㄴ. 도시가면극

⑧직업적이고 전문적인 유랑광대의 역할 중시(조동일)132)

ㄱ. 농촌탈춤

ㄴ. 도시탈춤

ㄷ. 떠돌이탈춤(경남 밤마리 대광대패, 의령 신반의 대광대패, 하동의 목골사당패, 남해 화방사의 매구, 진주의 솟대쟁이패, 서울의 본산대)

⑨지리적 분포와 계통의 절충(서연호)133)

ㄱ. 산대놀이

ㄴ. 황해도탈놀이

ㄷ. 야유·오광대탈놀이(낙동강 가면문화)

ㄹ. 서낭굿탈놀이

⑩낙동강을 경계선으로(정상박)134)

ㄱ. 들놀음(낙동강 동부, 농경의례에 기원)

ㄴ. 오광대(낙동강 서부, 무속의례에 기원)

⑪연희의 주체에 따라(정상박)

---

131) 「한국가면극의 미학」, 한국일보사, 1975.
132) 한국문학통사」 (3), 지식산업사, 1984.
133) 「한국의 탈놀이」 (1·2·3·5), 열화당.
134) 「오광대와 들놀음연구」, 집문당, 1986.

ㄱ. 유랑예인 오광대

ㄴ. 토착소인 오광대

⑫마당의 구성 상태에 따라(정상박)

ㄱ. 서부 경남의 진주·가산오광대

ㄴ. 중부 경남의 마산·통영·고성오광대

⑬굿의 종류와 연희자에 따라(박진태)[135]

ㄱ. 무당의 탈놀이

ㄴ. 농악대의 탈놀이 (ㄱ)악사와 잡색의 잡색놀이 (ㄴ)잡색만의
잡색놀이

ㄷ. 광대의 탈놀이 (ㄱ)토착광대 (ㄴ)유랑광대

② 꼭두각시놀음의 분류

① 연극사적 관점에서(임재해)[136]

ㄱ. 정적 인형의 제의적 목우신상

ㄴ. 정적 인형에 의한 제의적 인형놀이

ㄷ. 동적 인형의 출현과 오락적 인형놀이

ㄹ. 극적 인형의 등장과 극예술의 인형놀이

②지역적 유형(임재해)

ㄱ. 서울 떠돌이광대의 쏙누각시놀음

ㄴ. 장연 토박이광대

ㄷ. 서산 정착한 광대

③ 무당굿놀이의 분류

①무굿의 종류와 연행 목적에 따라(황루시)[137]

ㄱ. 초복의례극 (ㄱ)성적결합놀이 (ㄴ)모의생산놀이 (ㄷ)신맞이
놀이

---

135) 『한국민속극연구』, 새문사, 1998.
136) 「꼭두각시놀음의 역사적 전개양상」, 『한국구비문학사의 재조명』(전
국학술대회 발표논문집), 한국구비문학회, 1997.2.13.
137) 「무당굿놀이연구」, 이화여대 박사논문, 1987.

ㄴ. 축귀의례극 (ㄱ)뒷전놀이 (ㄴ)병굿놀이

②오락화 과정에 따라(서연호)[138]

ㄱ. 의식성이 강한 무극(巫劇)

ㄴ. 예능성이 강한 무극

ㄷ. 놀이성이 강한 무극

ㄹ. 무당과 관중의 역할이 전도된 무극

ㅁ. 민속극으로 전환된 무극

③신격에 따라 희곡무가를 분류(서대석)[139]

ㄱ. 존신(尊神)굿놀이

ㄴ. 졸개신굿놀이


(다) 교육방법

①기왕의 분류법과 해석의 타당성을 재검토한다.

②분류의 기준과 관점을 다양화한다.

③다른 분야에서의 분류법을 참고한다.

④유형 사이의 공통점과 차이점의 요인을 찾는다.


(9) 일곱째 주 : 기원론


(가) 교육목표

①민속극의 기원과 변천과정을 체계적으로 이해한다.

②민속극의 기원을 연극기원의 일반론으로 발전시킨다.

③연극을 생성시키는 종교문화적 토대와 요인을 탐구한다.

(나) 교육내용[140]

---

138)「한국무극의 원리와 유형」(김인회 외, 『한국무속의 종합적 고찰』, 고려대학교 민족문화연구소, 1982). 「서낭굿탈놀이」(열화당, 1991)에 재수록되었다.

139)1986.6.28 고전문학회 발표요지.

140)박진태, 「가면극기원론의 연구사적 검토와 전망」에 정연하게 정리되

①나희(儺戱) 기원설
②산대희(山臺戱) 기원설
③기악(伎樂) 동일 기원설
④농악굿 기원설(풍요제의 기원설)
⑤무굿 기원설

(다) 교육방법
①문헌자료와 전승자료를 활용한다.
②민속극의 신화적 제의적 유전인자를 검출한다.
③다른 민족의 민속극과 비교한다.

   (10) 여덟째 주 : 구조론 · 구성론

(가) 교육목표
①민속극의 논리구조와 사고방식을 구명한다.
②민속극의 연원을 탐색한다.
③민속극의 진행방식과 세계관의 관계를 파악한다.

(나) 교육내용
[1] 탈춤의 갈등구조는 여름과 겨울의 싸움굿에서 유래한다.(조동
일, 『탈춤의 역사와 원리』)
    노장----소무----취발이
    샌님----소무----포도부장
    할미----영감----첩
    역신----아내----처용
    (겨울)            (여름)
[2] 동신제(洞神祭)와 입무식(入巫式)과 탈춤이 대응된다.(김열규,

―――――――――――――――――――――
   어 있다.

『한국신화와 무속연구』, 일조각, 1977)

①부정거리 ②가면행진 및 무도 ③치성들이기 ④편싸움 ⑤정상적 질서의 전도 내지 난장벌임 ⑥신의 귀환

③ 들놀음의 놀이과정의 순차구조(정상박, 『오광대와 들놀음연구』)

앞고사------강신, 영신

길놀이------영신

덧베기춤놀이---강신

탈춤놀이---오신

뒷고사----송신

④ 오광대 탈춤놀이 과정의 순차구조(정상박)

오방신장춤----------제의적 춤 위주

중춤·문둥이춤·양반·영노·할미--연극적 말 위주

사자춤--------------제의적 춤 위주

⑤ 탈춤의 순차구조가 굿의 제차(祭次)에 대응된다.(박진태, 『탈놀이의 기원과 구조』)

주실마을의 서낭굿 : 내림굿-지신밟기 곧 신유(神遊) 내지 신정(神政)-싸움굿-화해굿-전송굿

하회탈춤의 주지마당 : 등장-주지춤-주지싸움-모의적인 성행위-퇴장

⑥ 봉산탈춤의 양반마당은 <대사부분-춤대목>이 반복 교체되고, 대사부분은 <양반의 위엄-말뚝이의 항거-양반의 호령- 말뚝이의 변명-양반의 안심>으로 진행되며, 양반과 말뚝이의 화해는 반어적이다.(조동일)

⑦ 하회탈춤의 양반·선비마당처럼 대화에 의한 싸움과 춤에 의한 화해는 굿의 싸움굿과 화해굿에 해당한다.(박진태)

⑧ 꼭두각시놀음의 거리는 삽화적 구성과 유기적 구성으로 되어 있다.(임재해, 『꼭두각시놀음의 이해』)

9 관노탈놀이는 <발단-상승-정점-하강-종결>의 5단계 구성으로 전개된다.(장정룡, 『강릉관노가면극연구』)

(다) 교육방법
①굿의 맥락에서 접근한다.
②민속극 자체를 분석하여 도출한다.
③서구이론의 기계적 적용을 비판한다.

  (11) 아홉째 주 : 기능론

(가) 교육목표
①민속극의 효용성을 밝혀 존재가치를 부각시킨다.
②민속극의 현대화 내지 재활용을 모색한다.

(나) 교육내용
1 탈춤의 내용 분석에 의해(김화경, 「가면극의 기능체계」, 『천봉 이능우박사 칠순기념논총』, 1990)
①의례적 기능 : 세의적 기원과 관련됨
②사회적 기능 : 민중의 현실비판
③경제적 기능 : 직업적 전문집단이 근대 상업자본과 결탁하여
              시장경제의 활성화에 기여
2 탈춤의 내용분석과 탈 또는 탈춤에 관한 이야기를 통해(박진태)
①생식기능 : 하회의 서낭각시 혼례식~취발이마당과 할미마당의
            출산장면
②벽사기능 : 처용설화~오방신장, 사자(주지)
③해원기능 : 하회의 서낭각시 혼례식, 할미마당의 지노귀굿, 청
            하단놀음의 유래담
④치유기능 : 황창달춤 유래담, 삼국유사의 성종대사 이야기~침

하놀이, 봉사의 독경, 의원

⑤예언기능 : 헌강왕 때의 남산신무와 지리다도파가

⑥오락기능

⑦비판기능

⑧경제기능 : 하회탈춤의 각시광대의 걸립 및 할미마당, 산대놀
이와 해서탈춤의 신장수마당

(다) 교육방법

①민속극에 대한 전승집단의 의식을 조사한다.

②민속극의 연행 시기, 장소, 동기, 연희자의 변동에 주목한다.

 (12) 열째 주 : 작품론

(가) 교육목표

①개별작품에 대한 이해를 심화시킨다.

②작품에 대한 분석과 감상을 조화시킨다.

(나) 교육내용

①양주별산대놀이(조동일, 『탈춤의 역사와 원리』)

②봉산탈춤(조동일, 『탈춤의 역사와 원리』)

③하회별신굿탈놀이(서연호, 『서낭굿탈놀이』; 박진태, 『탈놀
이의 기원과 역사』)

④관노탈놀이(장정룡, 『강릉관노가면극연구』)

⑤꼭두각시놀음(임재해, 『꼭두각시놀음의 이해』)

⑥거리굿(서대석, 『한국무가의 연구』, 문학사상사, 1980)

⑦영광농악의 잡색놀이(박진태, 《비교민속학》 제15집)

(다) 교육방법

①희곡작품을 읽고 감상문을 써서 발표한다.
②영상자료나 실제 공연을 관람하고 토의한다.
③대사, 탈, 춤, 의상, 무대, 장단 중에서 하나씩 분담하여 연구한
 것을 발표하고 종합하여 총체적 이해를 꾀한다.
④대사의 분석법을 개발한다.
⑤대사의 표현법을 다른 구비문학과 비교한다.


　(13) 열 한 번째 주 : 작자론


(가) 교육목표
①전승집단의 사회문화적 성격을 파악한다.
②전승집단의 변동과정과 그 요인을 구명한다.


(나) 교육내용
①향리층과 탈춤(이훈상, 「조선후기의 향리집단과 탈춤의 연행 」;
 박진태, 『탈놀이의 기원과 구조』)
②남사당패와 덧뵈기(심우성, 『남사당패연구』)
③민속극의 진승집단을 무낭, 농악대, 남사당패로 규정(임재해,
 「민속극의 전승집단과 영감·할미의 싸움」, 『한국의 민속예
 술』,문학과 지성사)
④꼭두각시놀음의 연희자를 서울의 떠돌이광대, 장연의 토박이광
 대, 서산의 정착한 광대로 구분(임재해, 「꼭두각시놀음의 역사
 적 전개양상」)
⑤농민과 창우(倡優)와 농악대


(다) 교육방법
①주재자와 연희자를 구분한다.
②연희자의 주체화 현상을 탐색한다.

③전통사회의 연희자와 현대사회의 연희자를 비교한다.

④연희자를 상대로 면담조사한다.

⑤연희자의 생애사(life story)를 조사한다.


　(14) 열 두 번째 주 : 인물론


(가) 교육목표

①인물이 유형성과 전형성을 띠는 사회문화적 요인을 탐구한다.

②인물의 재창조와 탈의 고정성 사이에서 야기되는 괴리현상을 포착한다.

③인물의 지역성과 계층성과 시대성을 파악한다.


(나) 교육내용

① 탈춤

①전국적인 분포 양상을 보이는 마당은 벽사탈마당, 양반마당, 중마당, 할미마당이므로, 탈춤의 중심인물은 일차적으로 벽사탈, 양반, 중, 할미이고, 이차적으로는 그들의 상대역인 조종자(초란이 마부) 또는 퇴치자(포수), 하인(초란이, 말뚝이), 미녀, 영감과 첩 등이다.

②하회의 양반탈과 선비탈 및 강릉의 양반탈은 정상적이고 위엄이나 관용을 지닌 인물인데, 다른 지역의 양반은 언청이를 비롯해 비정상적인 병신스런 모습이다. 하인도 초란이(입비뚤이)에서 말뚝이로 바뀌면서 비정상적이고 비대칭적인 모습이 대칭적이면서 험상궂고 강인한 모습으로 대형화된다.

③탈은 크게 동물탈, 신성탈, 예능탈로 나눌 수 있다.

④조선후기의 신흥세력의 전형으로 포도부장, 신장수, 취발이가 산대놀이와 해서탈춤에 등장한다.

⑤오광대와 야류엔 영노(낙동강과 동남해의 용신앙), 문둥이(영남

의 풍토병)가 등장하여 지역적인 특수성을 반영한다.

② 꼭두각시놀음

①명명법에 의해 등장인물을 유형화하면, 초월적인 인물은 전승적인 이름(동방삭)을, 특권적 인물은 관직명의 이름(평양감사)을, 일상적인 인물은 상투적인 이름(박첨지, 표생원)을, 비속한 인물은 속어로 된 이름(돌머리집, 꼭두각시, 딘둥이, 새면)을 붙였다.

②중국 경극의 인물을 생(生; 노소와 문무의 구분없이 주역 또는 거기 준하는 남자역), 단(旦; 세분화되는 여자역), 정(淨; 정의파와 악역을 포함한 호걸, 술수에 능한 남자역), 축(丑; 어릿광대), 말(末; 엑스트라적 존재)로 나누고, 동남아시아연극의 등장인물이 신, 미인, 수도승, 어릿광대 하인역, 도시중산층, 농민 또는 노동자로 나뉘고, 각 계층의 인물은 다시 선·악의 두 도덕형으로 양분되는 사실과 관련시킬 때(여석기, 『동서연극의 비교연구』, 고려대학교출판부, 1987), 꼭두각시놀음의 인물은 (ㄱ)동물(이시미) (ㄴ)승려(상좌) (ㄷ)신선(동방삭 등) (ㄹ)양반(표생원, 평양감사 등) (ㅁ) 여자(피조리, 꼭두각시, 박첨지 딸, 돌머리집 등) (ㅂ)어릿광대(박첨지,홍동지) 등으로 유형화가 가능하다.

③ 무당굿놀이

인물 중심으로 분류하면, 사또놀이, 할미놀이, 각시놀이, 중놀이, 봉사놀이, 병신놀이, 포수놀이, 어부놀이, 소놀이, 말놀이 등이 있는데, 동물신(소,말)을 제외하면 모두 인간이 죽어서 신이 된 인신계이며, 수렵어로문화를 대표하는 인물(포수, 어부, 말)보다는 농경문화를 대표하는 인물(할미,각시, 봉사, 중, 소)이 수효나 역할 면에서 더 우세하다.

④ 잡색놀이

양반, 각시, 할미, 포수, 조리중, 창부, 홍백, 비리쇠, 꼽추 등

(다) 교육방법
①심리학이나 소설론의 성격분석법을 원용한다.
②탈의 실물이나 사진, 슬라이드를 이용하여 탈의 조형성과 인물
의 성격 및 사회문화적 의미를 천착한다.
③동시대의 다른 문학갈래에 등장하는 인물과 비교하여 토론한다.

(15) 열 세 번째 주 : 주제론

(가) 교육목표
①민속극의 갈래에 따라 주제의식이 달라지는 이유를 구명한다.
②역사관과 문학관에 따라 주제파악이 달라짐을 확인한다.
③민속극 주제의 시대성과 초시대성을 파악한다.

(나) 교육내용
１ 김재철(『조선연극사』)
①특수계급에 대한 반감
②파계승에 대한 증오
２ 송석하(「오광대소고」,『한국민속고』) : 산대가면극·오과대
의 공통된 주제
①벽사관념
②파계승과 특수계급(양반)에 대한 반감
③남녀의 치정관계
３ 이두현(『한국가면극』, 문화재관리국)
①벽사의 의식무와 무제(巫祭)
②파계승에 대한 풍자
③양반에 대한 모욕

④남녀(부부와 처첩)의 갈등

⑤서민생활의 곤궁상

④ 조동일(『탈춤의 역사와 원리』)

①양반의 신분적 특권에 대한 저항

②불교의 관념적 초월주의 부정

③가부장제 사회의 남성의 횡포에 대한 비판

　이같은 다양한 주제가 민중적 현실주의로 통일화

⑤ 권택무(『조선민간극』)

　"봉건착취계급(양반, 중, 관료)의 부화하고 타락한 기생충적 생활에 대하여 신랄한 폭로와 사회적 비판을 가하고 있는 반봉건적 민주주의 사상"

⑥ 채희완(『탈춤』)

　관중이 말뚝이·취발이같은 민중적 전형인 문제성적 인물들에게 자신을 투영시켜 그들의 대리행위를 통해 신명을 공급받는다. 탈춤의 주제는 다양한 주제를 통일적으로 인식하는 것이 아니라 통일적인 민중적 세계관을　다양화에 의해 체험하는 것이다.

⑦ 박진태 (『한국가면극연구』, 새문사)

　종교적·불교적 권위주의와 신분적·사회적 권위주의와 가정적·성적 권위주의에 대한 비판. 여기에 벽사관념과 해원사상을 추가. 왜냐하면 탈춤은 벽사의식무로 , 무굿은 부정굿으로 시작되며, 또 탈춤은 할미의 원혼을 위로하는 넋굿으로, 꼭두각시놀음은 이시미한테 죽은 박첨지딸이나 평야감사 또는 그의 대부인의 극락천도를 비는 절거리로, 무당굿놀이는 잡귀잡신을 풀어먹이는 거리굿으로 끝낸다.


(다) 교육방법

①주제에 대한 체험론과 인식론에 대해 토론한다.

②남한과 북한의 주제해석을 비교한다.

③문헌자료와 전승자료를 비교한다.

  (16) 열 네 번째 주 : 비교론

(가) 교육목표
①민속극의 연극미학적 특질을 구명한다.
②한국연극과 동양연극 및 세계연극 사이의 보편성과 특수성을
  파악한다.
③한국 연극사를 동양 연극사와 세계 연극사 속에 편입시킬 방
  법을 모색한다.

(나) 교육내용
① 탈놀이와 파르스(farce)(여석기, 「산대가면극의 파르스적 성
격」, 『한국문학의 해학』(Ⅰ), 국제문화재단. 채희완 엮음,『탈
춤의 사상』에 재수록)
①극도로 유형화된 성격
②신체동작에서 오는 희극적 표현성
③호색방탕한 동작과 대사의 분방함
④재담, 말재주, 익살, 요설과 노골적인 비어의 대사
② 탈놀이와 서사극(송동준, 「서사극과 한국민속극」, 《문학과
지성》 제17호, 1974)
①비아리스토텔레스적 연극
②무대, 기이한 가면, 비사실적 시간진행, 극의 구성, 전고의 인용
  과 육담의 대조적 방법, 취발이의 일인이역, 의외의 판단, 등장
  인물의 자기소개, 악공과의 대화 등으로 소외효과를 만든다.
③ 양주별산대놀이와 아르또연극(전신재, 「양주별산대놀이의 생
명원리」, 성균관대학교 석사논문, 1980)
④ 무당굿놀이와 부조리극(다니엘 A. 키스터, 『무속극과 부조리

극」)

⑤ 탈놀이와 코메디아 델 아르떼(이미원, 「한국 전통가면극과 코메디아 델 아르테」, 『한국근대극연구』, 현대미학사)

①반아리스토텔레스적 입장

②유형적 인물

③가면

④유형화된 즉흥연기

⑤창의적 즉흥연기와 연희자의 숙련도

⑥유사한 이야기

⑥ 탈춤과 희랍비극과 인도연극(조동일, 『카타르시스·라사·신명풀이』)

⑦ 탈춤과 티베트의 법무(박진태, 「티베트의 탈춤」, 《비교민속학》 제8집, 비교민속학회, 1992)

⑧ 민속극과 중국 귀주지방의 민속가면희(박진태, 『동아시아 샤머니즘연극과 탈』, 박이정)

(다) 교육방법

①민속극과 서양연극을 비교한다.

②민속극과 동양연극을 비교한다.

③한국민속극과 다른 민족의 민속극과 비교한다.

④다른 민족의 민속극을 현지조사하든가 영상자료나 사진, 슬라이드를 통해서 관찰한다.

　(17) 열 다섯 번째 주 : 쟁점 및 연구 전망

(가) 교육목표

①연구사 속에서 쟁점을 부각시키고, 해결방안을 모색한다.

②학습자의 새로운 문제의식으로 연구사를 재평가하고, 문제점을

극복한다.

③국제적인 연구동향에도 시야를 넓히고, 공동연구를 시도한다.


(나) 연구내용

①탈춤의 기원설 중에서 나희기원설을 중국의 나희와 관련시키면서, 또는 문헌자료의 보강을 통해서, 또는 현행 탈춤 속에서 나희적 요소를 추출하는 작업을 통해서 재론하는 추세

②기존의 탈춤 연구의 관점과 방법론 비판(김욱동, 『탈춤의 미학』, 1994 /조동일, 『카타르시스·라사·신명풀이』, 1997)

③비교연구(중국·일본의 탈춤과의 비교연구)

④문헌자료에 의한 역사적 연구(사진실, 「조선시대 서울지역 연극의 공연상황 연구」, 서울대학교 대학원 박사학위논문)

⑤종합적 연구(문학, 연극학, 민속학, 심리학, 종교학, 역사학의 관점에서 다각적인 접근 또는 대사, 춤, 탈, 음악, 의상, 무대를 포괄하는 종합적 접근)

⑥지역별 권역화( 진주의 탈춤한마당, 안동의 국제탈춤축제)


(다) 교육방법

①다른 분야 학문의 연구성과와 연구방법론 및 연구동향과 접맥시킨다.

②비교연극학, 인류학적 시야와 식견을 갖춘다.

③문헌조사이든 현장조사이든 재조사를 실시하여 새로운 자료를 발굴한다.


  (18) 열 여섯 번째 주 : 현지조사


  대사만 채록하는 방법을 지양하고, 영상자료화 작업이 동시에 이루어져야 하므로 녹음, 사진촬영, 녹화, 기록을 분담하여 공동

작업을 한다. 탈놀이의 경우 전승현장에서의 변이에 초점을 맞추어 재조사하고, 도시민속극화 현상에도 주의를 기울인다. 그리고 민속극의 현지조사방법을 이론화한다.

### 4) 맺음말

민속극교육은 상위범주인 문학교육과 구비문학교육에 대한 이론적 실천적 정지작업 위에서 논의되어야 온당하지만, 그와 같은 토대를 충분히 마련하지 못한 상태에서 성급하게 이 글이 이루어졌다. 이같이 문학이론과 문학연구와 문학교육의 상호관계, 문학교육과 구비문학교육의 위상관계, 민속극연구와 민속극교육의 정체성과 방향성 등에 대한 본격적인 논의 과정을 생략한 채 민속극교육에 접근했기 때문에 이론적인 면보다는 실천적인 면에, 총론적인 조망보다는 각론적인 천착에 치우친 결과는 필연적인 귀결이 아닐 수 없다.

따라서 이 글은 민속극교육론의 첫 시도라는 의의를 넘어서서 민속극교육론의 본질적이고 원론적인 문제점들을 제기한 기폭제로서의 의의가 더 크나. 그리고 역설적으로 이 글에서 시안으로 설계한 민속극교육과정을 통해서 그와 같은 문제점들을 해결해 나갈 방안을 지속적으로 모색해야 할 필요성과 당위성도 제기된 셈이다. 아무쪼록 이 글이 촉매제가 되어 민속극연구에 상응하는 민속극교육에 대한 논의와 실천이 활성화되길 기대한다.

중국 귀주성 안순의 지희(地戱) 연희자들과 저자. 1994년 7월 6일 현지조사

중국 귀주성 덕강나당희(德江儺堂戱)는 무당이 하는 탈놀이이기 때문에 우리나라
무당탈놀이와 비교연구되어 교육되어야 한다.

# 제3부 민속극의 재창조와 창조적 계승[141]
## - 희곡 세 편 -

## 1. 영감할미탈놀이 (박진태 구성)

　　　등장인물
　　　영감
　　　할미
　　　각시
　　　몽돌이
　　　봉사
　　　동네 건달 1 · 2 · 3 · 4
　　　상여꾼 1 · 2 · 3 · 4
　　　잽이

```
  1
```

영 감 : (춤추며 등장하여 놀이판 한 가운데 와서 쓰러진다.) 나
　　　　도 이제는 할 수 없구나. 그러나 소리나 한 번 해보자.
　　　　(푸념조로) 아이들아 산대굿을 다 보았느냐? 육십 먹은

---

141)여기에 소개하는 희곡작품 세 편은 저자가 1970년대 고등학생을 지도하
　　여 학생극으로 공연한 적이 있었음을 밝힌다. 특히 "청아! 청아! 심청
　　아!"는 학생극경연대회에서 종합우수상을 수상하기도 했다. 요컨대 무대
　　화의 가능성이 이미 검증된 작품들이기에 중등학교의 교육이 입시위주
　　교육을 극복하고 이와 같은 희곡교육 내지 연극교육을 활성화시킬 것을
　　촉구하면서 여기에 소개한다.

나도 산대굿을 다 보았다. 이팔청춘 소년들아, 늙은이 망녕을 웃지를 마라 나도 어제 청춘이드니 오날 홍안 백발이 되었네 (한숨) 아 하아 (옆에서 무엇이 바시락 한다. 할멈이 영감을 따라 나온 것이다.) 어찌된 일이요, 여기 무얼 하러 나왔오. 청개구리 밑에 실뱀 따라 다니듯 무얼 하러 왔오.

할 미 : 여보 영감 젊어 소싯적에는 어여쁘고 어여쁘던 얼굴이 네에미 부엉이가 마빡을 때렸나, 웬 털이 그렇게 수북하오.

영 감 : 야야 이 이거 봐. 사내 대장부라 하는 것은 위엄주세가 우굿해야 오복이 두리두리한 거여.

할 미 : 오복육복이라 하시오.

영 감 : 육복칠복은 어떻고

할 미 : 칠복보다 팔복이라 하시오.

영 감 : 야야 이년 복타령 하러 나왔냐. 야야 이년아 너도 젊어 소싯적엔 어여쁘고 어여쁘던 얼굴이 율묵이가 마빡을 때렸나, 우툴두툴하고 땜장이 발등 같고 보리 먹은 삼 잎 같고 비틀어지고 찌그러지고 왜 그렇게 못 생겼나, 게다가 네 년의 행실을 볼라치면, 영감 공경을 어떻게 잘 하는지 하루는 앞집 털풍네 며느리가 나들이를 다녀왔다고 떡을 가지고 왔는데 그 떡을 나한테 가지고 와서 '영감! 이것 하나 잡수' 하면 내가 먹고파도 저를 먹일 것인데, 이년이 떡 그릇을 제 손에다 쥐고 하는 말이 '영감! 앞집 털풍네 나들이 가지고 온 것 먹겠습 나?' 묻더니 대답할 새도 없이 '안 먹겠으문 그만두지' 하고, 제 혼자 다 먹어버리니 내 대답할 사이가 어데 있나. 어디 그뿐인가. 동지 섣달 설한 서북풍에 방은 찬데 이불을 발길로 툭 차고 이마로 복장 칵하고 받아 서 코피가 줄줄 흐르고, 겨울 내내 고뿔 떠날 날이 없

게 만드니 더 이상 살기 싫다. 우리 이별 한 번 해볼
까? (노래조로 구박한다.)

죽어라  죽어라
너도 육십 나도 육십
제발 덕분 너 죽어라
나 죽으면 너 못 살리
너 죽으면 나 못 살리
양귀비도 죽었거늘
노랑머리 박박 긁구
두 손뼉 탁탁 치면서
기양대 배 위에 놓고
제발 덕분 너 죽어라.

할 미 : (구박을 받고 가슴을 탁탁 때리고 손뼉을 치면서) 오늘
이 마지막이다. (나간다.)

영 감 : (옆을 보니 없다.) 이것 보게. 마누라가 온데 긴데 없으
니 어데를 갔을까? 나는 情에 못 잊어 그런 말을 했는
데, 요런 맬맬한 년은 이 말을 다 곧이 듣고 달아났으
니 어데를 갔을까? 한솥밥을 먹든 개가 나가도 찾는데,
하물며 수십 년 동거하던 마누라가 달아났으니 아니
찾을 수 있나? (놀이판을 돈다.) 마누라! 할멈! 이게 어
데를 갔나? (나간다.)

```
2
```

(노랑 저고리에 붕홍색 입은 가시기 가운데서 춤춘다. 영감이
나타나 각시를 응시한다.)

각 시 : (영감을 본체만체 하고 그냥 춤만 춘다.)

영 감 : (각시의 무관심을 보자 좀 적극적으로 나가보려 든다. 그
러나 아직도 조심스런 동작이다. 각시의 배후에 가만히
접근하여 자기 등을 각시의 등에 살짝 대어본다.)

각 시 : (모르는 체하고 여전히 춤만 춘다.)

영 감 : (각시가 모르는 체하므로 얼굴, 옷 매무시를 손질하고 각
시의 눈앞으로 돌아가서 그의 얼굴을 마주쳐 본다.)

각 시 : (보기 싫다는 듯이 영감을 피해 돌아선다.)

영 감 : (초면에 부끄러워서 그렇겠지 하고 각시의 심정을 해석하
고 자기를 정히 싫어하지는 않는구나 하고 고개를 끄덕
끄덕하고 각시 가까이 가서 여러 가지 춤으로 얼러본다.
이윽고 각시가 이에 호응하여 서로 손을 잡고 장단에 맞
춰 춤을 춘다. 영감은 각시의 아양에 혼미하여 한참 어깨
를 어루만지고 어깨를 쓰다듬고 희롱한다.)

```
3
```

(할미가 아주 당황한 걸음으로 나와 엉덩이를 흔들며 무대 주
위를 돌며 영감을 찾는다. 특이한 걸음으로 풍악에 맞추어 허리
를 우쭐거린다. 할미는 삼신에 고사하는 상을 차려 정화수를 떠
놓고 영감을 만나게 해달라는 치성을 올린다.)

할 미 : 비나이다. 비나이다 산신령님 전에 비나이다. 우리 집 영
감님과 이별한지 어언 십 년이 되었으나 방방곡곡 나뭇
잎 새새 찾아도 만날 수 없으니 산신령님 전에 비나이
다. 속히 만나게 해 주시오. (허리통이 쑥 빠진 모습으로
계속하여 합장 배례한다. 이러는 동안 무대 한편에서는

영감과 각시가 등장한다. 동시무대 수법이다.)

영 감 : (각시를 데리고 등장하여) 어쩌면 자네가 내 눈에 그리
일색인가? 눈에 넣어도 안 아프겠다.

각 시 : 아이고 그러세요? 제 눈에도 영감님이 어쩌면 그리 풍
채 좋은 호걸이세요?

영 감 : 허허허… 지척에 원수가 있고 천리에 벗이 있다더니 우
리를 두고 하는 말일세.


(소 리) 사랑 사랑 내 사랑이야

　　　　둥둥둥 내 사랑

　　　　이리 보아도 내 사랑

　　　　저리 보아도 내 사랑

　　　　둥둥둥 내 사랑

영 감 : 아이고 다리야.

각 시 : 다리나 좀 주물러 드릴까요?

영 감 : 그러세.

각 시 : 아이구 배야.

영 감 : 엉? 태기가 있는 모양이구나.

각 시 : 영감님, 맛있는 기 좀 사나주세요.

영 감 : 그럼세.

각 시 : 비단옷도 한 벌…

영 감 : 술 한잔 한 뒤에 내 시장에 갔다옴세.

각 시 : 아이 좋아라.

영 감 : 몽돌아! (대답이 없으므로 화가 나서 또 부른다.)

몽돌이: (몽돌이 방정 맞은 걸음으로 나온다. 몽당바지에 허리통
이 나왔으며 저고리도 아주 짤막하다. 머리에 수건을 질
끈 메고 줄걸음으로 주인 영감 앞에 나와 허리를 굽신하
여) 예, 샌원님 부르셨습니까?

영 감 : 이놈아! 뭣을 했건데 목이 터지도록 불러 대답이 없나? 요 발칙한 놈아, 어서 안에 들어가 술상 차려 오너라.

몽돌이 : 예. (퇴장. 술상 차려 등장했다가 곧 퇴장)

각 시 : (술상 머리에 앉아 한잔 따라 영감에 권한다. 영감이 받아 마시고는 시조 "이술 한잔 잡수면 천년이나…"와 단가 "죽장 집고 망혜 신어 천리강산 들어가니…"를 한마디씩 부르고, 각시와 어울려 흥에 취한다.)

영 감 : (일어나며) 이 애 몽돌아 -

몽돌이 : (뛰어 들어오며) 예 -

영 감 : 내 장에 갔다 올 테니 빨리 차림해라

몽돌이 : (몽돌이 상을 들고 나갔다가 다시 망태를 어깨에 걸고 나와 영감에게 준다.) 영감마님 망태 가지고 왔습니다.

영 감 : 이놈 내가 장에 가서 무얼 좀 사 가지고 올 테니 나 없는 사이에 집 좀 단단히 지켜라.

몽돌이 : 애 잘 보겠습니다. 맛있는 것 좀 많이 사오세요.

영 감 : (각시에게) 그리고 자네도 나 없는 사이에 남들과 꿍딱 나쁜 장난하지 말고 몸조심하고 잘 있게.

각 시 : 염려하지 말고 다녀오세요.

영 감 : 부탁하네. (영감 망태를 받아 등에 걸머지고 장에 가려고 일어서다가, 다시 각시를 한번 애무하고 뒤를 돌아보며 천천히 나간다. 각시 요염한 태도를 취하여 손에 흰 수건을 흔들며 영감을 전송한다. 몽돌이 눈을 흘기며 원망스런 표정을 짓는다.)

각 시 : 몽돌아 -

몽돌이 : 예

각 시 : 영감님 없는 사이에 우리가 재미스럽게 한번 놀아보자.

몽돌이 : 예, 그럽시다.

각 시 : 앞집에 김서방, 뒷집에 박서방, 옆집에 정서방 모두 모

시고 오너라.

몽돌이 : 애 - 박새원(생원), 최새원, 김새원 다 어서 오시오. 우
　　　　리 영감님 시장 가고 안 계신 이때에 한번 재미스럽게
　　　　노잡니다. 어떠세요.


(동네 건달이들 몰려와서 춤추며 노래한다)
　　　　아리아리랑 쓰리쓰리랑
　　　　아라리가 났네.
　　　　아리랑 음음음 아라리가 났네.
　　　　문경 새재는 웬 고갠가
　　　　우구야 구부구부 웃물이로구나.
　　　　아리아리랑 쓰리쓰리랑
　　　　아라리가 났네.
　　　　아리랑 음음음 아라리가 났네.
　　　　우리 댁 서방님은 정장 내렸네.
　　　　저 달이 다 지도록 놀으시다 가세.
　　　　아리아리랑 쓰리쓰리랑
　　　　아라리가 났네.
　　　　아리랑 음음음 아라리가 났네.
　　　　(몽돌이도 어느새 합세되어 있다.)


영　감 : (시장에서 돌아오는 모습. 망태에는 옷감과 반찬 등이
　　　　들어있다. 꽤 피로한 기색으로 들어온다. 각시의 부정
　　　　한 짓을 목격하고 매우 분격하여 지팡이를 흔들며 놀
　　　　량패에 덤벼든다.)


(놀량패 무대 좌우로 분산 도망친다. 풍악도 중지되고, 몽돌이는
고개를 숙이고 와들와들 떨고 서있다.)

영　감 : 이 놈들, 이런 죽일 놈들 있느냐!

놀량패 : 에구 저 영감마님 오셨다. 어찌하나.

각　시 : 아니 이건 난리로구나.

몽돌이 : 아이구 영감마님 장에 갔다오신다. 아이구 이 일을 어
　　　　 떻게 하나. 자 어서 나가시오. 어서들 가시오.

영　감 : (놀량패를 내쫓고, 분을 못 참아 운다) 아야야 - 아야야 -

각　시 : 영감님 날로 봐서 참아 주세요.

영　감 : 자네를 봐서 참어? 허허허 -

각　시 : 영감님 남부끄럽습니다. 안으로 들어가십시다.

할　미 : (일어서며) 이제 우리 영감을 만나게 해주시겠지… (허
　　　　 리춤을 우쭐거리며 동당걸음으로 영감을 부른다.) 영감
　　　　 아 -우리 영감아 -


　(무대 중앙에서 각시가 영감에게 갖은 아양 다 부려도 격분은
풀리지 않고 새삼 본처 할미가 그리워져 각시를 뿌리치고 일어선다.)


영감 : 소실이란 할 수 없군. 이놈 저놈과 놀아나다니 못 믿을
　　　 건 소첩이라. 아무래도 귀밑머리 함께 풀고 검은 머리 파
　　　 뿌리가 되도록 백년해로 하자고 가약한 우리 할멈이 무
　　　 엇보담 제일 좋아… 우리 할멈은 어디 갔을까? (혼자 중
　　　 얼거리며 할미를 찾아 나간다.)

　(각시 몽돌이도 나간다.)



　　┌─────┐
　　│　4　│
　　└─────┘


　할미가 아장아장 들어와 이마에 손을 얹고 발버둥치며 먼 곳
을 살핀다. (장단) 장단에 맞추어 한동안 춤춘다. 이마를 짚으며

발버둥친다. (장단이 멈춘다.)

할미 : 영감아! (다시 춤추다 잽이의 앞에 가서 지팡이를 휘젓
　　　는다. 장단 멈춘다.) 여부시오. 여기 영감 한 분 안 지나
　　　갔오.
잽이 (동네 사람) : 모색이 어떻게 생겼나?
할미 : 우리 영감의 모색을 대면 좀 흉한데. 난간 이마에 주게턱,
　　　웅케눈에 개발코, 상통은 갓 발른 관녁 같고, 수염은 다
　　　모즈러진 귀열 같고 술을 한 반잔쯤 먹었는지 얼굴이 불
　　　그스레헌 영감이지요.
잽이 : 그런 영감 조금 전에 이리로 지나가는 것 봤소.
할미 : 아이고 그러면 바삐 가 봐야겠다. 우리 영감 만나면 춘향
　　　이와 이도령 만나듯이 업어도 주고 안아도 보며 건드러
　　　지게 놀겠구만. 영감 찾으러 가네. (춤추다가 무대 저편에
　　　가서 앉는다.)


　　(영감이 춤추며 등장하여 할미와 같은 거둥으로 놀이판을 돈다.)
영감 : 할맘아. 할맘아. (몇차례 부르다가 부재로 잽이쪽을 막으
　　　면 장단이 멈춘다)
영감 : (구경꾼을 향하여) 여부시오 이리로 웬 할맘 안 지나갔오?
잽이(동네사람) : 모색이 어떻게 생겼오?
영감 : 할맘의 모색을 대면 좀 흉한데. 난간 이마 우멍눈 개발코
　　　에 주게턱 쌍통은 먹푸는 바가지 같고 머리칼은 모즈러
　　　진 빗자루 같고 허름헌 할멈이지요.
잽이 : 그런 사람 조금 전에 저리로 갔오.
영감 : (그쪽을 향해) 할맘! 할맘 -


　　(할미도 일어나 영감을 찾는데, 서로 반대편을 더듬으며 '영감',

‘할멈’ 하고 부른다.)


영감 : (할멈 찾기를 멈추고 서서 노래조로) 거 누구라 날 찾나.
날 찾을 이 없건마는, 거 누구라 날 찾나. 술 잘 먹는 이
태백이 술 먹자고 날 찾나.

할미 : 거 누구라 날 찾나. 날 찾을 이 없건마는 거 누구라 날
찾나. 춤 잘 추는 학두루미 춤을 추자고 날 찾나.


(둘이 찾다가 무대 중앙에서 마주치고 ‘영감’, ‘할멈’ 하고 서로
부른다.)

영감·할미 : 거 누구가? 아무리 보아도 우리 영감 할맘 일시 분
명하구나. 지성이면 감천이라 이제야 우리 영감(할
멈) 반갑도다.
좋을시고 좋을시고 지화자라 좋을시고. 얼러보세. 얼러보
세. (웅박캥캥 장단에 맞추어 둘이서 엉덩이를 비비기도
하면서 대무의 절정을 이룬다.)

할미 : (지팡이를 들어 장단을 멈추게 하며) 내가 영감을 찾을랴
고 팔도강산 다돌아다니며 면면 촌촌이 방방 곡곡이 얼
개빗 틈틈이 찾아다니다가 오늘에사 옥화상제 부처님 미
륵님 산신님이 도우셔서 요렇게 잘난 우리 영감을 만나
게 했구나.

영감 : 아이구 할멈아, 춘향이보다 더 예쁜 우리 할맘아. 요리 봐
도 내 할맘 조리 봐도 내 할멈. 아이구 할맘아.

할미 : 그런데 영감! 애벌레 망건 쥐꼬리 당줄 대모관자 호박풍
잠 통영갓은 어데두고 파립파관(破笠破冠)이 웬일이요.

영감 : 그것도 내 팔자라 팔자소관을 어이하리.

할미 : 줄변자 가죽신은 어이하고 헌신짝이 웬일이오?

영감 : 그것도 팔자라 팔자소관을 어이하리. 내복이 그만한 게지.

할미 : 명주두루막은 어데다 두고 먹새 창옷이 웬 말이요?

영감 : 그것도 내 복이지. 그런데 할맘, 아들 셋은 어찌됐나?

할미 : 큰 놈 솔방구는 감 따러 감낭구에 올라갔다 떨어져 죽었
소. 옛말에 낭구 잘 타는 놈 낭구 타다 떨어져 죽는다고
하지 않았소.

영감 : 둘째 놈 돌맹이는 어찌 됐나?

할미 : 앞 도랑에서 미꾸라지 잡다가 풍당 물에 빠져 죽었오. 헤
엄 잘 치는 놈 치고 물에 안 빠져 죽는 놈 없지 않소.


(영감 하도 놀라워 담뱃대를 꺼내 문다)

영감 : 그러문 셋째놈 딱개비는 살아겠지.

할미 : 아 그놈도 글쎄…

영감 : 그 놈도 죽었단 말이지?

할미 : 그 놈은 글쎄 산에 나무하러 갔다가 호랑이 밥이 됐다오.
  (할미 엉엉 통곡한다.)

영감 : (같이 울며) 그것도 복이라고, 여보 할맘 우리가 자식복이
없는 것일세. 명 짧아 죽은 걸 생각지 마세. 자네 나이나
내 나이나 이제 칠순이 넘어 인제는 햐볼 게 머 있나. 재
산도 없고 …. 그런데, 내가 용산삼개 덜머리집에 술얼 한
잔 사 먹으러 들어갔다 작은집으로 삼았는데, 데려다가
같이 살까?

할미 : 옳지 알았어. 영감 혼자 그 동안 알뜰히 해 가지고 작은
집을 한 채 샀다니까 고맙습니다.

영감 : 왜 기와집은 안 사고? 이 늑대가 파갈 년아.

할미 : 아 그러면 무어란 말이요?

영감 : 그런 게 아니라 작은마누라 하나 얻었단 말이다.

할미 : 옳지 내 알았소. 내가 갔다 들이오면 김장하라고 마늘을
한 섭 샀난 말이요?

영감 : 왜 후주 생강은 안 샀더냐. 이 우라질 년아.

할미 : 그러면 무엇말이요.

영감 : (크게) 작은마누라를 하나 얻었단다.

할미 : 옳지 옳지 내 알았오. 우리 집안 후사를 잇기 위해서 작
　　　은마누라를 얻었단 말이지요?

영감 : 옳지 이제야 삼일강아지 눈뜨듯 했느냐?

할미 : 글쎄 영감, 영감 나이나 내 나이나 칠순이 넘어 수족이
　　　없어지고 했는데, 일은 썩 잘 되었음네. 날래 어서 바삐
　　　데려 옵소.

영감 : 할멈 그러면 강짜를 안 허갔습나?

할미 : 아이고 낫살 먹은 게 강짜가 무슨 강짜갔소.

영감 : 그러면 데리고 옴세. 방이나 깨끗이 소제허고 있게. (나간다.)

5

(영감, 소무를 데리고 들어오며)

영감 : 마누라, 우리 집에 할멈 하나 있다는 것은 아무 걱정 말
　　　고 집으로 가세. 우리가 그까짓거 단박에 늬야 쫓아 부리
　　　면 그만이지 염려 말고 가세. (할멈 있는 데로 데리고 온
　　　다.) 할멈!

할멈 : 사람 얻었다데 데리고 옴나?

영감 : 어어 방 소제나 깨끗이 다 했습나?

할멈 : 어서 걱정 말고 데리고 들어옵소.

영감 : (각시보고) 자아, 저기 앉은 것이 큰 오마니니 인사를 허
　　　야지. 자아, 할멈 인사 받읍소.

각시 : (할멈 있는 데로 가서 엉덩이를 둘러대고 절한다.)

할멈 : (기가 막혀) 야이 죽일 년아, 너이 곳에서넌 궁뎅이로 절

허너냐?

영감 : (할멈 보고) 저런 미련헌 년! 저년이 눈이 우묵해서 잘 보지를 못하고 절 할 적에는 못 보고 절하고 돌아선 것만 보고 저러넌구나.

할멈 : (기가 막혀) 야이 쥑일 놈의 첨지야. 벌써부텀 나럴 이렇게 괄세럴 허너냐?

영감 : 야이 쥑일 년아 괄세허넌 거 싫으면 또 다시 나가거라.

할멈 : 오오 나가겠다. 나는 강원도 금강산으로 승 되러 갈 테니 노자 돈이나 좀 주어야 가지고 가겠다.

영감 : 야 이년아 노자돈 없다. 어서 나가거라.

할멈 : (영감한테 달려들어 상투를 붙잡고 한참 쌈을 한다.)

각시 : (골을 내어 할멈에게 달려들어 마구 때린다.)

할멈 : (기가 막혀) 나넌 간다. 나넌 간다. 너이들 둘이나 잘 살아라. (나가려다 되돌아와서 각시를 마구 때린다.)

영감 : (할멈을 때린다.)

할멈 : 내가 시집올 때 이 세간 다 햐 가지고 왔고, 또 내가 방아품 팔고 비ᄂ질품 팔고 이 집 사고 땅 마지기 사지 않았소? 그러니 세간이나 솜 노나 나오.

영감 : 그렇갸라. (노래조로) 물이 충충 수답이며 사래찬 밭은 내나 가지고, 앵무새 같은 여종과 날매 같은 남종일랑 새끼 껴서 내나 가지고, 황소암소 자웅 껴서 새끼까지 내 가지고, 노류마당 곡석 안 되는 곳은 너를 주고, 숫쥐암쥐 새끼 껴서 새앙쥐까지 너 다 가져라.

할멈 : 저놈의 영감 욕심보게. 조금만이라도 더 갈라줍소.

영감 : 그렇갸라. 웅장 봉장 귀두지 자개 함송 반다지 새벌 같은 요강대야 삼개집과 나 가지고, 뒷간 돌아가서 오줌 바가지 분대와 개밥궁 귀 떨어진 사발쪽 너 다 가져라.

할멈 : (노래조로) 노자돈도 나사 싫고, 세간도 나사 싫다. 너이

들이나 잘 살아라. (나간다. 이때 각시의 비명소리.)

## 6

각시 : 아이구 배야. 아이구 배야. 뱃속에서 어린애가 요동을 한
　　　다. 아이구 배야 배야. (엎치락 뒷치락 신음하며 고통을
　　　못 참는다.)

영감 : (각시를 껴안으며) 부정을 탄 모양이다. 빨리 부정을 벗겨
　　　야지. 판수를 불러야지. 이놈 몽돌아, 몽돌아.
　　　(몽돌이 옆에 와 서서 주인의 분부를 대령한다)

영감 : 몽돌아! 빨리 가 판수를 불러와라. 부정을 벗겨야겠다.
　　　(몽돌이 굽신하고 물러간다.)

영감 : (머뭇거리고 있는 할멈에게) 여보! 할멈! 할멈은 가지 말
　　　고, 부엌도 좀 가시고, 비방도 좀 하게.

할멈 : (순산을 위한 비방으로 굴뚝에 불을 지피고 치마로 부채
　　　질하는 시늉을 한다.)

영감·할멈 : (정화수 떠놓고 허리 굽신하며 절을 한다.)

봉사 : (몽돌이에게 이끌려 들어와 쿵쿵 북 치며 경문을 왼다.)


　　　일쇠 동방계도랑 이쇠 남방 득처랑
　　　삼쇠 서방 부정토 사쇠 북방 영양강
　　　도랑청 청무아예 삼보청룡장차지 술술히 낳기 바랍니다.
　　　(퇴장)


몽돌이 : 영감마님!

영　감 : 뭐냐?

몽돌이 : 작은 마님이 순산했습니다.

영　감 : 그래 그러면 무엇을 순산했드냐?

몽돌이 : 옥동자를 순산했습니다.

영　감 : 그랬어. 그럼 어디 좀 다려 내오너라.

　(창) 둥둥 내 아들 어허 둥둥 내 아들 이리 보아도 내 아들 저리 보아도 내 아들 둥둥둥 내 아들

할　멈 : 영감님 내 한 번 얼려 봅시다. 아가! 그래 응응 잘 만났구나. 인간이 매몰 잡았다. 영감님거치 두루 넓적하이 생겼구나. 어 - 나 나 - 나 ! (소리조로) 둥둥둥 내 아들 하늘에서 떨어졌나, 땅에서 불끈 솟아났나. 어 - 나 요 옥동자 하늘 땅 제 땅에서 떨어졌나.

각　시 : (등장하여 통명스럽게) 어린애 이리 줍소.

할　멈 : 자식은 니가 낳았겠지마는 자식은 내 자식이니까 내가 차지한다.

각　시 : 아니 내가 낳았는데 어째서 네 자식이란 말고? 이리 둘라. 내 자식이다.

할　멈 : 못 주겠다.

각　시 : 이리 두라.

할　멈 : 못 주겠다.

각　시 : 이리 두라. 내 자식이다.

할　멈 : 못 주겠다. 이년아 못 줘.

각　시 : 이리 두라. 내 자식이다. 내가 낳았다.

　(각시가 달려들어 아이를 뺏고 할멈을 밀쳐서 넘어뜨린다.)

할　멈 : 아이구 내 죽겠다. (넘어져 죽는다.)

몽돌이 : 영감마님!

영　감 : 오냐!

몽돌이 : 아, 큰마님이 금시레 탁 궁그러지더니 그만 사망을 했
　　　　습니다.
영　감 : 그래 — ?
몽돌이 : 영결종천했습니다.
영　감 : 아이고 이를 어쩔고, 그럴 수가 있느냐?


　　(창) 한탄하고 원통하다 … 몽돌아, 애통하면 무엇하며 통곡한
들 무엇하리. 초상 칠 준비나 하여라.


몽돌이 : 아이고 이 일을 어떻게 하겠습니까?
　　(밖에 대고) 상여꾼들 어서 오시오.


　　(상여꾼들 들어와 흰 보자기로 할미를 싸서 재배한 뒤 상여를
메고 나간다.)
영　감 : 애고 애고 어이 어이!
앞소리 : 이 세상에 올 적에는 백년이나 살쟀더니, 먹고진건 못
　　　　다 먹고. 어린 자손 사랑하며 천추만세 지낼려고 했더
　　　　니, 무정세월 여류하여 인생을 늙히는구나.
뒷소리 : 아아 어어 어어 아아
앞소리 : 북망산천이 먼 줄 알았더니 방문 밖이 북망이로구나.
뒷소리 : 너하넘 너하넘 너하넘차 너하넘
앞소리 : 황천수가 멀다더니 앞냇물이 황천술세. 수야 수야 이
　　　　억수야 너와 나와 너이롱
뒷소리 : 너화홍 너화홍 너화 넘차 너화홍
앞소리 : 명정공포 운아상은 요령소리가 처랑하네.
뒷소리 : 너화넘 너화넘 너화넘차 너화넘
앞소리 : 명사십리 해당화야 꽃이 진다고 설워 마라. 명년 삼월
　　　　이 돌아오면 그 꽃이 다시 피느니라.

뒷소리 : 너화넘 너화넘 너화넘차 너화넘
　(상여 행렬 무대를 한 바퀴 돈 뒤 퇴장)

　《후기》　이것은 동래들놀음·수영들놀음·통영오광대·고성오
광대·양주별산대·봉산탈춤·강령탈춤·꼭두각시놀이 등에서 영
감·할미마당만을 종합·재구성한 것이다.

이화여대 병설 금란여고 연극반이 할미놀이를 공연하고 저자와 함께 기
념촬영을 했다. (1976)

## 2. 청아! 청아! 심청(沈淸)아! (박진태 작)

때 : 과거
곳 : 서해안 어느 마을
등장 인물
 이무기 1 · 2 · 3 · 4
 뱃사공 1 · 2 · 3 · 4
 심 봉 사
 심 청
 곽씨부인, 화주승, 대감 부인, 기타 마을 사람들
 (심봉사와 심청이를 제외한 나머지 인물은 이무기들이 대신할
 수 있다.)

 (네 이무기들 요란한 탈춤을 춘다. 심봉사 지팡이로 더듬거리
고 등장. "청아!" "청아, 너 거기 오냐?" 징소리를 신호로 하여
이무기들은 격렬하고 위협적인 동작을 하며 심봉사를 맴돈다. 한
이무기가 심봉사의 지팡이를 낚아챈다. "악" "사람 살려" "허푸,
허푸, 아이고! 사람 죽소." 이무기들 차례로 심봉사의 사지를 검
은 천으로 묶어 동서남북으로 흩어져 잡아당긴다.)

1 : 우리는 이무기다.
2 : 우리는 소경을 노린다.
3 : 심봉사는 우리의 밥이다.
4 : 우리는 황해 용왕의 졸개다.
1 : 물은 무섭다.
2 : 접시물에도 빠져 죽는다.
4 : 물은 강하다. 낙수물이 바위를 뚫는다.
1 : 개울물에 붕어는 헤엄친다.

3·4 : 심봉사는 붕어가 아니다.

2 : 심봉사는 누군가?

1 : 심학규가 심봉사

3 : 심봉사는 청이 아비

2 : 딸 마중 나왔지.

1 : 지팡이를 짚고서

4 : 지팡이를 내가 잡아당겼지.

1·4 : 소경인 주제에

3 : 홍수가 났는데도

1·2 : 외나무다리를

2·4 : 감히

3 : 건너려 하다니

2 : 심봉사는 우리의 밥이다.

1 : 자 놀자

모 두 : 실컷 골려 주자

1 : 심봉사는

2 : 한 번 물 속에 잠겼다 떠올랐다.

1 : 심봉사는

2 : 물을 한 모금 먹었다.

3 : 두 번째 물에 잠겼다 떠올랐다.

4 : 물을 두 모금 먹었다.

3 : 세 번째 물에 잠겼다 떠올랐다.

4 : 물을 세 모금 먹었다.

1 : 네 번째 물에 잠겼다 떠올랐다.

2 : 물을 네 모금 먹었다.

1 : 심봉사가 다섯 번째

2 : 여섯 번째 물에 잠겼다 떠올랐다.

3 : 심봉사가 다섯 모금째

4 : 여섯 모금째 물을 먹었다.

1 : 심봉사가 일곱 여덟째 물에 잠겼다 떠올랐다.

2 : 일곱 여덟째 물을 먹었다.

1 : 우리는 이무기다.

2 : 이무기는 물귀신이다.

3 : 물귀신은 인간이 그립다.

3·4 : 인간은 물을 두려워한다.

1 : 두려움이 많은 사람은 물을 두려워한다.

2 : 물을 두려워하는 사람은 홍수를 두려워하고

3 : 홍수를 두려워하는 사람은 다리를 두려워하고

4 : 다리를 두려워하는 사람은 다리를 건너지 못한다.

4 : 다리를 건너지 못하는 사람은 다리를 두려워하는 사람이다.

3 : 다리를 두려워하는 사람은 홍수를 두려워한다.

2 : 홍수를 두려워하는 사람은 물을 두려워하는 사람이다.

1 : 물을 두려워하는 사람은 원래 겁쟁이다.

1·4 : 심봉사는 겁쟁이가 아니다.

2·3 : 겁쟁이는 심봉사가 아니다.

1·4 : 심봉사는 지팡이를 믿었다.

2·3 : 지팡이는 소경의 눈이니까.

1 : 그럼 소경도 눈이 있지

2 : 눈이 있는 소경이 개천 나무란다.

1 : 왜 개천은 있는가.

2 : 왜 개천엔 물이 흐르는가.

3 : 왜 개천엔 다리가 없는가.

4 : 이 개천엔 다리가 있다.

3 : 심봉사는 눈을 가지고 있다.

4 : 심봉사는 지팡이를 가지고 있다.

1 : 지금은 심봉사의 지팡이는 우리의 것이다.

2 : 지금은 심봉사의 눈은 우리의 것이다.

3 : 지금은 심봉사도 우리의 것이다.

4 : 우리는 소경을 노리고 있었다.

2 : 우리는 이무기다.

1 : 심봉사는 우리의 밥이다.

3 : 심봉사는 헤엄을 못 친다.

2·4 : 심봉사는 붕어가 아니다.

1 : 심봉사는 우리의 밥이다.

3 : 심봉사를 용왕님께 바치다.

2 : 용왕님이 즐거워하시겠지

4 : 용왕님은 소경을 원하시지.

　(심청이 들어온다.)

심　청 : 아버지! 이게 어인 일이세요.

심봉사 : 청아, 너를 찾아 나왔다가

심　청 : 집에서 기다리시지 않고

심봉사 : 청아, 네가 늦도록 안 돌아와서 걱정이 되더구나.

심　청 : 소녀가 늦은 깃이 죄로소이다.

심봉사 : 청아, 청아, 내 딸 청아, 나를 살려 다오.

심　청 : (이무기 1에게) 내 아버지를 살려 달라.

이무기1 : 너의 아버지는 거만하다.

2 : 소경인 주제에 외나무다리를 건너다니

4 : 홍수가 나서 물이 붙었는데.

심　청 : (이무기 4에게) 내 아버지를 살려달라.

4 : 소경은 우리의 밥이다.

2 : 황해 용왕님이 기다리신다.

1·4 : 용왕님은 소경을 좋아하시지

2·3 : 우리는 이무기다.

모　두 : 우리는 용왕님의 충복들이다.

심　청 : (그에게) 내 아버지를 살려 달라.

2 : 안돼

심　청 : 내 아버지 대신 나를 데려 가라.

1 : 네가 우리와 가겠다고?

3 : 너의 아버지 대신

2 : 그것 참 반가운 말인데

4 : 네가 효녀가 되겠다는 거지.

1·2·3 : 시집도 안 간 네가

2·3 : 용왕님께 시집가겠다는 거지.

모　두 : 우리 용왕님도 즐거워하실거야
　　　　용왕님은 처녀를 원하시니까
　　　　애비 대신 딸을 데리고 가자
　　　　닭 대신 꿩을 잡은 셈이다.
　　　　심청이를 효녀로 만들자.
　　　　심봉사는 딸 대신 사는구나.

심　청 : 우리 아버지 눈을 뜨게 해 달라. 그래야 너희들의 흉계
　　　　가 다신 못 미치지.

모　두 : 그건 안 된다.

1 : 소경은 잡아 먹되

2 : 고칠 순 없다.

4 : 부처님만이 하실 수 있다.

3 : 부처님한테 빌어보라.

모　두 : 공양미 삼 백 석을 바쳐야지.

심　청 : 공양미 삼 백 석을 나한테 달라.

1·2 : 우리는 쌀이 없다.

모　두 : 우리는 이무기다.

심　청 : 쌀을 주지 않으면 나는 안 가겠다.

3 : 너의 아버지가 죽는데도

4 : 불효를 할 셈인가?

3·4 : 너의 아버지의 죽음을 구경만 할 텐가?

심　청 : 그건 안 되지. 어찌 차마 그럴 수가

모　두 : 넌 별 수가 없다.
　　　　넌 우리와 같이 가아한다.

심　청 : 그럴 순 없다.

4 : 그럴 수 없다고? 그렇담 우리더러 너희 부녀를 살려

3 : 달란 얘기는 아니겠지?

1 : 어림없지.

2 : 말도 안 될 일이다.

3·4 : 그럴 순 없어.

심청 : 무슨 수가 없을까?

2 : 무슨 수가 있을 수 있겠니?

심청 : 있을 거야 궁리하면 반드시 수가 있을 거야.

3 : 너의 아버지가 살길은 없어.

1 : 우리가 포기할 순 없잖아.

4 : 네가 대신 가기 전에는

심청 : 우리 아버지 눈을 뜨게 해줘.

2 : 공양미 삼 백 석을 시주하라니까.

모두 : 그래 그 길밖에 없어.

심청 : 그걸 나에게 줘.

1 : 안 된다니까.

3 : 방법이 하나 있긴 해.

2 : 무슨 방법?

4 : 중국으로 장사 가는 뱃사공들을 이용하는 거야.

1 : 어떻게?

2 : 인당수에 처녀 제물 바치는 뱃사공들한테

3·4 : 그래 그 방법이 좋다.

2 : 뱃사공을 심청이한테 보내자.

3 : 심청이는 우리와의 약속을 지켜야지.

4 : 자기 아버지의 눈을 뜨게 할 수 있는 유일한 길이니까.

심청 : 좋아, 그러나 뱃사공들이 어디 있지?

2 : 우리가 뱃사공들에게 겁을 주면

1 : 뱃사공들이 처녀를 사러 돌아다닐 거야.

3 : 그러면 네가 너를 팔면 되지.

4 : 그것만이 최선의 길이다.

심　청 : 아, 아버지의 눈을 뜨시게 할 수 있다니. 이 목숨 바쳐
　　　　아버지의 눈을 뜨시게 한다면 용왕이 아니라 염라대왕
　　　　한테라도 시집갈 테야. 부처님, 빛을 주시옵소서. 빛을
　　　　이 어두운 어둠을 물리치시고 영원한 광명의 세계를
　　　　아버님께 주시옵소서!

일　동 : 심청이는 효녀로다. 효녀 심청이가 용왕님께 시집간다
　　　　네. 용왕님께 처녀 심청이가 시집간다네. 용왕님도 좋

아하실거야. 용왕님 만세! 위대하신 용왕님 만만세! 만
수무강, 용왕님, 만수무강, 만수무강!

(이무기 하나가 중앙 후면에 부처의 포즈를 취하고, 나머지 셋
은 보살, 사천왕의 자세를 취하고 좌우에 선다.)

심봉사·곽씨부인 : 비나이다. 비나이다. 석가모니 부처님 전 두
　　손 모아 비나이다. 슬하에 일점 혈육이 없어 어린 것이
　　무릎 위에서 강동강동 뛰노는 재미를 모르고, 조상 향화
　　끊게 되니 죽어 황천에 돌아간들 무슨 면목으로 조상을
　　대하오며, 우리 내외 죽은 뒤에 장례는 누가 치루며, 소
　　상 대상 삼년상이며, 연년 오는 기제사(忌祭祀)며, 밥 그
　　릇 물 한 모금 뉘라서 떠 놓으리까. 병신 자식이라도 딸
　　아들 아무거나 하나만 낳아보면 평생 한이 풀리겠나이
　　다. 대자대비하신 석가모니 부처님은 굽어살피옵소서.
　　나무아미타불 관세음보살. 나무아미타불 관세음보살. (계
　　속 염불한다.)

(네 이무기가 자세를 풀고 중생이 되어 심봉사 부부와 함께 염불을 하면서 무대를 원을 그린다. 요란한 징소리와 함께 네 이무기 퇴장하고, 이윽고 잠잠해지면 곽씨부인이 해산기가 있어 신음한다. 다시 요란한 징소리와 함께 네 이무기가 커다란 붉은 천을 들고 곽씨 부인을 덮는다. 정막. 조금 뒤에 비명소리가 출산을 의미한다. 일동은 붉은 천을 흔들면서)

일  동 : 순산이다.
일  동 : 딸아이다.
일  동 : 이름은 청이라 지어라.
심봉사 : 여보 마누라, 순산이요.
곽  씨 : 여보! 영감님! 순산이라고 하나 아들이오? 딸이오?
심봉사 : 여보 마누라, 아기 샅을 만져보니 아들은 아닌가 보오.
곽  씨 : 딸이라니 절통하오.
심봉사 : 마누라, 그 말 마오. 딸이 아들만 못하다 하나 아들도 잘못 두면 잘 둔 딸자식만 못한 법이오. 순산하여 다행이오. 마누라 나이 사십에 출산하여 산후 별증 있을까 염려되어 몸조심이나 잘 하오. 우리 이 딸 고이 길러 요조숙녀로 길러 좋은 배필 맺어주면 외손봉사(外孫封祀) 못하리까. 아가 아가 내 딸이야! 아들 겸 내 딸이야! 금을 준들 너를 사며, 옥을 준들 너를 사랴. 어허 둥둥 내 딸이야.

(이무기들이 흰 천을 가지고 나와 곽씨 부인을 덮는다.)
이무기 1 : 아비는 소원을 이루었고
      2 : 어미는 떠날 채비를 해야 한다.
      3 : 어미와 딸을 바꾸는 것이다.
      4 : 얻은 것이 있으면 잃은 것이 있다.

1·2 : 아비는 딸을 얻고

3·4 : 딸은 어미를 잃는다.

모두 이것이 윤회의 수레바퀴다.

딸의 전생의 업보이다.

1.3 : 인간은 업보를 벗어날 수 없다.

2.4 : 업보는 인간을 지배한다.

　3 : 이 아이는 딸이지만 딸이 아니고

　2 : 이 아비는 소경이지만 소경이 아니다.

　1 : 딸은 아들 노릇을 할 것이고

　4 : 소경의 눈 노릇을 할 것이니까.

　2 : 하나를 얻으면 하나를 잃는 법

　3 : 이것이 자연의 섭리이고

모두 : 세상은 어떻게든 공평하다.

(이무기들이 곽씨 부인을 흰 천으로 싸서 떼메고 나간다)

심봉사 : 애고 마누라. 참으로 죽었는가. 그대 살고 나 죽으면 저
지식을 잘 키울걸. 그대 죽고 내가 살아 저 자식을 어
찌하며, 구차하게 시는 살림 무엇 먹고 살아날까? 엄동
설한 북풍 불 제 무엇 입혀 길러내며 배고파 우는 자
식 무엇 먹여 살려낼까. 평생 정한 뜻 사생동거 하쟀더
니, 저승이 어데라고 나버리고 어디 갔소. 이제 가면 언
제 올까. 애고 여보 마누라, 날버리고 어데 가는가. 나
도 갑세. 나와 가. 만리라도 나와 갑세. 어찌 그리 무정
한가. 자식도 귀하지 않소. 얼어서도 죽을 테요, 굶어서
도 죽을 테니, 날과 함께 가세.

(상두소리)

불쌍한 곽씨부인 행실도 엄전터니 불썽히노 죽었구니. 어화
넘차 너하.

북망산이 멀다마소 건너산이 북망일세. 어화 너하 어화 너하.
이 세상에 나온 사람 장생불사 못하여서 이 길 한번 당하지
만 어화 넘차 너하.

우리마을 곽씨부인 칠십 향수 못하고서 오늘날 이 길 웬 일
인가. 어화 넘차 너하.

새벽닭이 재쳐 우니 서산 명월 다 넘어가고 차운 바람만 슬
슬 분다. 어화 너하 어화 너하.


(네 이무기 중 하나가 여인이 되고 셋은 우물이 된다. 새벽녘
여인이 물을 긷는다. 심봉사가 젖먹이 청이를 안고 뛰어나와)

심봉사 : 우물에 오신 부인! 뉘신 줄은 모르나 칠일 안에 어미
　　　　 잃고 젖 못 먹어 죽게된 이 아기 젖 좀 먹여 주세요.

여인 1 : 에이그 딱하기도 해라. 쯧쯧. 심봉사님, 난 젖이 없지마
　　　　 는 젖 있는 여인네가 이 동네에 많으니까 아기 안고
　　　　 찾아가서 젖 좀 먹여 달라면 뉘가 괄시하겠어요.

심봉사 : 그 집이 뉘 집이오.

　　　　 (여인 1이 심봉사에 어떤 집을 가리킨다.)

　　　　 (네 이무기 흩어지고, 심봉사가 한 여인 앞에 가서)

심봉사 : 거 뉘 계시오? (기척이 없다.) 거 뉘 계시오?

여인 2 : 누구세요?

심봉사 : 나 심봉사요.

여인 2 : 웬 일이세요/

심봉사 : 댁의 귀한 아기 먹고 남은 젖 있거든 엄마 죽고 젖 못
　　　　 먹어 밤을 새고 보채다가 기진한 우리 딸애기 젖 좀
　　　　 먹여 주시오.

여인 2 : 이를 어쩌나 우리 애기도 젖이 적은데다 방금 잠자리에
　　　　 서 먹은 뒤끝이라 젖이 지금은 안 날 테니 어떡하지요?

심봉사 : (낙심천만하여) 뉘 집에 가야 젖이 있지요?

여인 2 : 돌쇠네 집에 가면 있을 겁니다.

  (심봉사 다른 이무기 앞에 가서)

심봉사 : 돌쇠 엄마 계슈?

여인 3 : 거 누구세요?

심봉사 : 나 심봉사요.

여인 3 : 아이구! 그 동안 지낸 말은 다 아니 하나, 대체 얼마나 고생하시며, 어찌 오세요?

심봉사 : 현철한 우리 아내 인심으로 생각하나 눈 어둔 나를 본들 어미 없는 어린것이 이 아니 불쌍하오? 댁의 귀한 아기 먹고 남은 젖 있거든 이 애 젖 좀 먹여 주오.

여인 3 : 그러다 말고요. 쯧쯧, 어린 것이 얼마나 배가 고플까?. (아기 받아 젖을 먹인 뒤) 심봉사님, 어려히 알지 마시고 내일도 안고 오시고, 모레도 안고 오시면, 이 앨 설마 굶기겠어요?

심봉사 : 어질고 후덕하셔 좋은 일을 하시니 수복강녕하실 겁니다. (청이를 받아들고) 허허 내 딸 배부르다. 일 년 삼백 육십 일 매일같이 이만 하고지고. 이것 뉘 덕이냐. 동네 부인 덕이로다. 어서어서 너도 자라 너도 너의 모친 같이 현철하고 효행 있어 아비 귀염 뵈이거라. 어려서의 고생은 사서도 한단다.


  (네 이무기가 나와서 우물을 만들고, 심청이가 물동이를 이고 나와 물을 길어 나간다. 다시 심청이가 호미를 들고 나와 밭을 멘다. 한 이무기가 빨래감을 가져온다. 심청이는 빨래한다. 네 이무기가 절구통과 절구공이, 망태기, 키를 가지고 와서, 빨래거리는 가지고 들어간다. 심청이는 절구질을 한다. 네 이무기가 들어와서 방아도구를 가져간다. 그 중 한 이무기는 바느질 거리를 가져다주고, 심청이는 바느질을 한다. 한 이무기가 들어와 바느질거

리를 가지고 들어간다. 심청이는 기진맥진해 있다.)


  (동네사람 둘이 얘기한다.)
남자 1 : 봉사의 딸로는 아깝지.
남자 2 : 어린 게 불쌍하지.
남자 1 : 봉사 아버지 모시느라 고생이 막심하지.
남자 2 : 심봉사도 이젠 호강하는군.
남자 1 : 봉사 팔자 치곤 상팔자야.
남자 2 : 에끼 이 사람아. 아무려문 그럴려구.
남자 1 : 상팔자면 단가. 눈 멀었으니 병신이지.
남자 2 : 자네는 눈이 성한 걸 고맙게 여기라구.
남자 1 : 암 고맙다 마다. 다 조상님 잘 둔 덕이지.
(징소리)


여인 1 : 청이 아직 안 갔니?
심   청 : 예, 아주머니.
여인 1 : 오늘은 늦었으니 그만 돌아가거라.
심   청 : 아니에요. 하던 일이니 다 마쳐야죠.
여인 1 : 아직도 많이 남았니?
심   청 : 아니에요. 조금만 더하면 돼요.
여인 1 : 그럼 조금만 더하고 가거라.
심   청 : 네 아주머니
(징소리)


여인 2 : 청이 아직 다 못 끝냈니?
심   청 : 아니에요. 아주머니 다 했어요.
여인 2 : 수고했다. 그럼 어서 가려무나. 너희 아버지 기다리실
          텐데. 그 영감님 또 딸 찾으러 나온다고 이 어둔 길에

　　　　　나오시다 무슨 일이라도 생기실라.

심　　청 : 저 아주머니…

여인 2 : 응, 내일은 와서 반달배미 콩밭을 메야지.

심　　청 : 저, 아주머니. 아버님 진지 지어 드리게…

여인 2 : 품삯을 미리 달라고?

심　　청 : 아주머니, 미안해요.

여인 2 : 괜찮다. 헌데 찧어 놓은 보리쌀이 없어서 어쩌지. 찬밥
　　　　　이 남은 게 있는데…

심　　청 : 괜찮아요. 통보리쌀은 가져가서 밤에 담갔다 찧어서 내
　　　　　일 아침엔 더운 진지 해드릴께요.

여인 2 : 그래라. 효성도 지극하시지.

심　　청 : 고맙습니다. 아주머니.

(징소리)


대감부인 : 심청아, 내 말 들어라. 대감께선 수년 전에 별세하시
　　　　　고, 아들은 삼사 형제나 관직 따라 떠나 있고, 슬하에
　　　　　말벗 없어 자나깨나 깨니자나 적적한 빈 방안에 대
　　　　　하나니 촛불이요, 길고 긴 겨울밤에 보는 것이 옛 책
　　　　　이다. 네 신세 생각하니 양반의 후예로서 저렇듯이
　　　　　빈곤하니 나의 수양딸이 되면, 바느질, 뜨개질, 수놓
　　　　　기는 물론이고 글도 학습하게 하고, 좋은 배필 맺어
　　　　　주어 말년 재미를 보고자 하니 네 뜻은 어떠냐?

심　　청 : 제 운명이 기구하여 저 낳은 지 칠 일만에 모친 세상
　　　　　버리시고, 앞 못보시는 늙으신 부친 나를 안고 다니면서
　　　　　동냥젖을 얻어 먹여 근근히 길러내어 이만큼 되었사온
　　　　　데, 모친의 모습을 모르는 게 철천지한(徹天之恨)이 되
　　　　　어 끊칠 날이 없기로, 내 부모를 생각하여 남의 부모 받
　　　　　들더니, 오늘 마님께서 존귀하신 처지로서 미천함을 불

구하고 딸 삼으려 하시니 가신 어머님을 다시 본 듯 반갑고도 황송하오나, 마님의 은혜로 내 팔자는 영화부귀를 누리겠으나 앞 못 보시는 우리 아버님 사시사철 의복과 아침 저녁 진지공양을 뉘라서 하겠습니까? 길러내신 부모님 은덕 사람마다 있거니와, 나는 부모 은혜 비할 데 없으니, 아버님 슬하를 일시라도 떠날 수가 없습니다.


(네 이무기가 심봉사를 메고 온다. 심청이는 한 쪽으로 비켜섰다가 화주승이 된다.)

심봉사 : 사람 살려!

화주승 : 이놈들 물러나라.

이무기 1 : 비켜라.

이무기 2 : 우리 일을 방해하면

이무기 3 : 너도 우리의 밥으로 만들겠다.

화주승 : 어림없다. 눈 먼 소경이 가엾지 않으냐?

이무기 1 : 소경은 우리의 밥이다.

이무기 2, 3 : 우리는 이무기다.

이무기 4 : 우리는 무얼 먹고 사나?

이무기 1 : 어린애나 늙은이.

이무기 2 : 미친년

이무기 3 : 소경

모두 : 심봉사는 늙은 소경

우리의 밥이다.

심봉사 : 봉사라고 네 놈들이 나를 능멸하는구나.

이무기 1 : 그렇다. 왜 억울하냐?

심봉사 : 눈을 뜨면 네 놈들도 나를 괄세하진 못하겠지.

이무기 1 : 아마 그럴테지.

이무기 2 : 그러나 넌 지금 눈 먼 소경

이무기 3, 4 : 그러니 우리의 밥이다.

심봉사 : 나를 살려 주신 댁은 누구시오.

이무기 3 : 너는 아직 산 게 아니다.

이무기 2 : 큰소리 치면 안돼.

화주승 : 나는 몽운사 화주승이오.

심봉사 : 부처님의 은덕이로다. 대사, 날 살려주시오.

화주승 : 이무기들은 소경이라서 안 된다오.

심봉사 : 나도 눈을 뜨면 되잖소. 내 눈을 뜨게 해 주시오.

화주승 : 공양미 삼백석을 부처님 전에 시주하셔야 합니다.

심봉사 : 내고 말고요. 공양미 삼 백 석을 권선문에 적어가오.

화주승 : 적기는 적으나 댁 가세론 삼 백 석을 주선할 길이 없을
　　　　 듯한데.

심봉사 : 여보소! 대사도 나를 괄세하오? 영검하신 부처님 전에
　　　　 빈말을 하여 앉은뱅이까지 되게? 나 그렇게 실없는 사
　　　　 람 아니오. 당장 적어. 그렇지 않으면 칼부림 날 테니까.

화주승 : 그럼 소승 적습니다. 심하규 백미 삼 백 석이라.

심봉사 : 보았지? 이놈들.

이무기 1·2·3·4 : 좋다. 그 대신 네 딸을 데려갈 거다.

심봉사 : 내 딸을?

일　동 : 그렇다. 네 딸 청이를.

이무기 1 : 넌 눈을 뜨고

이무기 4 : 너 대신

이무기 2 : 네 딸을

이무기 1·3 : 용왕님께 시집보내는 거다.

심봉사 : 안 된다. 내 딸 청이는 안 된다.

이무기 1·3 : 뱃사공들이

이무기 2·4 : 인당수에서

이무기 1 : 너의 딸

이무기 3 : 심청이를

이무기 2 : 제물로

이무기 4 : 바칠 거다.

심봉사 : 뱃사공들이? 인당수에?

이무기 1 : 뱃사공들에게 물어 보라.

(징소리)


(이무기들이 뱃사공들로 변한다.)

심봉사 : 여보소! 사공들! 어찌된 일이오?

사공 1 : 당신 딸이 우리와 약속했소.

사공 2 : 당신의 눈을 뜨게 하기 위하여

사공 4 : 공양미 삼 백 석을 몽운사에 시주한다고

사공 3 : 우리더러 몸값으로 삼 백 석을 달라고 했고.

사공 1·2 : 그렇소

심봉사 : 도둑놈들아. 철 모르는 어린것을 네 놈들이 속였구나.

사공 2 : 속이다니?

사공 4 : 당신 딸이 자청했소.

사공 1, 3 : 우릴 욕하지 마시오.

사공 2·4 : 당신 딸한테 물어보시오.

심봉사 : 청아 그게 정말이냐?

심  청 : 네, 아버님.

심봉사 : 안 된다. 너를 팔아 내 눈 뜨다니. 네가 살고 내 눈 뜨
면 그는 응당 좋으려니와, 네가 죽고 내 눈 뜨면 그게
무슨 말이 되냐? 눈을 팔아 너를 살진데, 너를 팔아 눈
을 산들 그 눈을 무엇하랴. 네이 선인놈들아! 장사도
좋지, 사람 사다 제수 넣는데 어디서 보았느냐? 하느님
의 밝으신 앙화가 없을소냐? 눈 먼 놈의 무남독녀, 철

모르는 어린 것을 나 모르게 유인하여 사단 말이 웬 말이냐? 차라리 내 몸 가져가라. 너희 놈들 나 죽여라. 평생에 맺힌 마음 죽기가 원이로다. 나 죽는다. 지금 내가 죽어지면 네놈들이 무사할까. 무지한 강도놈들아! 생사람 죽이면 네 놈들도 다 죽는다.

심　　청 : 아버지, 이 일이 남의 탓이 아니오니, 그리 마옵소서. 우리 부녀 천륜을 끊고 싶어 끊으며 죽고 싶어 죽으리 까마는, 운수가 사나우면 액을 면하기 어렵고, 생사도 한번 결정하면 마음 오히려 편안한 법. 다만 앞 못 보시는 아버님께 광명한 세계의 천지만물 못 보시고, 귀여운 심청이 얼굴 손으로 만지시면서도 눈으론 못 보시니 오죽이나 답답하시겠습니까? 그래, 아버님 눈 뜨시는 게 소녀의 평생 소원이더니 이제 아버님께서 눈을 뜨시게 되면 소녀는 죽어도 여한이 없습니다.

심봉사 : 나도 가자. 나도 가자. 혼자 가진 못하리라. 죽어도 같이 죽고 살아도 같이 살자. 나 버리고 못 간다. 고기밥이 되더라도 나와 너와 같이 되자.

심　　청 : 아버님은 눈을 떠서 광명천지 보시고, 착한 사람 구혼하셔서 아들 낳고 딸을 낳아 후사를 전케 하셔야죠.

심봉사 : 아예 당초 그런 말 마라. 처자 있을 팔자되면 이런 일이 있겠느냐. 니가 날 버리고 가다니 너는 못 간다. 날버리고 너는 못 간다.

심　　청 : 동네 남녀 어른네들. 혈혈단신 우리 부친 여러분만 믿습니다. 그리고 갑순아! 너와 나와 동갑으로 이웃집에 살면서 형제같이 정을 두어 죽는 날까지 인간 고락을 같이 하자 하였는데, 내가 이렇게 떠나니, 그도 또한 한스럽다. 의지 없는 우리 부진 애통하여 상심하실리 나죽은 후 자칫하면 딸의 뒤를 따르신다고 수중원혼 되

실 테니, 네가 나를 생각커든 나의 부친 극대 대우하여
다오. 앞집의 곱단아! 바느질 수놓기를 누구와 함께 할
래? 작년 오월 단오날에 그네 뛰던 일을 너 생각하니?
네가 나를 생각커든 불쌍하신 우리 부친 나 부르고 애
통해 하시거든 네가 와서 위로해 드려라. 너와 나와 사
권 본정, 네 부모가 내 부모요, 내 부모가 네 부모라.
나는 죽어서도 저승에서나마 너를 지켜보겠다.

사공 1 : 심낭자, 어서 그만하고 떠납시다.

심 청 : 아버지, 불효여식 청이는 가도 아버님은 상심 마시고
광명천지 보십시오.


    (배 떠나는 장면은 진도의 씻김굿에서처럼 광목으로 매듭을 하
여 돛대를 상징하는 장대에 메달아 매듭을 풀면서 광목을 바다
로 삼아 배를 띄워보낸다. 판소리 '심청가'에서 이 대목이 녹음으
로 나온다. 매듭이 1/3 가량 풀렸을 때 실신상태에 빠졌던 심봉
사가 갑자기 혼란상태에 들어가고 이때부터 광목의 풀린 끝에서
부터 심봉사를 발목부터 감기 시작하여 심봉사가 바다로 점점
빠져 들어가는 걸 상징하고, 매듭이 거의 다 풀렸을 때 요란한
징소리와 함께 심청이는 무대에서 완전히 사라져 인당수에 빠짐
을 상징한다. 이때 심봉사는 극도의 혼란상태에서 "청이가 보인
다. 내 딸 청이가 보인다. 청아! 청아! 내 딸 청아!" 하고 외친다.
무대는 서서히 암전된다.)

# 3. 난쟁이가 쏘아 올린 작은 공

## ( 조 세희 원작; 박 진태 각색)

때 : 현대
곳 : 서울 변두리
나오는 사람들
신애
사나이 (수도상회주인)
난쟁이 (117cm, 32kg)
그의 아내
그의 아들 (영수)
그의 아들 (영수)
그의 딸 (영희)
지섭
사나이 1 · 2 (철거반)


무대장치 : 시옷자 사다리 (공장 굴뚝을 상징한다.)
벤치 (화단, 배, 기타를 나타내기도 한다.)
평상 (마루, 기타로 활용된다.)


(장면과 장면의 전환 내지 접속은 조명, 음악, 동작 등에 의해
효과적으로 신속하게 이루어져야한다.)

| 1 |

(난쟁이가 공구가 든 부대를 메고 "수도 고쳐!"하고 외치면서
좌측에서 등장하여 우측으로 나가려다 무엇에 놀란 듯 황급히

몸을 숨긴다. 동시에 신애 수도꼭지가 달린 파이프를 들고 뒤따라 들어온다.)

신　애 : (큰 목소리로 부른다.) 아저씨! (중얼거리듯) 아니 이 쪽 모퉁이로 도시는 걸 봤는데, 금새 어디로 가셨을까?

　(사나이 우측에서 펌프의 손잡이를 어깨에 메고 들어온다. 신애를 보고)

사나이 : 안녕하세요? 아주머니. 우물을 파시려구요?
신　애 : 아뇨. 수돗물이 안 나와서 그래요. 혹시…
사나이 : 그러시면 우물을 파셔야죠. 우물을 파고 자가수도를 설치하세요. 이 동네 자가수도는 다 우리가 놓아드린 겁니다. 아주머니 댁은 어디세요?
신　애 : 포도밭 아래쪽이에요.
사나이 : 그쪽 일도 많이 했습니다. 세무서에 나가시는 댁 일도 우리가 했어요.
신　애 : 그 집이 우리 뒷집예요.
사나이 : 그렇다면 잘 아시겠네요. 제과회사 사장님댁 일도 우리가 해 드렸습니다. 고동만 틀면 언제나 물이 콸콸 나오죠. 수돗물을 쓰는 것하고 하나도 다를 게 없어요.
신　애 : 그게 아니고 제 말씀은……
사나이 : 아, 들어갈 돈 생각부터 하시면 생전 물 걱정을 떠나시지 못합니다. 우선 시작하고 보세요. 어떤 분은 오셔서 수도선을 봐 달라고 그러시는데, 그건 백날 봐야 헛일입니다. 말이 나온 김에 드리는 말씀입니다만, 저 위 가발회사 사장님댁 일도 우리가 한 것입니다. 그 댁은 큰 풀장의 물도 자가수도로 올려 채우시죠. 말이 쉽지 풀

장의 물을 자동펌프로 올려 채운다면 다들 놀랍니다.

신　애 : 수도꼭지를 새로 달아보면 어떻겠어요? 물을 조금은 일
　　　　찍 받을 순 있지 않겠어요?

사나이 : 그건 말도 안 돼요. 될 리가 없습니다.

신　애 : 그래도 난쟁이 아저씨는 된다고 하시던데요.

사나이 : 그 병신 새끼가 뭘 안답니까?

신　애 : 어머! 무슨 말씀을 그렇게 함부로 하세요?

사나이 : 하여간 우리의 영업을 방해하는 놈이니까요.

신　애 : (따지듯) 오히려 아저씨가 그 분의 일을 방해하시는 건
　　　　아녜요?

사나이 : 천만에요. 오히려 그 놈이 얼토당토않은 거짓말로 우리
　　　　의 영역을 침범하고 다니죠. 그건 그렇고, 지금 당장이
　　　　아니라도 좋으니까 우물을 파시려거든 언제든지 저희
　　　　가게를 찾아 주세요. 만병통치 약국 옆 폭포수 자동펌
　　　　프 상회입니다.

신　애 : (건성으로) 그러세요?

사나이 : (니가다 뒤돌아보며) 우물을 꼭 파세요.

신　애 : (마지못해) 생각해 봐서요.


　(사나이가 나가자 난쟁이가 숨어있던 곳에서 나온다.)

난쟁이 : 아주머니!

신　애 : 어머. 아저씨. 거기 계셨군요? 아저씨를 찾았어요.

난쟁이 : (두려움에 떨며) 그 사람 모퉁일 돌아갔습니까?

신　애 : 네 돌아갔어요. 헌데 왜 저 사람을 무서워하세요? 하긴
　　　　아저씨를 몹시 미워하는 눈치대요.

난쟁이 : (말없이 두 눈만 껌벅거린다. 그리고선 주머니에서 빵
　　　　한 조각을 뜯어 입안에 넣는다.)

신　애 : 아저씨. 저희 일 좀 해 주세요.

난쟁이 : (말없이 신애만 쳐다본다.)

신  애 : 수도꼭지도 갈아주시고, 식칼도 갈아주세요. 저희 식칼
은 담금질과 망치질을 수없이 해서 만든 쇠가 좋은 칼
이죠. 아저씨는 금방 알아보실 거예요.


   (사이)


신  애 : 자 아저씨. 부대를 내려놓고 일을 시작하세요.

난쟁이 : (부대 속에서 닳고 단 기계들을 꺼내놓고, 쇠뚜껑을 열
고 계량기를 들여다보고, 자를 뒷주머니에서 꺼내 그
길이를 재고, 수도꼭지의 높이도 재어 본다.) 보세요.
아주머니. 이 수도꼭지는 땅 속으로 들어온 선보다 여
섯 자나 높게 달렸습니다. 계량기에 이어진 선보다는
다섯 자나 높구요. 그런데 보내지는 물은 부족하거든요.
수압도 낮죠. 그러니까 꼭지를 낮게 달아드리겠다는 거
예요. 그러면 수도꼭지가 높은 다른 댁보다는 물을 일
찍 받으실 수 있어요. 전 거짓말을 못하는 사람입니다.

신  애 : 아저씨 전 알고 있어요.

난쟁이 : 계량기 뒤쪽에다 꼭지를 달아 드리겠습니다. 앞쪽에다
달면 안됩니다. 그러면 계량기를 속이는 게 돼요. 도둑
질과 마찬가지죠. 엎드려 받기가 불편하시겠지만 잠을
못 주무시는 것보다는 나으실 겁니다. 다른 댁보다 서
너 시간은 빨리 받으실 수 있을 거예요. 임시로 이렇게
라도 사십쇼. 물이 잘 나오는 세상이 언젠가는 올 걸요.
그땐 저도 일거리를 바꿔야겠지요. (난쟁이가 거꾸로
처박히듯 몸을 구부려 수도파이프를 자른다.)

신  애 : 아저씨 댁은 어디세요?

난쟁이 : 저 건너 벽돌 공장 밑입니다. 여기서도 벽돌 공장의 굴

뚝이 보입니다. 그 밑으로 번호를 크게 써 붙인 집들이
닥지닥지 붙어 있어요. 집 앞엔 방죽이 있구요. 언제 한
번 와 보세요. 동네는 지저분해도 재미있습니다. 동네
아이들은 발육이 나빠 유난히 작아 보이지만 귀엽습니
다. 저희 여편네는 돼지를 방죽으로 몰아 넣어 목욕을
시키죠. 그러면 이 놈들이 꿀꿀꿀 아주 야단법석입니다.
돼지들은 헤엄을 잘 칩니다. 아주 볼만하지요.

신　애 : 돼지를 다 키우세요?

난쟁이 : 옆집 겁니다. 저희도 아이들이 공장에서 쫓겨나지만 않
　　　　았어도 몇 마리 사 키울 수 있을 걸 그랬어요.

신　애 : 자녀는 몇이나 두셨어요?

난쟁이 : 셋입니다. (사이) 그 녀석들은 난쟁이가 아닙니다.

신　애 : 어머. 왜 그런 말씀을 하세요?

난쟁이 : 제가 이 꼴이라 말입니다.

신　애 : 아저씨. 전 아저씨 같은 분이 좋아요. 방금 아저씨와 이
　　　　웃해 살았으면 좋겠다는 생각을 했어요.

난쟁이 : (신애를 물끄러미 보더니, 다시 몸을 굽혀 일한다.) 아
　　　　이들이 다른 공장에 나가 일하게 되면 우선 돼지부터
　　　　몇 마리 살 생각입니다. 그때 한번 놀러 오세요.

신　애 : 그렇게 하죠. (사이) 아저씨. 저는 앞집 뒷집의 TV소리
　　　　때문에 밤이면 잠을 잘 수가 없어요. 모두 일제 칼라
　　　　TV래요. 앞집 남자는 무슨 제과회사 선전부 직원인데,
　　　　얼마 전에 차장으로 승진했대요. 그 집 여자가 과장 상
　　　　자 하나씩을 이웃에 돌리면서 우리 집에 와선 묻지도
　　　　않은 말을 늘어놓대요. 광고부 예산이 몇 십 억 원이니
　　　　벌써부터 텔레비, 라디오, 신문의 광고 담당자들이 집에
　　　　까지 찾아온다는 등 말이에요. 또 뒷집 남자는 세부서
　　　　조사과 직원인데, 그 집엔 없는 것이 없이 풍성해요. 없

는 건 오직 정신 하나뿐이에요. 부정, 부패, 서정 쇄신이라는 말이 신문에 거의 매일같이 난 적이 있었죠. 그 땐 뒷집의 TV소리도 작아지고, 그 집 식구들은 냉장고, 세탁기, 피아노, 녹음기, 환등기 따위를 지하실 구석에 쓸어 넣고, 새삼스레 헌옷을 꺼내 입고 다녔어요. 그 덕분에 용케도 '의법조치' 안 되었는지 저렇게 까딱없답니다. 우리 큰아들은 S대학 법대를 목표로 입시준비를 하는데, 앞·뒷집 TV소리, 전축소리 때문에 신경이 어지러워 공부가 안 된다고 하죠. 그럴 땐 '네 주의 집중이 잘 안 된다는 건 잡념이 있기 때문이다. 큰 포부를 지닌 사람이 작은 일에 신경을 써서 되겠니' 하고 아들만 나무라지요. 아저씨, 우리도 앞뒤 거인족 틈바구니에 끼어 살다보니깐 자꾸만 난쟁이같이 생각돼요.

(갑자기 사나이가 대문을 걷어차고 들어와 난쟁이의 멱살을 잡더니 치켜올리니까 난쟁이가 매달리듯 축 늘어진다. 사나이가 난쟁이의 얼굴을 이쪽 저쪽 찰싹 갈기더니 내팽개친다. 난쟁이는 코피를 흘리며 나동그라진다. 신애가 난쟁이를 끌어안고 외친다.)

신　애 : 왜 이래요? 당신 뭐예요?

(사나이는 신애의 팔을 잡아 끌어 옆으로 민다. 사나이는 다시 난쟁이를 한 손으로 들어올리더니 주먹으로 가슴을 쿵쿵 쥐어박더니, 두 손으로 번쩍 들어 던졌다. 그리고 꿈틀대는 난쟁이의 배 위에 발을 얹었다.)

사나이 : 너 왜 이 동네에 와서 자꾸 기웃거리니. 안 나오는 물을 네가 어떻게 하겠다는거야. 꼭 우물을 팔 집만 찾아

다니면서 초칠을 하는 이유가 뭐야. 아직 몸이 성해서
그렇지? 그렇지? 그렇지? ……(배를 짓밟는다.) (신애는
그 광경을 보고 부엌 안으로 들어가 칼을 집어들고 나
와서 "죽어! 죽어!"하면서 사나이의 옆구리를 찔렀다.
그러나 사나이가 날쌔게 피해 칼은 빗나가 사나이의
팔을 스쳤다. 신애는 계속 사나이에게 덤비고, 사나이는
신애의 살기에 겁을 먹고 달아난다. 신애는 대문을 걸
어 잠그고 칼을 든 손을 힘없이 내리고 뒤돌아 선다.
난쟁이가 반쯤 몸을 일으키고 보고 있다. 침묵.)

신  애 : (이윽고) 아저씨. 어떠세요? 괜찮으시죠?
(곁으로 가서 부축해 일으키며) 자, 괜찮다고 말씀해
보세요?

난쟁이 : (겨우 일어나며) 네, 괜찮습니다. (도구를 부대에 주섬주
섬 주워 담는다.)

신  애 : (거들며) (울음을 와락 터뜨리며) 아저씨, 저희들도 난
생이입니다. 서로 몰라서 그렇지 우리는 한 편이에요.

---

### 2

---

지  섭 : 저는 도도새입니다.

난쟁이 : 도도새는 어떤 새지?

지  섭 : 도도새는요. 십 칠 세기말까지 인도양 모리타우스섬에
살았던 새인데요. 그 새는 날개를 사용할 생각을 하지
않았대요. 그래서 날개가 퇴화해서 나중엔 날을 수가
없게 되어 모조리 멸종당했대요.

난쟁이 : 헌데 왜 지섭이가 도도새란 말이지?

지  섭 : 저희 할아버지는 십 년 이상을 고향을 떠나 사셨습니

다. 밖에서의 생활은 끔찍했습니다. 바람에 날아가는 썩은 조밥을 잡수셨고, 밤에는 얼음 속에서 추위와 싸우셨습니다. 풀을 찧어 그 풀물에 염색한 무명 한 겹으로 된 군복을 입으시고, 일본 군인과 싸우셔야만 했습니다. 날마다 사람이 죽는 걸 보셨고, 또 일본 군인을 죽이셨습니다. 그러나 십 년 이상 바람 찬 이국 땅에서 쫓기시며 싸워 얻으신 건 아무 것도 없었습니다. 그분은 고향으로 돌아오셨습니다. 그리곤 헌병이 잡으러 왔을 때 당신의 어머님 곁에서 도망치시지 않으신 채 잡히셨습니다. 왜놈들은 할아버지께 제일 먼저 물을 먹이었습니다. 배는 북어처럼 불러 올랐고, 할아버지는 질식할 것만 같은 고통을 느끼셨겠지요. 왜놈들은 하룻밤에도 수십 가지 고문을 했습니다. 할아버지의 몸은 피투성이가 되고 다리는 부러져 흔들거렸습니다. 감방에 던져졌을 땐 간수까지 합세하여 감방의 벌레들을 모조리 쓸어모아 그분의 알몸 위에 쌓아 올렸습니다. 그리하여 결국 싸늘하게 숨이 끊어진 뒤에야 그 감방에서 햇빛 비치는 바깥 세상으로 나오실 수 있었던 것입니다.

　　(사이) 저는 그분의 아들의 아들인데도, 그분이 무엇을 원하셨는지 이해할 수가 없습니다.

난쟁이 : 그렇담. 도도새는 지섭이 아니고 지섭의 할아버지가 아닌가?

지　섭 : 저도 역시 도도새입니다.

난쟁이 : 왜?

지　섭 : 전 대학의 중퇴생이거든요. (사이) 아저씨 이 책을 읽어 보세요.

난쟁이 : (의아해 하며) 무슨 책인데?

지　섭 : 『일만 년 후의 세계』란 책인데요. 재미있어요.

난쟁이 : 그래? 내가 읽어서 이해할 수 있을까?

지  섭 : 그럼요. 아저씨라면 충분히 이해하실 뿐더러 공감까지 하실 겁니다. 전 이 책을 읽기 시작한 날부터 달에 가는 게 유일한 꿈이 됐어요.

난쟁이 : 왜?

지  섭 : 보세요. 저 달을! 하늘에서 황금색으로 빛나고 있지 않아요? 우리가 이 땅에서 기대할 것은 이젠 없습니다.

난쟁이 : 그건 또 왜?

지  섭 : 사람들은 사랑이 없는 욕망만 갖고 있습니다. 그래서 단 한 사람도 남을 위해 눈물을 흘릴 줄 모릅니다. 햄릿을 읽고 모짜르트의 음악을 들으면서 눈물을 흘리는 교육 받은 사람들이 이웃집에서 받고 있는 인간적 절망에 대해 눈물짓는 능력은 마비 당하고, 또 상실 당한 것은 아닐까요? 이런 사람들만 사는 땅은 죽은 땅입니다.

난쟁이 : 하긴!

지  섭 : 아저씨는 평생 동안 아무 일도 안 하셨습니까?

난쟁이 : 일을 안 히다니? 일을 했지. 열심히 일했네.

지  섭 : 그럼 무슨 나쁜 짓을 하신 적은 없습니까? 법을 어긴 적은 없습니까?

난쟁이 : 없어.

지  섭: 그렇다면 기도를 드리지 않으셨습니까? 간절한 마음으로 기도를 드리지 않으셨어요?

난쟁이 : 기도도 올렸지.

지  섭 : 그런데 이게 뭡니까? 뭐가 잘못된 게 분명하죠? 불공평하지 않으세요? 이제 이 죽은 땅을 떠나야 합니다.

난쟁이 : 떠나다니? 어디로?

지  섭 : 달나라!

난쟁이 : 달나라로?

지  섭 : 네. 앞으로 달나라에 세워질 천문대에서 일하는 사람은 더없이 행복할 겁니다. (사이) 이 지상에서 일어나는 일들은 너무나 끔찍합니다. 사람들은 터무니없이 낭비하고, 약속과 맹세는 야멸치게 깨어지고, 어떠한 기도도 전혀 받아들여지지 않잖아요? 게다가 눈물도 보람 없이 흘려야 하고, 마음을 억눌리고, 작은 희망도 이루어지지 않습니다. 제일 끔찍한 일은 가지고 있는 생각 때문에 고통을 받는 일이지요. 생각, 생각 말입니다. 아무리 몸부림쳐도 떨구어 버릴 수 없는 생각 때문에 말입니다.

난쟁이 : 지섭. 나도 달에 세워질 천문대에서 일할 수 있을까?

지  섭 : 아무렴요. 하지만 그 일을 결정짓기 전에 먼저 『일만 년 후의 세계』를 읽어보세요.

---

| 3 |

---

영  희 : (기타를 치며 노래한다)
　　　　릴리푸트 마을은
　　　　하스트로 호수 근처
　　　　거인이라곤 없는
　　　　난쟁이의 천국

　　　　릴리푸트 마을은
　　　　사랑과 평화
　　　　희망과 기쁨과
　　　　자유평등의 세계

사랑으로 비 내리고
사랑으로 바람 불러
미나리아 제비꽃 줄기에
머물게 하네 항상


영　수 : (라디오를 고치고 있다가) 영희야, 그게 무슨 노래냐?

영　희 : '릴리푸트 마을'이란 노랜데, 오빠! 릴리푸트란 마을이
　　　　독일 하스트로 호수 근처에 있대.

영　수 : 릴리푸트 마을?

영　희 : 응. 여러 나라 난쟁이들이 모여 사는 국제 난쟁이 마을
　　　　이야. 키가 칠십 팔 센티미터로 세계에서 제일 작은 사
　　　　나이인 터어키인 난쟁이도 최근에 그곳으로 이주했대.
　　　　집과 가구는 물론이고, 일상 생활 용품의 크기가 난쟁
　　　　이들에게 맞도록 만들어져 있대. 그곳에는 난쟁이의 생
　　　　활을 위협하는 어떤 종류의 억압, 공포, 불공평, 폭력도
　　　　없대. 권력을 조금씩 나누어주고 무서운 법을 만드는
　　　　사람도 없대. 오빠! 우리도 돈을 벌어서 아버지를 그곳
　　　　으로 보내 드려요.

영　수 : 그러자. 어머님은 인형 가게에서 인형의 치마를 입히시
　　　　고, 영호와 나는 공장에서 일하고, 영희 너는 제과점에
　　　　서 종업원 노릇하면, 몇 년 안으로 아버지의 여비를 마
　　　　련할 수도 있을 거야. 그런데, 그런 얘긴 어디서 들었니?

영　희 : 제과점 손님한테서. 그러나 그 사람이 나더러 난쟁이의
　　　　딸 같지 않다고 했을 땐 그 사람의 얼굴에 침이라도
　　　　뱉어 주고 싶은 심정이었어.

영　수 : 그러면 안 된다.

영　희 : 알아요. 오빠.

영　호 : (들어오며) 우리 영희를 난쟁이 딸이라고 놀리는 놈은

민속극의 재창조와 창조적 계승 *187*

내가 죽여 버릴거야.

영　수 : 영호야. 참아야 한다.

영　호 : 참을 수 없어. 형은 화도 안나?

영　수 : 왜 화가 안 나겠니? 그래도 참아야 한다. 영희가 일자
리를 잃게 되잖니?

영　호 : 에이! 우리만이 언제나 당하고 살아야 하다니. 우리에겐
선택할 기회는 주어지지 않고 모든 게 정해져 강요된
단말이야.

영　수 : 그러니까 공부를 열심히 해야 한다. 이 세상은 공부한
자와 못한 자로 너무나도 엄격하게 구분돼 있다. 우리
도 공부하지 않고서는 이 구역에서 영영 빠져나가지
못한다.

영　호 : 형은 언제 방송통신강의록을 마치지?

양　수 : 이 라디오가 고장이 나서 공부할 수가 없어.

영　호 : 형. 라디오 이리 줘 봐. 내가 고쳐 볼께.

영　수 : 고칠 수 있겠니?

영　호 : 염려 마. 라디오방에서 수리하는 걸 구경하고 오는 길
이야.

영　희 : 큰오빠! 이 기타 사지 말걸 그랬나봐.

영　수 : 영희야. 난 네가 그때 기타를 보고 있을 때, 긴 머리에
얼굴이 반쯤 가려진 게 무척 예쁘게 보였단다. 그래서
기타를 산 거야.

영　희 : 그래도 기타를 사지 않았음 큰오빠가 처음 골랐던 좋은
라디오를 샀을 텐데. 라디오가 고장 나서 큰오빠가 방
송통신강의를 못 듣는 게 가슴 아파.

영　수 : 난 기타를 치는 널 바라보고, 너의 노래 소리를 듣는
게 얼마나 즐거운데. 그땐 네가 천사처럼 예뻐 보인단다.

영　희 : 큰오빠! 정말이야?

영　수 : 그럼. 내가 우리 영희에게 거짓말할까?

영　호 : 나도 그래.

영　희 : 작은오빠도?

영　호 : 그럼. 제과점 유리창으로 하늘색 유니폼을 입은 널 보
　　　　면 우리 영희가 과연 예쁘다는 걸 실감하는걸.

영　희 : 어머. 오빠가 제과점에 왔었어?

영　호 : 형도 갔었는데.

영　희 : 큰오빠도?

영　수 : 응. 퇴근길에 제과점 앞을 지나치면서 유리창 안으로
　　　　네 모습을 보는 게 우리들의 즐거움이란다.

어머니 : (들어서며) 영호야. 형 공부하게 라디오 주지 못하니?

영　호 : 라디오 고치는 중이에요. 어머닌 잘 아시지도 못하면서,
　　　　야단만 치세요.

어머니 : 형은 장남이니까 형이 잘 돼야 너도 잘 되고 우리 집
　　　　식구가 모두 산다. 그걸 명심해야 돼.

영　호 : 그건 저도 알아요.

어머니 : 알았음 라디오는 형에게 주고 밖에 니가서 아버지 오시
　　　　나 봐라. 요샌 많이 변하셨어. 무척 피곤해 보이셔. 너
　　　　희들 이제부터는 아버질 믿지 말아라.

영　수 : (일어서며) 내가 나가볼 테니깐 영호 넌 라디오를 계속
　　　　고쳐라.

어머니 : 고치려다 고장만 더 낼라. 네가 고치지 그래.

영　수 : 아네요, 어머니! 영호가 기술을 배워왔어요.

어머니 : 조심해서 고쳐.

영　호 : 알았어요. 전 이제 어린애가 아네요.

어머니 : 이 에미 눈에는 항상 어린애로밖엔 안 보이는 법이다.

영　수 : (나가며) 어머니. 영호는 공장 일도 이젠 익숙하게 잘해요.

(어머니 안으로 들어가고, 영희는 기타를 치고 노래하고, 영호
는 라디오를 고치다가 함께 노래한다.)

| 4 |

영　수 : (읽는다)

　　수신 : 서울특별시 낙원구 행복동 46번지의 1839 김 불이 귀하
　　제목 : 재개발 사업 구역 및 고지대 건물 철거 지시
　　귀하 소유 아래 표시 건물은 주택 개량 촉진에 관한 임시 조치법
　　에 따라 행복동 제 3구역 재개발 지구로 지정되어 서울특별시 주
　　택 개량 재개발 사업 시행 조례 제 15 조 건축법 제 5 조 및 동법
　　제 42 조의 규정에 의하여 1979. 9. 30까지 자진 철거할 것을 명합
　　니다. 만일 위 기일까지 자진 철거하지 않을 경우에는 행정 대집행
　　법의 정하는 바에 의하여 강제 철거하고 그 비용은 귀하로부터 징
　　수하겠습니다.

　　　　　　　　철거 대상 건물 표시
　　서울특별시 낙원구 행복동　46번지의 1839 구조 판자집 건평 9평
　　8작 7홉
　　　　　　　끝
　　　　　　　　　　　낙원 구청장

(어머니　대문의 알루미늄 표찰을 칼로 뗀다.)
영　호 : (못마땅한 얼굴로) 어머니. 그 알루미늄 표찰은 왜 떼세요?
어머니 : 너희들이 놀게 되지만 않았어도 난 별로 걱정을 안 했
　　　　을 거다. 스무날 안에 무슨 뾰족한 수가 생기겠니? 이
　　　　제 하나하나 정리를 해야지.
영　희 : 입주권을 팔려고 그래요?

영  호 : (큰소리로) 팔긴 왜 팔아?

영  희 : 그럼 아파트 입주할 돈이 있어야지.

영  호 : 아파트로도 안 가.

영  희 : 그럼 어떻게 할거야?

영  호 : 여기서 그냥 사는 거야. 이건 우리 집이야.

아버지 : 한달 전만 해도 그런 이야길 하는 사람이 있었다. 그러
        나, 지금은 시에서 아파트를 지어 놨다니까 얘긴 그걸
        로 끝난거야.

영  호 : 그건 우릴 위해서 지은 게 아녜요.

영  희 : (마당가 팬지 꽃 앞에서) 돈도 많이 있어야 되잖아요?
        우린 못 떠나. 갈 곳이 없어. 그렇지. 큰오빠? (운다)

영  호 : 어떤 놈이든 집을 헐러 오는 놈은 그냥 놔두지 않을 테야.

영  수 : 그만 둬.

아버지 : 그들 옆엔 법이 있다.


┌─────────┐
│    5    │
└─────────┘


(다리 위에서 난쟁이가 술을 마신다)

난쟁이 : 진실을 말하고 묻혀 버리는 사람들이 있다. 너희들이
        그 꼴이 되어 버렸구나.

영  수 : 사람들이 우리가 공장 안으로 들어가는 걸 막았어요.
        사장과 그의 참모들은 회의실 창가에 서서 우릴 내다
        보고 있었어요.

난쟁이 : 그러니까 다시 얘길 해보자. 너희 둘만 남았었다 이거
        니? 처음엔 함께 일손을 놓고 사장을 만나 담판하기로
        했던 아이들이 너희늘을 배반해서 니희 둘만 남았었다
        이거 아냐?

영　호 : 술은 그만 드세요. 아버지.

난쟁이 : 잘 했어. 너희도 잘했고, 그 아이들도 잘했어.

영　수 : 저희들 먼저 들어 갈래요.

난쟁이 : 그래 들어가라. 들어가서 너희 엄마를 내보내.

어머니 : (나타나며) 그럴 필요 없어요. 잘한다. 둘이서 아버지도
　　　　제대로 못 모시는구나.

난쟁이 : 가만있어. (빈 술병을 다리 밑으로 던진다) 애들이 오늘
　　　　훌륭한 일을 했어. 사장을 만나 얘기를 했대. 작업환경
　　　　의 개선과 땀 흘린 만큼의 보수를 달라고. 그리고 사장
　　　　에게 당신이 당하고 싶지 않은 일을 공원들에게 강요
　　　　하지 말라고 한거야. 이 말 뜻을 엄마가 알까? 응?

영　수 : 아버지. 그게 아네요. 우리는 아무도 만날 수 없었어요.
　　　　얘기가 먼저 새버려 그냥 쫓겨났을 뿐예요.

난쟁이 : (큰소리로) 마찬가지야. 사장을 만났으면 그런 말을 했
　　　　을 거 아냐? 그렇지? 대답해 봐.

영　호 : 네.

난쟁이 : 들었지? 엄마 들었어?

어머니 : 걱정할 거 없어요. 애들은 이제 일류 기술자예요. 어느
　　　　공장에 가든 돈을 벌 수 있어요.

난쟁이 : 모르는 소리하지 마.

어머니 : 모르는 소리는 왜 모르는 소리예요? 공장도 옮겨 보는
　　　　게 좋아요.

난쟁이 : 그게 안 된다니까. 벌써 공장끼리 연락이 돼 있어. 똑같
　　　　은 공장들이야. 애들을 받아 줄 공장이 없어. 애들이
　　　　오늘 무슨 일을 했는지 당신이 알아야 해.

어머니 : 그만 두세요. 애들이 무슨 반역죄라도 지은 것처럼 야
　　　　단이에요? 죄를 지은 건 그들이에요.

난쟁이 : 뭐라구?

영　　수 : 가자. (형제 앞서고, 어머니가 난쟁이를 업고 뒤따른다.)

```
   6
```

(난쟁이와 영수 보트 위에서)

난쟁이 : 영수야. 너는 장남이야. 그래서 너와 단 둘이 이야기를 하고 싶었다. 너희 엄마가 들어서도 안 될 이야기야.

영　　수 : 무슨 말씀이신데요?

난쟁이 : 서둘지 마라. (집쪽을 힐끗 돌아보고) 난 죽기로 결심했다. 장남이기 때문에 너에게만 이야기하는 거다. 난 죽기로 결심했어.

영　　수 : 왜요?

난쟁이 : 왜냐구? 왜냐구 물었니?

영　　수 : 네. 왜 돌아가실 생각을 하셨어요?

난쟁이 : 너희 삼남매하고 너희 엄마 때문이야. 그리구 저 집 때문이다.

영　　수 : 아버지. 저희가 뭘 어쨌다고 그러세요?

난쟁이 : 뭘 어쨌다는 게 아니다.

영　　수 : 그럼 뭐예요?

난쟁이 : 스스로 생각해 알아야지. 이만큼 이야기해도 모르겠니?

영　　수 : 알겠어요. 하지만 아버지가 돌아가신다고 해결될 일이에요?

난쟁이 : 너희들 짐이 되기가 싫어.

영　　수 : 누가 아버지를 짐으로 생각한단 말예요? 돌아가시면 아버지는 비겁자가 돼요.

난쟁이 : 그래도 할 수 없지. 하지만 너만 내 편이 되어준다면 죽을 생각이 없다.

영　　수 : 그럼 됐어요.

난쟁이 : 얼마 동안만 너희들과 떨어져 살 생각이야. 언젠가 날 찾아왔던 꼽추 아저씨 있잖니? 집을 나가 그 아저씨와 일을 하는 수밖에 없겠어. 그 아저씨 친구 한 분이 걷질 못하는 불구자야. 앉은뱅이를 너도 본 적이 있지? 차력도 하고, 곡예도 하는 약장수가 있는데, 우리 셋이 가면 동업자로 받아 주겠대. 차를 두 대씩이나 몰고 다니면서 큰돈을 버는 사람이야. 방방곡곡 안 다니는데 없이 다니면서 약을 팔아 자식들을 대학까지 보내고, 집도 큰 것을 가지고, 없는 게 없이 잘 사는 사람이지. 그가 우리 셋을 동업자로 받아 주겠다고 하는데, 망설일 게 뭐가 있겠니? 돈을 똑같이 나누겠다는거야. 나에겐 마지막 기회다. 집도 재개발 지역에 들어 헐리게 되고 너희들은 학교가 아닌 공장에 나가니 하룬들 내 마음이 편할 수 있겠니? 희망도 없구. 벌레야. 마지막으로 꿈틀대 돈을 모아야지.

영　수 : 아버지는 꼽추가 아녜요. 앉은뱅이도 아니구요. 아세요?

난쟁이 : 안다. 나는 벌레야.

영　수 : 어머니와 의논하세요. 그리고 영호와 영희에게도 말해 주세요.

난쟁이 : 그럼 다 틀려버려.

영　수 : 어머니와 영호, 영희가 좋다고 하면 그들을 따라 가세요. 전 가만 있겠어요. 아버지가 꼽추와 앉은뱅이하구 사람들을 불러모으기 위해 어떤 차림으로 어떤 일을 하게 될 거라도 전 말하지 않겠어요. 그렇지만 그 약장수가 어떤 계산을 하고 꼽추와 앉은뱅이며 난쟁이 아버지까지 원하는지 뻔하지 않아요? 보세요. 이용만 당할게 뻔하지 않아요?

난쟁이 : 그만 두거라. 내 마음이 찢어질 것처럼 아프다. 그걸 알

아야지. 찢어질 것처럼 아파.

### 7

  (난쟁이가 굴뚝 위에서 피뢰침을 잡고 한 발을 내디딘 자세로 달을 향해 종이 비행기를 쏘아 올리고 있다.)

영   호 : 아버지! 거기서 뭘 하세요?
난쟁이 : 세상 살기가 너무 힘들다. 그래서 달에 가 천문대 일을
         보기로 했다. 내가 할 일은 망원렌즈를 지키는 일이야.
         달에는 먼지가 없기 때문에 렌즈 소제 같은 것도 할
         필요가 없지. 그래도 렌즈를 지켜야 할 사람은 필요하다.
영   호 : 아버지. 도대체 그런 일이 가능할 것 같아요?
난쟁이 : 넌 이때까지 뭘 배웠니? 뉴우턴이 그 중요한 법칙을 발
         표하고 삼 세기가 지났어. 너도 그걸 배웠지? 초등학교
         때부터 배웠어. 그런데, 우주에 관한 기본 법칙을 전혀
         모르는 사람처럼 말하는구나.
영   호 : 설령 사람들이 달을 개조해도 이주자들은 불모의 황무
         지에서 살게 될 게 아녜요? 거추장스런 우주복을 입지
         않고선 기지 밖으로 나갈 수 없고, 옷이 조금이라고 찢
         어지면 생명을 잃어버려요. 또 시계를 잘못 보면 산소
         가 떨어진 것을 몰라 죽게 되고요. 그리고 삼 백 쉰 네
         시간, 그러니까 지구 시간으로 십 사 일 동안이나 밤이
         계속되므로 단조롭고 권태롭고 답답할 게 아녜요? 그
         런데 누가 아버지를 달에 모시고 가겠데요?
난쟁이 : 지섭이 미국 휴스턴에 있는 존슨 우주센터에 편지를 냈
         다. 그곳 관리인 로스 씨가 답장을 보내 올 거야. 후년
         에 우주계획 전문가들과 함께 달에 가게 될 거다.

영  호 : 그 책을 돌려주세요. 그리고 그 사람 말을 믿지 마세요. 그는 미쳤어요.

난쟁이 : 이 책의 사진을 봐라. 이 사람은 프란시스 베이컨이고, 이 사람은 로버트 고다드다. 당시 사람들이 미치광이로 지목했던 인물들이야. 이 미친 사람들이 어떤 업적을 남겼는지 아니?

영  호 : 몰라요.

난쟁이 : 넌 학교에서 죽은 교육을 받았어.

영  호 : 어쨌든 그 책을 돌려주세요. 그보다 먼저 그 굴뚝에서 내려오세요. 잘못하여 떨어지시면 어떻게 된다는 건 잘 아시잖아요?

난쟁이 : 너희들은 내가 이 땅에서 끝까지 고생하다 바짝 마른 몰골로 죽기를 바라고 있지? 힘든 일에 눌려 허우적거리다 숨을 거두기를 바라고 있는 것은 아니냐?

영  호 : 마음대로 생각하세요.

난쟁이 : 너희들은 왜 지섭에게 아무 것도 배울 생각을 하지 않니?

영  호 : 도대체 뭘 배우라는 말씀예요?

난쟁이 : 사랑의 세계에 대해서.

영  호 : 그런 게 있을 수 있어요?

난쟁이 : 암 있을 수 있지. 그곳에선 모두에게 할 일을 주고, 일한 대가로 먹고 입고, 누구나 다 자식을 공부시키며 이웃을 사랑한단다. 사랑으로 비를 내리게 하고, 사랑으로 평형을 이루고, 사랑으로 바람을 불러 작은 미나리아 제비꽃 줄기에까지 아물게 한다. 그곳에선 아무도 호화로운 생활을 하려고 하지 않을 것이다. 지나친 부의 축적을 사랑의 상실로 공인하고, 사랑을 갖지 않은 사람의 집에 내리는 햇빛을 가려버리고, 바람도 막아버리고, 전깃줄도 잘라버리고, 수도선도 끊어버리기 때문이야.

영　호 : 그런 세상은 이 지상에선 불가능해요.
난쟁이 : 바로 말했다. 그래서 내가 달나라로 가려는 거다. 존슨
　　　　로스 씨의 편지를 받기 전에 너희들에게 보여줄 게 있
　　　　다. 지섭에게 말해서 쇠공을 쏘아 올려주마.

<hr />

```
8
```

　(난쟁이는 굴뚝 위에서 종이 비행기를 날리다 달을 보고 앉아
있다. 영호, 영수, 어머니는 영희를 찾아 헤맨다. "영희야!" "영희
야!")

어머니 : 애들아 이러고만 있으면 어떻게 할거야?
영　호 : 찾아봐도 없는 걸 어떻게 해요?
어머니 : 그래 영희가 언제 없어졌는지도 몰라?
영　수 : 우리가 그 부동산 업자한테 알루미늄 표찰이랑 서류 일
　　　　체를 주고 돈 25만원을 넘겨받은 다음부터 없어셨어요.
어머니 : 왜 그때 바로 찾지 않았냐?
영　수 : 어디 가까운데 나간 줄 알았죠.
어머니 : 이 일을 어쩐담. 누구 보았다는 사람 없니?
영　수 : 아무도 못 보았대요.
영　호 : 주정뱅이 아저씨 외에는.
어머니 : 주정뱅이 아저씨가 영희를 보았다고?
영　호 : 네. 그러나, 믿을 수가 없어요.
어머니 : 왜?
영　호 : 글쎄. 아버지가 신호를 보내니까 비행접시가 나타났고,
　　　　그 비행접시 밑에서 나온 머리가 몹시 크고 다리가 아
　　　　주 가는 괴물들이 영희를 끌어올리더니 날아갔대요.
　　　　(사이) 형은 왜 집을 나간 것 같아?

영  수 : 알 수 없는 노릇이야.

어머니 : 너희 때문이야. 너희들이 일자리를 놓치고 집에서 빈둥
빈둥 노니까 그렇지. 돈도 없고, 집도 없고, 모든 게 너
희들 책임이야. 다른 아이들은 멀쩡하게 남아서 일을
하는데 너희들은 왜 쫓겨났니?

영  호 : 어딜 가면 꼭 말을 하고 나갔었잖아? 나는 영희가 집을
나간 이유를 알 수 없어.

영  수 : 참을 수가 없었겠지. (몹시 괴로운 표정)

영  호 : 줄 끊어진 기타와 팬지꽃 두 송이만 가지고 갔어. (돌멩
이를 방죽에 던진다.)

---

### 9

(지섭이는 마루에 걸터앉아 『일만 년 후의 세계』를 읽고, 난
쟁이는 그 옆에서 말없이 담배를 피운다. 어머니는 부엌에서 늦
은 조반을 짓는데, 연기로 인해 기침 연발하다가 잠깐 밖에 나왔
다. 어머니가 부엌으로 들어가고, 영수, 영호는 담 밖을 내다보고
있다. 영수는 부엌에서 금방 나와 눈물을 손수건으로 닦는다.)

영  호 : 형. 무허가 판잣집은 결국 우리 집만 남았군. 최후의 보
루를 지키고 있는 기분인데. 함락되기 직전의 보루 말
이야.

영  수 : 응. 동사무소가 곧장 보이고, 그 너머로 밝고 깨끗한 주
택가가 보이는구나. 그 바른쪽에 슈우퍼마켓이 있는 큰
길이고.

영  호 : 영희가 일하던 빵집도 보이는데. 유리창 밖에서 본 영
희는 정말 예뻤어.

영  수 : (영희 얘기를 피하려는 눈치다.) 저기 동사무소 앞에 있

　　　　던 쇠망치를 든 사람들이 공터를 가로질러 우리 집으
　　　　로 오는구나. (영호를 돌아보며)
　　　　영호야. 너 무슨 일이 있어도 절대로 나서지 말아라.
영　호 : 응. 너무 염려 마.
어머니 : (밥상 들고 들어와) 자 국이 다 끓여졌어요. 연기가 어
　　　　찌 나는지 매워서 혼났어요.
지　섭 : (책을 덮으며) 아주머니, 수고하였어요.
어머니 : 빨리 끓이느라 서둘러 고기가 제대로 익었는지 모르겠
　　　　어요. 애들아, 어서 와서 먹고 떠나자.
영　수 : 네. (영호는 '떠나자'는 말이 못마땅한 눈치다. 영호가
　　　　대문을 잠근다. 담 밖을 한번 쳐다본다.)
영　호 : 아무도 우리 집에서의 식사를 방해할 순 없어.
　(식사가 시작된다. 조금 후 대문 두드리는 소리. 어머니는 안쪽
으로 돌아앉는다. 난쟁이 고기를 두 아들 밥그릇에 올려준다.)
난쟁이 : 지섭 형이 사온 쇠고기니까 많이 먹어라.
영수·영호 : 아버지노 삽수세요. 저흰 많이 먹었어요.


　(철거반 두 명이 고개를 내밀고 들어오지는 않은 채 식사가 끝
나길 기다린다. 이윽고 식사가 끝나고 어머니는 부엌에 가서 숭
늉을 떠오고 모두가 숭늉을 마시자 밥상을 들고 부엌으로 들어
가고, 영수는 대문을 연다. 지섭, 영호, 영수가 이불짐, 옷짐을 밖
으로 옮긴다. 어머닌 조리, 식칼, 도마를 들고, 아버지는 공구가
든 부대를 메고 나와 철거반에게 집을 가리킨다. 철거반 집을 무
너뜨린다. 집이 폭삭 쓰러지고, 그들은 쇠망치와 곡괭이를 내려놓
고, 땀을 닦는다.)


　(지섭이가 책을 난쟁이에게 주고, 사나이를 향해 간다.)

지　섭 : 방금 무슨 일을 하셨습니까?

사나이 : 삼십 일까지 철거를 하게 돼 있었죠? 시한이 지났어요. 소문엔 이 집 딸이 행방불명이 되어 찾느라고 그렇게 됐다는데, 아무튼 법은 법이니까 행정 대집행법에 따라 철거 작업을 했습니다. 더 이상 할 얘기도 없습니다. (돌아서려 한다.)

지　섭 : (재빨리) 지금 선생이 무슨 일을 지휘했는지 아십니까? 편의상 오 백 년이라고 하겠습니다. 천 년도 더 될 수 있지만, 방금 선생은 오 백 년이 걸려 지은 집을 헐어 버렸습니다. 오 년이 아니라, 오 백 년입니다.

사나이 : 그 오 백 년이라는 게 도대체 뭡니까?

지　섭 : 모르시겠어요?

사나이 : 그만 비켜요.

지　섭 : 당신이 덫을 놓았습니다. 당신이 아니라면 당신의 상부에서. 백여 세대 이상이 여기다 생활의 터전을 잡은 것을 몰랐어요? 덫을 놓은 게 아닙니까? 가서 말해요. 내가 치더라고… (지섭이 설마 하고 있는 사나이를 정통으로 친다. 사나이 얼굴을 감싸며 상체를 수그린다. 두 손 사이로 피가 흐른다. 지섭이 수그린 사나이를 또 쳤다. 사나이 쓰러진다. 다른 사나이가 곡괭이로 지섭을 때리고, 쓰러진 사나이도 일어나 합세하여 지섭을 치고 밟는다. 영수, 영호가 나서려고 하나 난쟁이가 팔을 붙잡고 안 놓는다.)

난쟁이 : 놔 두라. 아는 사람이 우릴 대변해서 말하게 해라.
　　　　(사나이들 피투성이의 지섭을 끌어간다. 어머니 갑자기 몸을 떨면서 운다. 난쟁이가 책을 영수에게 주고 그들 뒤를 따른다. 영호는 주저앉아 잠이 든다. 영수는 난쟁이의 뒷모습을 바라본다.)

(영수, 영호, 어머니가 난쟁이를 찾아 헤맨다.)
　　　　"아버지!", "아버지!", "여보!"

영　호 : 형! 아버지 안 오셨어?

영　수 : 응. 너도 못 찾았구나.

어머니 : 얘들아. 그렇게 서 있지 말고 어서 돌아다니면서 아버
　　　　지를 찾아야지. 영희도 없어지고, 너희 아버지조차 집을
　　　　나가 안 돌아오시면, 우린 어떻게 산단 말이냐?

영　수 : 어머니! 너무 염려 마세요. 우리가 기필코 찾아낼 테니
　　　　까요.

어머니 : 그래야지. 어서들 가 봐라.

영　수 : 네. 영호야! 넌 저쪽으로 가봐.

영　호 : 응. (서로 반대쪽으로 나간다.)

어머니 : (관객을 향해) 여보세요. 혹 우리 집 양반 못 보셨어요?


　　(이 말을 신호나 삼듯이 난쟁이가 굴뚝 위에 나타나 종이비행
기를 달을 향해 날리고 난 뒤 행복한 얼굴로 손을 흔든다. 그의
영혼은 고달픈 지상의 육신에서 해방되어 꿈꾸던 달나라로 올라
가는 것이다. 어머니가 남편을 향해 슬프게 서고, 영수, 영호도
들어와 난쟁이의 승천을 바라본다. 영희가 팬지꽃을 머리에 꽂고,
기타를 든 채 나타나 '릴리푸드 마을'을 부름으로써 노래는 이윽
고 4중창이 된다. 막이 닫힌다.)

# 한국 민속극의 실천

초판 인쇄
1999년 9월 3일
초판 발행
1999년 9월 10일

지은이
바 진 태
펴낸이
이 대 현
펴낸곳

**圖書出版 亦樂**
서울 특별시 중구 필동3가 28-19
(진성빌딩 306호) ㉾100-273
02)2268-8656
FAX.2264-2774

등록
제2-2803호(1999. 4.19)

ISBN 89-950571-3-0-93810

정가 7,000원